Bernard CLÉMENT-DEMANGE

Eddy & Suze

Tome 1
Les premières enquêtes

Avertissement
Le problème avec une fiction, c'est que les esprits simples
pensent que c'est la réalité.

Auteur : Bernard CLÉMENT-DEMANGE
bernard.clement-demange@laposte.net

Illustrateur : Etienne CLÉMENT-DEMANGE
etiennecd.fr

Correctrice : Anne-Sophie GUÉNÉGUÈS
desmotspassants.unblog.fr

Édition : BoD - Books on Demand, info@bod.fr

Impression : BoD - Books on Demand, In de Tarpen 42,
Norderstedt (Allemagne)

Impression à la demande
ISBN : 978-2-3224-6844-7
Dépôt légal : Décembre 2022

Eddy & Suze
Tome 1
Les premières enquêtes

Enquête N° 1

Là où tout a commencé.

1/ Jour 0 : Présentation

Édouard Dietschy, préférant se faire appeler Eddy, se cherche. Ses études en psychologie, il les a réussies. Maintenant, il découvre le chômage. Ses inconvénients et ses désavantages. Il connaît les boîtes d'intérim. Il connaît Pôle emploi.

Suze, prénom assez lourd à porter, car vieillot et ridicule, et de patronyme Baudrillart, de fabrication bourguignonne, est atypique et rebelle.
Elle quitta sa famille pour monter à Paname plutôt qu'à Auxerre. Paris est une cage à fauves. Sans ami, tu subis la loi de la jungle. Suze a vécu des galères. Elle refusa des amitiés factices et tenta de rester clean et indépendante. Mais les qualités morales ne remplissent pas le porte-monnaie.
Suze accepta de louer son corps.
Suze, cool et souriante, sympathisa avec un groupe de filles qui se faisaient appeler «Les indépendantes». La prostitution, OUI, le maquereaunnage, NON. Suze adhéra, faute de meilleure proposition de job. En une semaine, elle avait été rodée : se faire payer avant, le stock de préservatifs, la bombe anti-agression, les lieux où on est à peu près protégée de la police et aussi que cela ne dégénère pas en viol…
Escorte ou prostituée, OUI, pute, NON.
Suze avait été acceptée. Ce n'est pas une finalité en soi, mais plutôt une sorte de micro-famille.

2/ Jour 1 : La première rencontre

Saint-Quentin-en-Yvelines. Eddy sortait de Pôle emploi, une fois de plus écœuré. Ville nouvelle, mais réponse archaïque.

« Psycho-truc, ça sert à quoi ? Ça prédit quoi ? Mais ouvrez votre cabinet, mon bon monsieur. »

Pourquoi avait-il cru que la proximité de l'université de Saint-Quentin-en-Yvelines pourrait lui offrir des opportunités. Une fois encore, Eddy quittait une agence avec des paroles de réconfort, et il restait sur sa faim. Il finirait peut-être à McDo ou caissier à Prisunic. Après tout, il verrait des gens, c'est en lien avec la psychologie… de dépit.

Marchant vers la gare, la tête pointée vers le bout de ses chaussures, il avançait en ressassant tant de choses.

Suze, l'autre héroïne, mini-jupe repérable sans difficulté, marchait, elle aussi, vers la gare. Elle venait de finir un client entre midi et deux, payant et assez peu performant, mais payant. Suze apprenait la gestion d'un ménage, le sien.

Un agent avec le gilet « Police municipale » s'interposa pour empêcher Suze d'avancer. Eddy leva la tête à cet instant et fut intrigué. Un beau mâle aryen rasé court qui se la pétait avec le prestige de l'uniforme.

Policier : Mademoiselle. Allons à l'écart, j'ai quelques questions à vous poser.

Eddy, intrigué, les regarda s'éloigner et changea sa trajectoire afin de pouvoir continuer à les observer, et tant pis s'il ratait son train, il prendrait le suivant. Il appuya son dos contre un pilier, non de bar, mais de gare. Il suivait les mimiques de loin. On aurait juré qu'il lui réclamait du fric, le monde à l'envers.

Le ton montait, et il n'osait se rapprocher. Pour finir, elle jeta l'éponge et s'éloigna en lui adressant un doigt d'honneur. Et le flic n'appréciait pas plus que cela, mais sourit comme si la joute était loin d'être finie. Eddy fila dans le sillage de cette dame, mais prit un autre train que celui de sa belle.

La suite serait pour une autre fois.

3/ Jour 1 : Rencontre payante

Le même jour, en soirée. Suze avait un autre rendez-vous galant. Elle s'y rendit à pied (la Twingo de ses rêves, ce serait pour plus tard. En plus, le permis d'abord). Elle portait comme à son habitude son sac de voyage contenant son « baise en ville ». Il faisait frais, et Suze avait froid aux jambes, sans oublier l'entrejambe. Suze sortit à la station de RER convenue et alors suivit les indications qu'elle avait imprimées. Dans quinze minutes, elle devrait être au chaud.

Elle marchait avec son plan en papier à la main. Dans le quartier pavillonnaire, ce fut plus facile. Elle avait cinq minutes d'avance. Elle fit les cent pas, comme toute bonne péripatéticienne qui se respecte. Puis, elle remonta la file de voitures garées et s'engagea dans l'allée de la porte d'entrée.

Au moment de tapoter à la porte, Suze fit un trois cent soixante degrés pour vérifier que personne ne s'intéressait à sa petite personne devant cette maison de banlieue. Elle utilisa le heurtoir.

Il y avait deux voix à l'intérieur. Mais lorsque la porte s'ouvrit, une seule personne était présente. Une femme. Une belle femme. En colère visiblement. Une belle femme, disais-je, tailleur court, chemisier blanc. On devinait son soutien-gorge et ses petits seins parfaits collés à ses vêtements. Bizarrement, la seule question qui fusa dans l'esprit de Suze fut « Est-ce que cette belle femme a des enfants ? » Ensuite, « Pourquoi aller chercher ailleurs le plaisir de la chair ? » Même Suze avait des complexes par rapport au physique parfait de cette femme. Elle ne comprenait pas les besoins de tromperie de son mari.

Elle avait vu les yeux de braise façon mitraillette électrique. Elle préféra opérer un demi-tour avant la salve verbale incendiaire. Elle quitta l'allée pour rejoindre la rue sous les huées de cette mégère. Elle en eut les larmes aux yeux et continua vers la station de RER, sans plus consciemment faire attention aux cris de la folle qui l'accompagnaient.

Bilan de la journée : Un rendez-vous honoré payé, l'autre non, ni honoré ni payé.

4/ Jour 2 : Rencontre innocente

Eddy qui n'avait rien prévu ce jour décida de titiller l'État français. Naïvement, il se présenta au commissariat de Saint-Quentin-en-Yvelines, non loin de la gare, et il demanda à parler à une personne responsable. On lui proposa un rendez-vous avec l'inspecteur.

Inspecteur : Monsieur Dietschy, la police est au service de ses concitoyens. Que puis-je ?
Eddy : Monsieur l'inspecteur, j'ai été observateur hier de comportements limites de votre service.
Inspecteur : Je vous écoute.
Eddy : Hier, un de vos agents a interpellé une honnête citoyenne, et je pense qu'il y a eu demande d'argent. Vous voyez, comme dans les cours de récréation.
Inspecteur : Mes agents effectuent leur travail. Cette personne a-t-elle porté plainte ?
Eddy : Monsieur l'inspecteur, j'ai été spectateur d'une scène de harcèlement de la part de la police. Et je vous demande en toute simplicité la suite que vous comptez donner.
Inspecteur : Pas de plainte, pas de main courante. De plus, mes agents sont au-dessus de tout soupçon.
Eddy : Donc, on harcèle une femme. Elle n'ose porter plainte. Elle est victime d'un racket, et tout va pour le mieux dans le meilleur des mondes possibles ?
Inspecteur : Portez plainte ou sortez.
Eddy : Fermer les yeux, c'est votre boulot ?
Inspecteur : Ne dépassez pas les limites !
Eddy : La première tâche de la police est de se protéger, et ensuite seulement éventuellement viennent les individus.
…
Eddy vécut sa première nuit en cellule.

5/ Jour 2-3 : Nuit de connivence (1)

Eddy fut proprement jeté dans la cellule provisoire de détention. Ô surprise, une tête connue. Sa belle inconnue de la gare.

Eddy : Mademoiselle, que faites-vous dans cette cellule ?
Suze : La même chose que toi, bellâtre, j'attends l'aube.
Eddy : Je vous ai vue hier midi, avec un policier qui vous embêtait.
Suze : Un connard.
Eddy : Il voulait quoi ?
Suze : À ton avis, beau gosse ?
Eddy : Une sorte de maquereau, qui veut sa rente mensuelle ?
Suze : Et le doigt d'honneur que je lui ai fait ?
Eddy : Tu as refusé. Et j'ai aimé.
Suze : J't'emmerde, connard.
Eddy : Moi aussi, mademoiselle, je vous aime.

Elle sourit.

6/ Jour 2-3 : Nuit de connivence (2)

Eddy utilisa son mobile pour appeler. Il devait être minuit.

Eddy : Euh, Sœurette, ça va ?
Sœurette : Oui, même si tu me réveilles à une heure un peu bizarre.
Eddy : Ah oui, ça. En fait, j'ai un petit problème et donc j'ai besoin d'un petit service.
Sœurette : Ça m'aurait étonnée. Qu'as-tu fait encore ?
Eddy : Trois fois rien. Pour te la faire courte, j'ai peut-être dit ses quatre vérités à un flic. Enfin, je crois plutôt que c'était un inspecteur en fait.
Sœurette : Ben, frérot, chapeau bas. Tu as besoin de quoi ?
Eddy : Tu peux t'assurer qu'ils me libèrent bien demain matin ?
Sœurette : Ah, si je n'étais pas là ! Bon, donne l'adresse.
Eddy : Le commissariat de Saint-Quentin-en-Yvelines. Tu trouveras ?

Sœurette : Ça dépend de l'amour que je te porte.

Elle raccrocha.

7/ Jour 2-3 : Nuit de connivence (3)

Il n'avait pas envie de dormir et s'assit sur la couchette en face de celle de sa belle inconnue.

Au bout de quelques secondes, Suze changea sa pose d'horizontale à verticale. Elle s'assit et lui lança un regard direct et assassin. Si elle le mettait à exécution, elle prendrait pour chérot.

Suze : Tu peux reluquer gratis, car je suis enfermée, mais tu ne consommeras pas. Je mords.
Eddy : Je m'en souviendrai. Non, vous n'êtes quand même pas ici juste pour un doigt d'honneur à un flic qui l'a mérité ?
Suze : Non, j'ai buté une femme. Enfin, il paraît. De ces conneries qu'ils peuvent sortir les poulets. Comme si j'allais réduire ma clientèle. En plus, je l'aurais liquidé sans consommation et serais repartie sans mon liquide à moi. Du délire.
Eddy : Euh, une passe qu'aurait mal débuté ?
Suze : Je suis arrivée, j'ai sonné et sa légitime, je suppose, est sortie pour défendre son territoire. Mais j'entendais la voix du mari dans le fond. Il vaut mieux ne pas causer avec les bourgeoises, ce n'est pas câblé comme nous autres.
Eddy : Je n'aurais pas pu dire mieux. Et ensuite…

8/ Jour 2-3 : Nuit de connivence (4)

Eddy secoua une Suzette endormie sur la couchette.

Eddy : Euh, mademoiselle Suze, j'aurai une question, s'il vous plaît ?

Au bout d'une bonne minute de secouage en règle.

Suze : Merde ! Qui m'emmerde ?!
Eddy : Je crois que c'est moi, mademoiselle Suze.

La Suzette se releva et se frotta les yeux.

Eddy : Suzie, je suis libéré.
Suze : Super, je vais enfin être débarrassée de toi. Grand bien te fasse. Maintenant, si tu peux me donner ta couverture, tu seras chou.
Eddy : Donnez-moi l'adresse de votre rendez-vous galant raté d'hier soir, s'il vous plaît.
Suze : Pourquoi ? Tu es homo ?
Eddy : Non, je crains que la maréchaussée adorée de tous ne cherche pas plus loin que le bout de son nez. Alors, un moins que rien qui va jeter un œil, c'est mieux que personne du tout, non ?
Suze : 24, rue des Mésanges-Bleues. Et il n'y a pas de chien.
Eddy : J'irai faire un tour pour m'en assurer.
Suze : Tu es trop con, toi.

La sœurette attendait à la grille qu'un policier assermenté ouvrit. Eddy se leva tranquillement et, avant de sortir, avança vers Suze, qui commençait à prendre peur.
Il se baissa lentement et l'embrassa sur le front.

Eddy : À bientôt.

Eddy quitta alors la cellule.
Suze eut une larme. Pas plus. Enfin, elle ne voulut pas en reconnaître plus qu'une.

9/ Jour 3 : Libération féminine

Eddy : Sœurette, comment as-tu fait pour me libérer ?
Sœurette : J'ai mis mon réveil sur 5 heures et je me suis pointée à 7 heures au commissariat. J'ai expliqué TA situation à l'agent d'accueil qui a décalé le planning de l'inspecteur pour que je le voie à son arrivée prévue à 7 h 30. J'ai patienté, somnolente, et j'ai

été reçue par un charmant monsieur qui avait son propre bureau, et nous avons discuté des tragiques événements qui ont conduit à ton emprisonnement temporaire. Non, mais tu te rends compte des conneries que tu as dites, Crétin des Alpes ? Et moi, bonne poire, je dois me lever avant l'aube pour secourir l'intello de la famille, celui qui a bac +5 en psycho. Alors, si tes études ne te servent pas à plus, fallait t'arrêter avant les cinq années, payées par Papa et Maman.

Eddy demanda à descendre de voiture... des choses à faire.

Eddy : Merci, Sœurette. À plus.

Et il ferma la porte pas trop fermement.
Effectivement. Si être psychologue, c'est être un poids pour sa famille, il faudra envisager une réorientation professionnelle.

Eddy, sous la luminosité grandissante de ce jour d'hiver, se dirigeait vers le quartier pavillonnaire proche de la gare, sur la commune de Montigny-le-Bretonneux. Il regarda le plan. Le quartier des Oiseaux était moderne et datait de moins de vingt ans. Des maisons Kauffmann & Broad ou équivalentes. Toutes les mêmes, il n'y avait que le numéro sur la façade qui changeait. Eddy s'approchait, mais le terrain était occupé. Des policiers et des interdictions de passer pour les personnes non autorisées. Eddy regarda de loin et, vu le faible nombre de policiers, parvint à s'infiltrer jusqu'au-devant de la maison. Il voyait bien des agents de police à l'intérieur de la maison, mais aucun dehors. Et pourtant. Une énorme empreinte de main en plein milieu de la porte-fenêtre du salon. Empreinte extérieure. Eddy la prit en photo avec son téléphone, et il s'appliqua ! Il opéra un demi-tour pour ne pas se faire voir sur une scène de crime. Il resta en périphérie et prit d'autres clichés, puis partit. Comme il était dans le coin, il retourna voir son bourreau, l'inspecteur de son cœur, au commissariat.

Eddy : Monsieur l'inspecteur, je pense que nos relations ne sont pas parties sur la meilleure des bases possibles.

Inspecteur : Puisque vous le reconnaissez, continuons.

Eddy prit sur lui, car il pensait que les torts étaient partagés.

Eddy : Inspecteur, je suis allé me promener sur le lieu du crime…
Inspecteur : Et allez, sortez votre bile, s'il vous plaît.
Eddy : Avez-pris toutes les empreintes ?
Inspecteur : C'est le B.A.BA de la police !
Eddy : Donc, vous pouvez me les montrer ?
Inspecteur : Négatif. Je vous supporte de par ma fonction, mais vous n'êtes rien dans l'affaire.
Eddy : Donc, vous avez la coupable idéale, et on ne cherche pas plus loin ?
Inspecteur : L'enquête est intègre.
Eddy : Mon cul…
Inspecteur : Décidément, vous aimez notre hôtel…
Eddy : À votre bon cœur, Inspecteur…

Un agent assermenté emmena Eddy rejoindre Suze.

10/ Jour 3-4 : Nuit de réflexion (1)

Eddy : Bonsoir, mademoiselle Suze… je vous ai manqué ?
Suze : Eddy, si cela peut te rassurer… oui, ta belle gueule est la bienvenue. Mais tu m'assures que la poulette de ce matin est ta sœur et pas ta légitime ?
Eddy : Ma sœurette est ma gardienne. Elle m'évite beaucoup d'emmerdes. Elle me supporte. Et je l'aime, mais je ne lui ai pas assez dit.
Suze : Eddy, c'est quoi ton problème ?
Eddy : L'amour. L'amour courtois, l'amour tout court.
Suze : Eddy, tu es à la ramasse, plus personne n'a ces concepts actuellement. S'il te plaît, change de disque.
Eddy : Suze, tu n'es pas un produit consommable ni périssable.
Suze : Eddy, tu es con. Et je ne serai jamais ta plante verte non plus.
Eddy : Il n'est pas levé le jour où je coucherai avec une pute.

Suze : Il n'est pas levé le jour où je coucherai sans me faire payer.

Fin de la joute… cruelle.
Chacun dans sa couverture et dos à dos.

11/ Jour 3-4 : Nuit de réflexion (2)

Eddy sortit son mobile et appela un numéro en mémoire.

Eddy : Euh, Sœurette, ça va ?
Sœurette : Connard.
Eddy : Euh, Sœurette, cette fois, ce n'est pas ma faute.
Sœurette : Connard.
Eddy : Euh, Sœurette, tu connais l'adresse.
Sœurette : Connard.

12/ Jour 4 : Réveil

La sœurette se présenta à 8 heures au « dépôt » pour libérer son frère tellement chéri. Elle avait passé un bon moment avec l'inspecteur pour tenter de comprendre ou de résoudre cet épiphénomène qu'était Eddy.

Agent : Monsieur Eddy, vous êtes libéré.
Eddy : Euh, vous êtes sûr ? Ce n'est pas un peu trop tôt ?
Agent : Monsieur Eddy, votre sœur…
Eddy : Eh oh merde, je suis prêt.
Suze : Bon courage, Eddy…
Eddy : Je n'ai pas été cool avec elle… je crains.
Suze : Tu reviens quand tu veux… À ce soir ?
Eddy : Je ne promets rien, Suze. Mais cela me ferait plaisir.

Un sourire coincé.

Sœurette : Tu fais à ton rythme surtout. Et je n'ai pas pris rendez-vous pour te libérer demain.

Eddy : Coucou, désolé, je viens tout de suite et ne te poserai plus de problème à l'avenir.

Sœurette : Promesses d'ivrogne n'engagent que ceux qui y croient.

Eddy : Sœurette, comment as-tu encore fait pour me libérer ?

Sœurette : J'ai mis mon réveil sur 5 heures et je me suis pointée à 7 heures au commissariat. Je te raconte la suite ?

Eddy : J'ai compris le concept.

13/ Jour 4 : Détective Eddy

Sitôt sorti, il se repointa à l'accueil pour demander un rendez-vous avec l'inspecteur.

Agent d'accueil : Vous êtes sûr que c'est une bonne idée ? Car on ne sera pas complet, vous pourrez revenir en fin d'après-midi si vous préférez.

Eddy : Vous pouvez me fournir le menu aussi, histoire que je m'y prépare ?

L'inspecteur reçut Eddy.

Inspecteur : Veuillez-vous asseoir. Ce n'est pas comme si on ne se connaissait pas. Je vous réserve tout de suite une place dans la suite pour ce soir, ou j'attends l'outrage à agent ?

Eddy : Non, rien de tout cela. La leçon a été apprise, bien que dans la douleur.

Inspecteur : Douleur, je vous suspecte de revenir chaque soir auprès de ma belle suspecte juste pour la draguer !

Eddy : Que nenni, Inspecteur. Il s'agit d'une monumentale erreur judiciaire !

Inspecteur : Affaire Dreyfus. *L'Aurore.* « J'accuse ». Zola, le 13 janvier 1898. Je connais mes classiques.

Eddy : Donc, vous la pensez vraiment coupable ?

Inspecteur : Rien n'indique qu'elle est innocente.

Eddy : Donc, présomption de culpabilité ?

Inspecteur : L'enquête se poursuit, et on relève toutes les preuves sur le terrain.

Eddy : Oui, j'ai vu la passoire que c'était. Avez-vous le dossier des éléments, s'il vous plaît, que j'y jette un œil ?

Inspecteur : Nous ne sommes point encore des intimes, et seules les personnes impliquées dans l'accusation ou la défense y ont accès.

Eddy : Ça tombe bien, je représente la défense de mademoiselle Suze.

Inspecteur : Vous n'êtes pas avocat.

Eddy : Non, mais je suis son détective privé. Ça le fait ?

Inspecteur : Depuis quand ?

Eddy : Maintenant. Pourquoi ? Il faut trois ans de vie commune avant d'avoir le droit de défendre la veuve et l'opprimée devant la violence du dictat policier ?

Inspecteur : Bon. Je vous montre le dossier.

Eddy : Merci, Inspecteur, je crierai vos louanges sur tous les toits.

Inspecteur : N'en faites surtout rien. J'ai mis assez de temps à construire ma réputation.

14/ Jour 4 : Le dossier

L'inspecteur avait proposé au détective Eddy de l'installer dans la salle des interrogatoires. Aucune autre salle n'était disponible pour le moment. Et l'inspecteur se proposa de refaire un point sur l'affaire d'ici deux heures.

Eddy prit ses aises et étala les pièces à conviction sur la table des supplices.

Ce qu'il apprit est résumé dans le paragraphe qui suit.

> *Femme brune d'environ 1,65 m découverte dans le salon.*
> *Habillée, elle n'a pas subi de violence ou d'outrage.*
> *Juste un gros coup d'un objet introuvable et contondant arrivé puissamment derrière le lobe de l'oreille droite.*
> *La mort a été quasi immédiate. Vers 20 h 10.*
> *Le mari a déclaré la mort à son arrivée au domicile, vers 20 h 30.*
> *Il appela la police.*

Une équipe arriva rapidement sur les lieux.
Le mari fut rassuré et interrogé.
La police fit défiler la vidéo qui enregistrait chaque fois que quelqu'un sonnait.

Suze y fut reconnue, et la chasse à l'homme lancée, avec les pitbulls bleu-blanc-rouge à ses trousses.

Elle fut ramenée *manu militari*, menottée et en pleurs, au commissariat de Saint-Quentin-en-Yvelines.

Suivirent les empreintes intérieures au pavillon ignymontain. Et moult photos.

Eddy était passé en mode veille, mais son cerveau tournait comme le moteur d'une Ferrari, le bruit en moins. La CPU était performante et n'avait nul besoin d'*upgrade* ou de nettoyage des circuits imprimés. Il était lancé, telle une flèche en alignement avec le cœur de la cible.

Il nota noir sur blanc toutes ses questions sans réponse avec le dossier.

Ainsi que ses questions issues de ses études.

15/ Jour 4 : Les questions qui fâchent

L'inspecteur reçut un peu plus tard, comme promis, le détective Eddy. Il récupéra accessoirement son dossier.

Inspecteur : Détective, pour votre première enquête, expliquez-moi ce que des policiers chevronnés ont loupé ?
Détective : Pendant ma méditation en salle d'interrogatoire, j'ai noté quelques questions qui m'ont paru de bon sens.
Inspecteur : Allez-y, je m'attends à tout.

Eddy sortit son carnet et lut.

Détective :
-   A-t-on vérifié la chronologie du mari ?

- A-t-on aussi vérifié la chronologie de la suspecte ?
- Quel serait le mobile de Suze (en plus de couper la branche de ses revenus) ?
- Pourquoi le mari n'a-t-il pas appelé les secours plutôt que directement la police ?
- Vous avez mis quel neuneu pour faire votre enquête ?
- Où sont les indices en provenance du tour extérieur de la maison (notamment les empreintes sur la porte extérieure du salon) ?

Inspecteur : Je vous ai écouté. Je prends un pari avec vous. Je complète les points flous et ensuite vous dégagez de ma vie professionnelle.

Détective : Pas de problème, vous allez enfin faire votre boulot. J'en accepte le coût.

Inspecteur : Sans insistance, souhaitez-vous être accueilli à l'hôtel du commissariat pour la nuit à venir ? Naturellement, aux frais de la princesse. Et vous avez sans doute à échanger avec votre cliente.

Détective : C'est curieux, mais dans votre bouche, *je* suis le client. Oui, j'accepte la chambre « nuptiale ». Il serait possible d'améliorer le menu pour ce soir ?

Inspecteur : Que souhaitez-vous, monsieur le détective ?

Détective : Une petite bouteille de vin rouge ? J'ai vu le menu ce matin à l'accueil et, avec votre tambouille, un p'tit Cahors, ce ne serait pas de refus.

Inspecteur : Vous aurez une 37,5 cl.

Détective : Merci. On se dit… à demain ?

Inspecteur : Comme vous dites.

Détective : Finalement, je n'ai pas fait d'outrage à inspecteur ?

Inspecteur : Et si le but, c'était de vous garder enfermé, quel qu'en soit le motif ?

Détective : Mais c'est horrible, et moi qui croyais en la justice.

Inspecteur : La justice, c'est la maison à côté. Ici, c'est la police.

16/ Jour 4 : Dîner aux chandelles

Suze : Ben, mon chéri, bienvenu. Je t'attendais. Jamais deux sans trois.

Eddy : Suze, je suis venu de mon plein gré.

Suze : Tu es con ou tu es vraiment con ?

Eddy : Les deux.

Suze : Mais, Eddy Ducon de nom de famille, c'est quoi, ton problème ? Un amour mal assumé ? Je ne peux rien pour toi. J'ai besoin de gagner ma croûte, alors atterris sur Terre et ouvre les yeux.

Eddy : Je me suis présenté comme ton détective et j'ai pu accéder au dossier.

Suze : Je t'ai demandé quelque chose ? Dis, je t'ai demandé quelque chose ?!

Eddy : Ils cherchent juste le nécessaire pour t'enterrer.

Suze : Donc, je dois te dire merci ?

Eddy : Non, tu te contentes de me laisser t'innocenter.

Suze : Tu es qui ?

Eddy : Ton détective privé officiel.

Suze : Je ne suis pas dans la mouise !

Eddy : Pour le coup, ça, ça reste vrai. D'ailleurs, ton détective privé adoré a deux ou trois questions pour toi.

Suze : Tu es flic ou privé ?

Eddy : Détective Eddy. Ma première enquête. Mais je pense vraiment m'y consacrer et m'y investir.

Suze : Pose tes questions, Détective Eddy.

Eddy : À quelle heure as-tu poinçonné ton ticket RER à la gare de Saint-Quentin-en-Yvelines après avoir fui la maison du rencard ? Avais-tu eu l'impression d'être suivie ?

L'entretien fut suspendu par l'arrivée du dîner.

Agent : Monsieur Eddy, un dîner grand luxe pour deux personnes, c'est ici ?

Eddy : Rien n'est trop beau pour Miss Suze.

Suze : Tu joues à quoi ?

Eddy : Faites entrer le repas, et merci pour le service.

Agent: *You're welcome, Detective Eddy.*

L'agent entra et laissa le chariot table entre les deux couchettes.

Suze : Dis donc, l'Aristo, on a droit à du vin ?

Eddy : J'ai mes entrées.

Agent : Monsieur Eddy, bon appétit à vous-même, ainsi qu'à Mademoiselle.

Suze : Ben alors moi, je suis sur le cul.

Eddy : Pareil, Miguel.

Il y eut une trêve. Pas de conflit, mais du confit. Il y eut un repas apprécié des deux parties, et le silence indiquait seulement que, pour une fois, le menu Deluxe du commissariat était à la hauteur de son Cahors, ou l'inverse.

Ensuite, la conversation professionnelle reprit entre les deux protagonistes.

Suze : Je peux savourer mon espresso avant la reprise de l'interrogatoire ?

Eddy : J'ai négocié le cahors, mais il n'y aura pas de pousse-café.

Suze : Tu m'as déjà soufflée. Tu as été top.

Eddy : C'est pour l'enquête, Suze, uniquement pour l'enquête. Suze, le ripou, c'est lui qui t'a coffrée ?

Suze : Ouais, et il a pris son pied en me coinçant. Il s'est bien frotté.

Eddy : Donc, il en avait clairement après toi. Tu ne veux pas payer ou te coucher. Donc, il te le fait payer autrement. Un signal pour tes congénères.

Suze : C'est ce genre de banalité qu'un détective sort. Et y a des nanas qui paient des gens comme toi ? Moi au moins je leur offre quelque chose !

Eddy : Bon, prenons un autre angle. Je suis sûr que tu n'es pas une cible isolée. Me trompé-je ?

Suze : Non, toutes les filles qui œuvrent autour du quartier de la gare sont ses cibles. Il nous repère et nous saigne. Argent et rapports selon son bon vouloir.

Eddy : Il y a lui, et combien encore ?

Suze : Deux autres.

Eddy : Des noms, prénoms, des descriptions ? Des signes particuliers ? Des dates ? Des fréquences ?

Suze : Ça a commencé il y a six mois. À mes débuts, les autres

Escortes pensaient que je portais la scoumoune, car je suis la p'tite jeune ou nouvelle du troupeau.

Eddy : OK, je souhaite les identifier, et je verrai avec l'inspecteur une sorte d'enquête parallèle.

Suze : Lui, c'est facile, genre de grand baraqué cheveux courts, voire rasés. Les deux autres, des jeunots en mal de chef, mais ils ont bien trempé leur nouille en nous. Des jeunes mutés ou embauchés, qui croient pouvoir faire leur loi avec un nouveau shérif. Eddy, ce bonhomme est une plaie, pas seulement pour la profession, mais pour la société.

Eddy : Merci, Suze. Bonne nuit à toi.

Suze : À toi aussi, détective des causes perdues.

Eddy ne s'endormit pas tout de suite. Il se demandait de quel concours de circonstances le flic pourri avait bénéficié pour pouvoir impliquer Suze sur un meurtre. Sur ce, il finit tout de même par se faire rattraper par Morphée.

17/ Jour 5 : Sœurette

À 8 heures, Sœurette se pointa à la grille de la cellule.

Agent : Monsieur Eddy, je lui ai dit que vous étiez ici de votre plein gré, contrairement à votre colocataire, mais elle m'a traité de fou. Dites-lui, vous, que je puisse retourner à l'accueil.

Eddy : Sœurette, comme tu vois, je suis ici sans contrainte.

Sœurette en dévisagent Suze : Je comprends aussi mieux pourquoi tu rempiles de nuit en nuit.

Eddy : C'est ma cliente.

Sœurette : Tu veux dire que tu es *son* client.

Eddy : Non, je suis son détective privé.

Sœurette : Elle t'a vraiment tapé dans l'œil alors.

Eddy : Non, vraiment pas. Je me tente sur cette voie, et, surtout, si je ne la défends pas, qui le fera ?

Sœurette : Donc, tu es avocat pour coupables en bas résilles ?

Eddy : Écoute, pour le moment, c'est une enquête biaisée. Alors, cette activité ou rien, au moins, j'ai l'impression de me sentir utile, et sans me vanter, je pense m'en sortir pas trop mal pour un débutant.

Sœurette fit demi-tour et laissa son frère à son existence de raté.

18/ Jour 5 : Inspecteur

Eddy : Vous auriez pu lui dire, à ma sœur, que j'ai passé la nuit ici de mon plein gré, pour les besoins de l'enquête.
Inspecteur : J'ai peut-être omis certains détails, comme le cahors par exemple.

Eddy s'assit, et la discussion professionnelle débuta.

Eddy ouvrit son calepin et lut :
- A-t-on vérifié la chronologie du mari ?
- A-t-on aussi vérifié la chronologie de la suspecte ?
- Quel serait le mobile de Suze (en plus couper la branche de ses revenus) ?
- Pourquoi le mari n'a-t-il pas appelé les secours plutôt que directement la police ?
- Vous avez quel neuneu pour faire votre enquête ?
- Où sont les indices en provenance du tour extérieur de la maison (notamment les empreintes sur la porte extérieure du salon) ?

Inspecteur : Vous êtes assez têtu, non ? J'aime assez.
Détective : C'étaient les questions d'hier. J'en ajouterai d'autres, une fois entendue votre première salve de réponses.
Inspecteur : Cette enquête est sous la responsabilité du brigadier Gudieux.
Détective : Et il est arrivé quand dans votre belle ville ?
Inspecteur : Un peu plus de six mois, pourquoi ?
Détective : Les harcèlements sexuels auprès des *Escortes* datent de cette date.
Inspecteur : On s'éloigne de l'enquête, non ?
Détective : Le brigadier, ce n'est pas un grand type, crâne quasi rasé ?

Inspecteur : Ça lui correspond assez, même si c'est un peu caricatural.

Détective : Il bosse avec deux jeunots ?

Inspecteur : Ça se pourrait… très probablement.

Détective : Je pense que les deux affaires sont liées, donc je les traite en parallèle.

Inspecteur : Attaquer deux enquêtes en même temps, ça vous laisse une chance d'en résoudre une.

Détective : Ces gars sont des ripoux. Pouvez-vous répondre à mes questions d'hier maintenant ?

L'inspecteur prit la feuille du calepin.

Détective : *A-t-on vérifié la chronologie du mari ?*

Inspecteur : Je demanderai au brigadier.

Détective : Pourriez-vous aussi contre-vérifier ses dires, je crains qu'il s'arrange avec sa conscience, juste pour noyauter ma cliente. *A-t-on vérifié la chronologie de la suspecte ?*

Inspecteur : Je demanderai au brigadier.

Détective : Ce qui m'intéresse, c'est la corrélation entre le minutage du meurtre et quand ma cliente a-t-elle validé sa carte Navigo à la gare. *Quel serait le mobile de ma cliente ?*

Inspecteur : Je m'intéresse aux faits, les mobiles viennent ensuite.

Détective : *Pourquoi le mari n'a-t-il pas appelé les secours plutôt que directement la police ?*

Inspecteur : Je demanderai au brigadier.

Détective : Pourquoi le brigadier n'a-t-il pas posé la question qui semble logique et justifiée ?

Inspecteur : Il aurait dû. Je lui reposerai la question.

Détective : *Vous avez quel neuneu pour faire votre enquête ?*

Inspecteur : Je crois avoir déjà répondu.

Détective : *Où sont les indices en provenance du tour extérieur de la maison ?*

Inspecteur : Je demanderai au brigadier.

Détective : Et cette histoire d'empreintes extérieures sur la porte extérieure du salon ?

Inspecteur : Là, vous me posez une colle.

Détective : Heureusement que j'étais là avant la disparition de la preuve. Pouvez-vous vous en occuper sans impliquer le brigadier. Je vous l'envoie sur votre mobile.

Inspecteur : Je suis OK.

Eddy se leva.

Eddy : N'oubliez pas une chose. Il cherche à bâcler l'enquête, entre autres, pour enfoncer ma cliente. Si on avait l'arme du crime, ce serait un plus.

Inspecteur : Je ne sais pas où vous dormirez ce soir, mais j'aurai les réponses pour demain matin.

Eddy : Je ne voudrais pas m'imposer…

Inspecteur : À ce soir, alors.

19/ Jour 5 : Dîner

Lorsque l'agent introduit Eddy dans la cellule, Suze eut un sourire et, oui, elle était heureuse de ne pas passer la soirée seule.

Eddy : Euh… Salut, Suze.

Suze : Monsieur l'agent, je voudrais porter plainte pour harcèlement.

Agent, qui comprenait leur petit jeu :
Je crois qu'on n'a plus de formulaire. Faites avec lui, on n'a pas mieux à vous proposer.

Eddy : Faute de grives, on se contente de merles.

Suze : Tu ne me consommeras jamais. Mais j'accepte tes offrandes alimentaires.

Eddy profita du repas pour apprendre à connaître sa codétenue.

20/ Jour 6 : Petit déjeuner

Vers 8 heures, Eddy vit apparaître sa sœurette à la cellule.

Eddy : Salut Sœurette. Que me vaut ta visite ?

Sœurette : Je passais par là et je te retrouve encore dans ce bouge.

Eddy : Je suis avec ma cliente, et l'enquête avance positivement.

Sœurette : Il ne manque plus qu'un lit double, comme cela, tu verras l'enquête avec de la hauteur et des rebonds.

Eddy : Je suis ma voie et je ne couche pas.

Sœurette : Elle ne te paiera que de cette manière. C'est tout ce qu'elle connaît.

Eddy : Je travaille bénévolement. Tu es juste écœurante.

Sœurette : Bye, on se verra chez Man.

Ensuite, Eddy retourna voir l'inspecteur.

Détective : Vous ne pourriez pas dire à ma sœur que je suis assez grand pour m'occuper de moi tout seul.

Inspecteur : Les portes du commissariat sont ouvertes à tous, comme pour une église. C'est une des règles de la démocratie. Vous remettriez cela aussi en cause ?

Eddy était chamboulé de son altercation avec sa sœur. Il s'assit sans conviction.

Inspecteur : Par rapport à hier, « on » a progressé.

L'inspecteur reprit la feuille du calepin.

Inspecteur : *A-t-on vérifié la chronologie du mari ?* Le brigadier indique que l'employeur confirme l'alibi du mari. Sa carte Navigo le confirme.

Détective : Sans vouloir faire mon rabat-joie, et s'il avait échangé avec un de ses collègues pour faire croire qu'il était parti plus tard ? Donc, ce qui compte, c'est quand a-t-il été vu au plus tard à son entreprise.

Inspecteur : Je conserve l'idée.

Détective : Et regardez les caméras de surveillance de la SNCF aussi.

Inspecteur : *A-t-on vérifié la chronologie de la suspecte ?* Vu sur la caméra de la maison à 19 h 59'20″, pointage à la gare pour le train pour Paris à 20 h 33. Donc, elle a pu tuer la femme, vu qu'il y a que quinze minutes de trajet à pied.

Eddy : Bien sûr, et elle est arrivée pile poil à 20 h 33. Ça ne vous est pas venu à l'idée qu'elle a attendu son train un quart d'heure ? Là encore, y a-t-il des caméras ? Sans doute, je l'espère, mais le brigadier n'avait pas envie d'innocenter une pseudo-coupable.

Inspecteur : Je garde aussi l'idée.

Pourquoi le mari n'a-t-il pas appelé les secours plutôt que directement la police ?

La femme était assez marquée, le mari ne se faisait plus d'illusion.

Eddy : On a toujours un espoir.

Inspecteur : *Les empreintes extérieures photographiées par Eddy.*

Ce seraient les empreintes du brigadier.

Eddy : Et donc ?

Inspecteur : Je ne lui ai pas posé la question, j'avoue que vous m'avez intrigué. Je ne voulais pas gâcher une piste.

Eddy : Donc, votre confiance en votre équipe vacille ?

Inspecteur : Je continue de vous écouter, ce n'est déjà pas si mal comme résultat ?

Eddy : Des idées sur l'arme du crime ?

Inspecteur : Je vous le dirai quand on l'aura trouvée.

21/ Jour 6 : Dîner

L'agent ouvrit la cellule et fit son méchant devant Suze :

Agent : Eddy, quand comprendrez-vous le respect envers les gardiens de la paix ? Allez. Zou, au gnouf.

Suze : Ma pâle copie d'un héros, allez, viens que je te panse.

Eddy : Suze, je suis ici volontairement. Juste pour un autre dîner en tête à tête avec toi. Je progresse sur l'enquête. Je suis plus utile ici.

Suze : Un plan drague ? Je croyais avoir été claire.

Eddy : Non, un plan psy, car je n'aime pas faire de la peine à ma sœur.

Suze : Je te dois bien cela.

Eddy : Je n'ai aucune question. Juste besoin de passer un peu de temps avec une personne sympathique.

Suze : Vœu accordé.

Eddy : Agent, on mange quand, dans cette cantina ?

Agent : Je cours chercher le menu DELUXE.

Eddy : Merci.

L'agent revint avec le chariot roulant. Ce soir-là, c'était pavé de saumon mi-cuit au riz sauvage, avec une petite bouteille de Chablis.

Suze : Tu as l'air à la fois mieux et déprimé ?

Eddy : Je suis positif sur l'enquête, mais je ne veux pas donner de faux espoirs à ma cliente. Et j'ai fait de la peine à ma sœur, et ça, c'est plus grave. Tu as déjà déçu ta famille ?

Suze : Tu m'as bien vue ?

Eddy : J'adore ma sœur, mais j'ai l'impression de n'être qu'un boulet, une erreur de la nature.

Suze : Bienvenue, tu as trouvé ton âme sœur.

Eddy : Elle t'a insultée.

Suze : J'ai l'habitude.

Eddy : Avec toi, j'ai l'impression de me sentir utile, faute de mieux, et j'ai rarement passé d'aussi bons moments.

Suze : Eddy, tu es un brave gars, et je suis dans de sales draps.

Eddy : Et ?

Suze : Eddy, bonne nuit. Concentre-toi plus sur l'enquête, s'il te plaît.

Eddy passa une nuit agitée, mais sans réveiller sa complice de cellule.

22/ Jour 7 : Petit déjeuner

L'agent ouvrit la cellule, mais c'est la silhouette derrière l'agent qui intriguait Eddy.

Eddy : Sœurette ! Quel bonheur de te revoir quotidiennement même quand je suis en simple visite. (Un coup d'œil à l'agent) Vous lui avez bien sûr expliqué que j'étais libre d'entrer et de sortir à mon gré ?

Agent : Un peu trop au goût de l'inspecteur, mais oui.

Eddy : Ben alors, Sœurette ? Tu te fais trop de souci pour ton frérot ? Ou, comme tu l'as indiqué subtilement hier, tu ne cautionnes pas mes fréquentations ?

Sœurette en regardant Suze : Mademoiselle Suze, je suis essentiellement venue m'excuser.

Suze : J'ai l'habitude. Excuses acceptées et belle journée, mademoiselle.

Eddy : Sœurette ? Sœurette ?? Sœurette ???

Suze : Laisse, vous êtes temporairement en froid.

Eddy : Je dois te laisser, j'ai un inspecteur à voir.

Suze : Ne perds pas ta sœur pour moi.

23/ Jour 7 : Interrogatoire du mari (1)

Eddy entra dans le bureau de l'inspecteur.

Eddy : Bonjour, Inspecteur, vous ne pourriez pas interdire de séjour ma sœur, voire lui jeter une Fatwa ?

Inspecteur : On est civilisés ici, Détective. Et curieusement, dans votre famille, vous n'êtes pas forcément mon préféré.

Eddy : Je sais, c'est le drame de ma vie. Elle est toujours devant, sans aucun mérite pour autant.

Inspecteur : Il y a ce jour l'interrogatoire du mari. Vous ne pourrez pas intervenir, mais je vous autorise à suivre le contre-interrogatoire.

Eddy : Qui interroge ?

Inspecteur : Votre brigadier préféré… mais j'y serai aussi et j'ai compris le message. J'interviendrai si nécessaire.

Eddy : Allons-y alors. On a une fille à innocenter.

Inspecteur : Moi, j'ai surtout un coupable à trouver.

24/ Jour 7 : Interrogatoire du mari (2)

L'inspecteur avait placé le détective derrière la vitre. Il s'était ensuite arrangé pour cacher la silhouette d'Eddy en introduisant le brigadier dans la cellule d'interrogatoire.

Maintenant, l'inspecteur devait avoir en permanence un œil sur le mari et l'autre sur le brigadier.

Le mari avait les mains reliées par des menottes avec un point d'attache au centre de la table.

Le mari était en position d'infériorité, voire d'humiliation.

Il avait en face de lui deux policiers aguerris. Pourquoi deux ?

Le brigadier tentait le plus possible de s'interposer entre le mari et l'inspecteur.

Mari : J'ai déjà répondu à vos questions.

Inspecteur, coupant la parole au brigadier : Insuffisamment. On reprend votre alibi de zéro. Brigadier, faites votre boulot (avec un regard qui signifiait : « correctement cette fois »).

Brigadier : Alors, monsieur, pouvons-nous reprendre votre chronologie ?

Mari : J'ai déjà répondu à toutes vos questions.

Brigadier : Alors, répétez-vous ! À quelle heure êtes-vous arrivé chez vous ?

Mari : Vers 20 h 15, juste après le meurtre.

Brigadier : Qu'avez-vous vu ?

Mari : Ma femme était à terre. Alors, j'ai appelé la police.

Sur un signe de l'inspecteur, le brigadier n'eut d'autre choix que de suivre la procédure.

Brigadier : Pourquoi pas plutôt police secours ?

Le mari muet se tourna vers le brigadier puis vers l'inspecteur.

Mari : Ben, elle semblait morte.

L'inspecteur, sur inaction du brigadier, intervint.

Inspecteur : Votre femme est à terre. Et vous ne vous en approchez pas. Vous étiez convaincu de sa mort ?

Mari, après avoir jeté un œil affolé au brigadier : Je le pensais. C'était logique, non ?

Inspecteur : Vous avez dû être bouleversé. Vous pouvez me décrire la blessure ?

Mari en se tripotant les doigts : Bien sûr. Il y avait une grosse plaie ouverte à l'arrière du crâne.

Brigadier : Un objet mi-contondant mi-tranchant, genre un socle assez effilé, comme la base d'un objet fin.

Inspecteur : Sans vous être approché de votre femme, vous décrivez sa blessure derrière la tête ? Pouvez-vous me dire avec quel objet de votre demeure cela pourrait-il être en rapport ?

Mari : Mais je n'en ai aucune idée.

Inspecteur : Monsieur, nous allons devoir prendre des photos de la scène de crime et fouiller vos albums photo de famille en ce cas, pour trouver l'objet qui a servi au meurtre et ensuite, on vous demandera pourquoi vous êtes subitement devenu amnésique.

Mari : Mais le brigadier m'a dit que ce n'était pas la peine, qu'il en avait suffisamment pour qu'elle aille se faire pendre.

Inspecteur s'adressant au brigadier : Vous êtes au mieux incompétent, et au pire complice de meurtre. Vous êtes en état d'arrestation.

Inspecteur s'adressant au mari : S'il est complice de meurtre, cela signifie que vous êtes le meurtrier. Je vous mets en garde à vue. (Puis parlant à ses appareils communicants à son poignet) Besoin de quatre agents assermentés. Immédiatement, en cellule d'interrogatoire.

Les deux individus seraient mis dans deux cellules, séparés suffisamment pour interdire tout dialogue. Et les deux présumés complices du brigadier furent suffisamment occupés en patrouille nocturne pour ne pas revenir avant le lendemain midi.

Dans le bureau de l'inspecteur, en compagnie d'Eddy.

Inspecteur : Vous êtes fier de vous ?

Eddy : Si j'ai pu vous aider, alors oui. Votre opinion ?

Inspecteur : Vous foutez en l'air un commissariat. Alors, quand les journaux se jetteront sur nous ?

Eddy : Réglez vos comptes en interne.

Inspecteur : Je croyais que vous vouliez casser du flic, et nous livrer en pâture aux journaux.

Eddy : Il y en a des bons et des pas bons, mais l'étalage ne résout rien.

Inspecteur : Alors, on peut travailler ensemble ?

Eddy : Je vous dois deux menus DELUXE avec deux bouteillettes de vin.

Ils se rassirent et dégustèrent un café, gourmand.

Eddy : Donc, ma cliente est innocente ?

Inspecteur : Il me faut des preuves pour l'accusation alternative.

Eddy : Je vous parie que l'arme du crime est chez le brigadier, et qu'il a prévu de faire chanter le mari, même si je pense que c'est déjà fait. Il monte dans les méfaits.

Inspecteur : J'ai demandé une fouille du domicile du brigadier.

Eddy : On aura les résultats quand ?

Inspecteur : Je vous enverrai un agent ce soir… pendant votre dîner.

Eddy : Pff, le plus dur va être d'occuper mon après-midi.

Inspecteur : Ce sont les soldes au centre commercial, faites-vous plaise.

25/ Jour 7 : Troisième dîner aux chandelles

L'agent apporta le chariot et le plaça entre les deux couchettes. Il s'éloigna.

Eddy se permit de faire le service, tel un gentleman. Elle était intimidée. Lui CON.

Ils savourèrent un lapin (ou lapereau) aux pruneaux, avec un Bourgogne rouge. Suze était aux larmes. Eddy refusait de laisser filtrer d'éventuelles bonnes nouvelles sur ce qu'il imaginait comme avancées pour l'enquête.

Mais ils passèrent une conviviale soirée DELUXE.

Et puis, un agent appela Eddy à la grille. Simplement, confidentiellement.

Après discussion à demi-mot et à voix basse, Eddy revint à table.

Il sourit avec ses yeux à Suze.

Pour la première fois, il recula le chariot et lui déposa un bisou sur la bouche.

Eddy : À demain.

26/ Jour 8 : Encore elle

Il reconnut son pas avant de l'entendre.

Eddy : Putain non. J'ai fait quoi au Bon Dieu pour mériter une telle sœur ?

Sœurette : Peut-être que tu es béni des Dieux.

Eddy : Je veux juste innocenter une innocente. Passe tes nerfs sur un ou une autre.

Sœurette : Y en a pas.

Eddy : Tu en trouveras bien un. Le monde est rempli de ce genre d'hommes.

Sœurette : C'est elle qui compte pour toi, tant que cela ?

Eddy : Elle est innocente. Je veux l'aider.

Sœurette : Crois-y si tu veux ! Moi, je n'y crois pas une seconde.

Sœurette partit. Il pleura. Suze caressa sa nuque avec tendresse, elle, la présumée coupable.

27/ Jour 8 : Brigadier

Eddy était impatient d'avoir enfin le mot de la fin sur les perquisitions.

Il se pointa dans le bureau de l'inspecteur et s'assit.

Inspecteur : Ils n'ont pas encore avoué, mais c'est le rôle de la garde à vue.

Eddy : Vous jouez sur du velours, non ?

Vous avez trouvé l'arme du crime chez le brigadier dans un sachet hermétique pour conserver les empreintes. Le brigadier allait prendre son envol de brigand et faire chanter le mari.

Inspecteur : Je suis optimiste pour boucler mon affaire raisonnablement rapidement.

Eddy : Les interrogatoires. Je peux y assister ? Et pour quand la libération de ma cliente ?

Inspecteur : Dès la mise en examen.

Eddy : Ça vous dérange si on commence par l'interrogatoire de votre brigadier ?

Inspecteur : Allons-y.

Eddy état installé derrière les vitres. Il était simple spectateur. L'inspecteur était assis face à son brigadier, un huissier de justice ou un avocat assistait, à côté de son client.

Inspecteur : Brigadier, ce sont de lourdes charges qui pèsent sur vous. Peut-être désirez-vous discuter avec votre avocat pour avouer tout de suite et plaider coupable. Je serai de l'autre côté de la porte, vous n'aurez qu'à me faire signe pour reprendre l'entretien.

Détective : C'est prévu ça, comme pratique ?

Inspecteur : Quand je suis quasi sûr de moi, autant ne pas passer quarante-huit heures enfermées. Qui ne tente rien n'a rien.

Il y retourna.

Avocat : Nous avons discuté, mon client et moi.

Le brigadier gardait ses mains jointes et conservait le regard bas.

Avocat : Il plaide avoir perdu la tête momentanément et commençait déjà à songer sérieusement à vous dire la vérité.

Inspecteur : Je note qu'il y a vu une opportunité.

Avocat : Oui, un moment de folie.

Inspecteur : Et pour les harcèlements envers des femmes autour de la gare ?

Avocat : Hein ? Mais je n'en sais rien.

Inspecteur : J'en déduis donc qu'il ne vous a pas tout dit.

Il s'est présenté comme ayant juste commis une faute.

Dommage, il y a des plaintes de plusieurs femmes pour son chantage au sexe et à l'argent.

Il sera mis en examen là aussi, avec deux gardiens complices.

Maître, vous ne défendez pas un homme qui a craqué une fois, mais une personne qui cherchait à se faire une place. Brigadier, nous allons débuter les quarante-huit heures légales sous la surveillance de votre avocat.

Alors, commençons.

Brigadier : Vous n'avez aucune preuve !

Inspecteur : Vous voulez dire en dehors de celle dans une cellophane avec les empreintes du mari et le sang de sa femme ?

Je vais abréger votre garde à vue. Vous êtes à cette heure mis en examen. Nous allons maintenant interroger vos collègues et aussi le mari.

Nous devinerons tout seuls comment vous êtes entré en possession de cette preuve.

28/ Jour 8 : Le mari

Même scénario, on changeait juste d'avocat.

Inspecteur : Bonjour monsieur, heureux de vous accueillir au commissariat.

Avocat : Mon client est innocent, et c'est terriblement pénible pour lui de constater que vous ne recherchez pas le coupable.

Inspecteur : Monsieur, nous avons trouvé l'arme du crime. Avant de vous la citer, je vous laisse cinq minutes pour discuter avec votre avocat ce que vous souhaitez plaider.

Sur ce, il sortit… cinq minutes.

Il entra à nouveau dans la salle d'interrogatoire.

Inspecteur : Alors ?

Avocat : Nous collaborons.
Inspecteur : Alors, la déposition complète. Allons-y.

S'ensuivit pas mal de paperasse. Le mari avoua et confirma l'échange de carte Navigo. Il était à 19 h 45 chez lui et pensait que sa femme reviendrait vers minuit, car chaque mardi elle avait débriefe commercial au siège et briguait un poste au-dessus, donc inimaginable qu'elle quitte la réunion staff haut de gamme avant la fin. Pour être une des premières femmes de la compagnie à transpercer ce plafond de verre.

Après le geste qui donna la mort, il était écœuré de lui et alla vomir dans les toilettes.
Il sentit du vent, et quand il revint, la porte-fenêtre était grande ouverte et l'arme du crime, envolée.
Il devinait à quoi s'attendre.

29/ Jour 8 : Les deux complices

Un seul entretien, un seul avocat, deux gardiens en garde à vue, un inspecteur.

Inspecteur : Bonjour, gardiens. Vous savez pourquoi vous êtes en garde à vue ?
Avocat : Rappelez-leur, s'il vous plaît, soyez précis dans les termes utilisés.
Inspecteur : Vous pourriez être attaqués en justice sous le coup de trois chefs d'accusation : extorsion de fonds, harcèlement sexuel, et… complicité de chantage en bande organisée.
Avocat : Ça fait beaucoup.
Inspecteur : L'important, ce n'est pas cela, c'est qu'ils sont accusés ou présumés accusés de plusieurs fautes.

Les gardiens étaient agités.

Inspecteur : Ce qui m'importe, et nous allons peut-être devoir passer à des entretiens individuels, c'est votre version ou vos

versions. On continue en duo ou en passe en solo. Maître ?
Avocat : Laissez-moi quelques minutes, s'il vous plaît.

L'inspecteur sortit. Puis, sur un signe de l'avocat, entra à nouveau.

Avocat : Mes clients reconnaissent les faits, c'est-à-dire les extorsions, sous la responsabilité du brigadier. Mais ils nient en bloc la dernière accusation. Ce sont clairement des débutants dans la profession, et ils ont confondu pouvoir et responsabilité.
Inspecteur : Mettons cela noir sur blanc. J'aurai aussi besoin de leur participation pour reconstituer le planning du brigadier depuis la semaine passée.
Avocat : Cela va de soi.

L'inspecteur regarda ses agents.

Inspecteur : Vous avez fait des boulettes. J'ignore la sanction. Mais c'est réparable… si vous le souhaitez vraiment.

30/ Jour 9 : Libération

Eddy prit les clés des mains de l'agent et ouvrit lui-même la cellule où Suze demeurait depuis trop longtemps, mais surtout injustement.

Eddy : Mademoiselle Suze, tu es totalement blanchie. Tu es libre.
Suze : Eddy ? C'est toi qui as fait cela ?
Eddy : Disons que tu auras été ma première cliente.
Suze : Je t'en dois une.
Eddy : Je n'ai pas de carte de visite, mais voici mon 06.
Suze : Promis, je te recontacte sous peu. Tu as assuré, Eddy le détective.

Elle quitta sa cellule après avoir prodigué un bisou de couleur rouge sur la joue d'Eddy.
Eddy et l'agent regardèrent la belle femme s'éloigner et quitter le commissariat.

31/ Jour 9 : Inspecteur

Eddy et l'inspecteur sirotaient un cognac VSOP.

Détective : Quand on n'est pas suspect, ou peut sous certaines conditions être bien reçu.
Inspecteur : Et maintenant je vous garde votre chambre de cellule ?
Détective : Plus rien ne m'y retient.
Inspecteur : Je vois cela.
Détective : Vous ne l'aimez pas.
Inspecteur : Tant que je n'y suis pas obligé.
Détective : Vous n'appréciez pas sa profession ?
Inspecteur : Elle n'est pas désirable dans le scope de la police.
Détective : Parce qu'elle fait une activité illégale ?
Inspecteur : Oui, cela a pu contribuer.
Détective : Le fait qu'elle remplisse sa feuille d'impôts comme tout le monde ne vous émeut pas ?
L'État est contre la prostitution, mais est OK pour imposer les passes.
Inspecteur : Le monde n'est pas parfait.
Détective : J'ai éprouvé beaucoup de plaisir à connaître un commissariat de l'intérieur.
Il est l'heure de se dire au revoir, Inspecteur. Heureux d'avoir éventuellement pu participer à votre possible promotion.

32/ Jour 10 : Chez Man

Eddy se gara autour de la maison, où toujours trop de personnes étaient rangées n'importe comment.
Il reconnut la voiture de sa sœurette.
Il sonna et entra, car c'était seulement un signal d'arrivée.
Il marcha dans l'allée et entra dans la maison. Il tint la porte ouverte pour son invitée.

Eddy : Maman, je suis là, accompagné, comme promis.
Man : C'est à cette heure-là que tu arrives ? J'ai cru mourir

d'angoisse et te pensais prisonnier dans un accident de voiture. Et surtout, prends bien ton temps pour me présenter.

Eddy : Man, je te présente Suze, une très belle personne.

Man : Ça va, je ne suis pas aveugle. Allez ouste, à la salle à manger, pour faire connaissance avec le prétendant de ta sœur. Deux mauvaises nouvelles le même jour, merci les enfants.

Eddy et Suze entrèrent et découvrirent la table installée. Cinq places. Et Sœurette… et l'inspecteur était là.

Eddy : Putain, si je m'attendais !
Sœurette : Bonjour Frérot.

Eddy : Inutile de te demander pourquoi tu venais chaque matin au commissariat, surtout sans mes appels.
Sœurette : Tu n'aurais pas compris.
Eddy : Et depuis quand tu t'intéresses aux autres, toi ? Tu serais un modèle à suivre ?

Suze retenait Eddy, comme René (c'est l'inspecteur) retenait Sœurette.
Et tout à coup soudainement, Man arriva.

Man : APÉRITIF ! Vu les deux bonnes nouvelles, j'ouvre du champagne, et ne cherchez pas à m'en dissuader.

Elle servit elle-même les cinq flûtes.
Chacun trinqua… nerveusement.

Man : Alors, René, vous faites quoi comme profession ?
René : Je suis inspecteur de police.
Man : Et toi, Eddy ?
Eddy : J'ai décidé de démarrer une carrière de détective privé.
Man : Alors, vous faites presque le même boulot ?
René sur le qui-vive : Mais moi, je respecte les lois.
Eddy : Tandis que moi, je respecte les gens.
Man : Allons, allons, on est en terrain neutre, non ? Et vous Suze, vous faites quoi dans la vie ?

René fit un sourire. Il espérait clairement qu'elle se plante.

Suze : J'ai un doctorat en sociologie. Disons que j'aide les gens en difficulté.

Man : Une sorte d'assistance sociale ? Mais vous méritez mieux avec vos diplômes, non ?
Suze : Je ne sais pas, madame, mais je suis assez heureuse de ma place.

Man partit et revint avec le plat. Il y eut une choucroute accompagnée de Riesling. Les conversations furent cadenassées par la seule présence de Man.
À la fin, après le café, mais aussi le pousse-café, chacun se préparait à repartir.

Eddy : Sœurette, continue à me donner des nouvelles. J'ai besoin de toi comme guide… mais moins ces temps-ci.
Sœurette : Eddy, épanouis-toi si tu crois en ta nouvelle orientation.

Suze repartit avec un homme de haute qualité à son bras. Et cela n'a pas de prix… il le découvrira ce soir.

Enquête N° 2

Le parfum

1/ La nuit de mercredi à jeudi

Il devait être 2 heures du mat. Qui pouvait sonner à cette heure ? Je me levai et enfilai mon jean jeté sur la chaise. Je bougonnais en entendant à nouveau la sonnette. *Ouais, patience, je ferme ma braguette.* J'ouvris et découvris une femme dans un état lamentable. En fait, c'était Suzie, mais méconnaissable. Ce n'est pas qu'elle était d'un grand standing, mais en général elle n'était pas en pleurs ni ses vêtements souillés de sang. Bref, tout foutait le camp.

Eddy : Entre, Suzie, et remets le verrou. Je peux retourner pioncer ou bien tu as besoin d'aide ?

Elle était conne, ma phrase. Une fille qui n'est pas foutue d'ouvrir ma porte alors qu'elle en a les clés doit vraiment être dans la panade.

Eddy : Désolé, Suzie, avance, assieds-toi, je nous sers deux whiskies.

Elle posa son sac et se laissa tomber littéralement sur une chaise. J'allais chercher un second verre sur l'évier de la cuisine. La bouteille était encore à sa place sur la table. Je nous servis. Curieusement, je n'osais la regarder de face. Je la devinais pitoyable à travers la couleur ambrée du verre. Elle prit le sien, respira un grand coup et le vida cul sec. Ça devait être grave, son affaire. Ça sentait déjà les emmerdes. Et à qui elle a immédiatement pensé… à moi. Chaleureuse Suzie, toujours à inviter les amis en première ligne. C'était à moi d'opérer maintenant. Elle était en état de déballer ses tripes sur la place publique.

Eddy : Vas-y, Suzie, je ne t'ai jamais vue comme ça. Raconte, je ne te laisserai pas tomber.

Mais bon Dieu que j'en avais envie pourtant. Mais Suzie, c'est une réglo. Elle m'a aidé, et je serais le dernier des salauds si j'oubliais ça. Elle n'a pas eu une vie facile, mais elle a un cœur. Moi, je n'en étais pas sûr. L'écouter et la consoler me permettrait de le croire. Elle commença, et après, plus moyen de la stopper.

Suze : Il était déjà mort quand je suis entrée. Tu me crois, hein ? Il a téléphoné cette après-midi pour un rendez-vous à 23 heures chez lui, à Guyancourt. Un client comme les autres. Je me suis garée devant chez lui. J'ai tapé à la porte. Et celle-ci était entrouverte. J'ai pensé que c'était pour que j'entre. J'ai poussé la porte, et tout était éteint à l'intérieur. J'ai marché en avant. Je suis arrivée vraisemblablement dans le salon, car un lampadaire de la rue éclairait faiblement une grande pièce. Je me suis approchée de la fenêtre… et c'est là que j'ai buté contre quelque chose. Je me suis arrêtée et j'ai palpé… mes mains étaient poisseuses… C'était lui, mon client, du sang partout… Je suis sortie en courant, me retenant juste de hurler ou de vomir. J'ai démarré et j'ai pensé que seul toi pouvait m'aider.

Ouais, je fais souvent ça aux gens déprimés, me dis-je dans ma tête. C'est normal, je suis détective privé, spécialisé dans les causes désespérées.

Eddy : OK, résumons, ton client est mort, et tu n'y es pour rien. Il ne te reste qu'à te confier à la police, et cela devrait aller.

Je savais que je disais encore une énorme connerie, une de plus. Elle avait pataugé dans le sang, elle avait sûrement dû essuyer ses doigts contre les rideaux, et avec sa malchance maladive, tout le monde avait vu sa voiture et peut-être même quelqu'un avait relevé son numéro de plaque d'immatriculation.

Eddy : Désolé, Suzie, je ne pense pas ce que je dis.
Tu vas te doucher et faire tremper tes vêtements dans le lavabo.

Je me penchai pour regarder ses escarpins. Comme je m'en doutais, éclaboussés.

Eddy : Tu y mettras aussi tes chaussures, ma Suzette d'amour que j'aime.

Allez, dépêche, et après, je te laisse la bouteille, et tu dors dans mon lit. Pendant ce temps, j'irai nettoyer les traces de ta voiture de là-bas à ici. File-moi tes clés, steuplaît, Suze.

Elle me les lança et se leva en direction de la salle de bain, en mode zombie. Dommage de ne pouvoir rester pour admirer le spectacle de son corps nu, mais le travail d'abord. J'avais une cliente en quelque sorte, et cela ne me ferait pas de mal de me bouger un peu. J'ai pris, une fois n'est pas coutume, une éponge et un seau d'eau tiède. J'ai ajouté de l'eau de Javel. Une bouteille du millénaire précédent. J'ai rebroussé chemin à partir de la porte de l'appartement jusqu'à l'endroit où Suzie avait garé sa voiture. J'ai jugé préférable de la déplacer dans une petite ruelle plutôt que la laisser là, trop voyante. Vers 4 heures, j'étais de retour. Ses frusques trempaient dans le lavabo, et Suzie était nue sous ma couette. J'aurais bien eu envie de l'y rejoindre, mais j'ai pensé que ce n'était pas trop le bon moment. Parfois, j'ai des éclairs de lucidité qui m'étonnent. Tant pis, je posai mon cul sur une chaise et dormis les mains croisées sur la table.

2/ Jeudi

Une bonne odeur de café, préparé avec amour avec l'aide de Moulinex, sponsorisé par les cafés développements solidaires, me chatouilla les narines. J'étais courbaturé, et cela aurait dû me mettre de mauvaise humeur, mais la vision d'une paire de seins devant moi me servant le café me coupa la voix.

Suze : Bon, tu es bien gentil, mon minou, mais qu'est-ce que je me mets sur le dos ?

Eddy : Assieds-toi et raconte-moi encore une fois cette sale affaire.

Suze : Et les fringues ?

Eddy : Après mon café, Suze.

Suze : Savoure-le, car je ne suis pas près de t'en refaire un si tu me laisses à poil trop longtemps. Je suis peut-être une pute, mais ce n'est pas ma tenue officielle en journée.

Je souriais en buvant à petites gorgées le café noir sans sucre. Une bien belle fille. Je l'ai bien souvent vue nue, et pour cause, et rarement en position verticale, mais ça lui allait bien aussi. Ensuite, j'allai fouiller l'armoire et parvins à en extraire un tee-shirt XXL.

Eddy : Avec ça, pas besoin de bas.

Suze : Et pour sortir ?

Eddy : Tu vas rester chez moi pendant que je m'occupe de cette affaire. Ce soir, on verra. Et surtout ne téléphone à personne et ne réponds pas non plus.

Puis, je suis allé prendre sa Twingo. En rejoignant le lieu du crime, je réfléchissais dans quelle merde s'était foutue Suze, et comment j'y étais impliqué aussi moi-même maintenant. Je me garai à cinquante mètres du domicile du mort, et je finis à pied. Pas longtemps, car je rencontrai rapidement le traditionnel cordon de sécurité. Je passai par-dessous et me fis interpeller par un policier de faction. Je lui montrai ma carte de détective, et cela suffit. J'entrai dans la maison. C'était tel que Suzie l'avait décrit. Un couloir assez sombre qui donnait directement sur un salon. Sauf que cette fois, ça foisonnait dans la pièce. Des photographes, des techniciens qui cherchaient des cheveux, des empreintes et tout ce que le (ou la) criminel(le) avait oublié ici. Pas de pot, mais je m'y attendais, l'enquête avait été refilée à l'inspecteur Ducret. Entre lui et moi, c'était une longue histoire du genre « taciturne et lunatique », mais je n'ai pas le temps de vous la raconter aujourd'hui. En plus, c'est mon beauf. Il tourna la tête et me vit. Son regard n'annonçait rien de bon. Comme d'habitude en somme.

Eddy : Bonjour, Inspecteur.

René : Tiens, tiens, que nous vaut ta visite ? On n'a pas encore les journalistes sur le dos. Tes sources seraient donc différentes ?

Eddy : Secret professionnel, je ne peux rien dire. Je travaille sur cette affaire et j'aurai besoin des détails. Naturellement, rien ne filtrera.

René : Mouais.

Il prit son calepin, et le parcourut.

René : La victime : Victor Di Martini, cinquante ans, divorcé, sans enfants, semble être à l'aise financièrement puisque personne ne lui connaît de métier, et que cette maison m'a l'air coquette.

Eddy : Qui a découvert le corps ? prononçai-je, en sortant une clope de mon paquet et en lui en proposant une.

René : Négatif, on ne fume pas sur le lieu du crime, mais je la garde et la fumerai plus tard.

Je sais bien qu'ils sont mal payés, mais ils touchent sûrement plus qu'un détective. Radin, va.

René : Sur les coups de 10 heures du matin, le facteur avait un pli à faire signer. Devant la non-réaction à la sonnette, il est allé coller ses yeux à la fenêtre du salon et a vu une mare rouge sur fond de moquette verte. Avec le macchabée au milieu de la cible.

Le cadavre y était encore étendu, affalé sur le ventre, le dos criblé de coups de couteau et la chemise en lambeaux.

René : J'ai écarté la thèse du suicide, si cela t'intéresse.

Eddy : Des indices ?

René : Environ trois litres de sang sur la moquette. Elle est foutue. Lui, au moins trente coups de couteau dans le dos, foutu aussi. Une empreinte de chaussure féminine bien visible à côté du corps.

Eddy : Et la porte d'entrée ?

René : Il s'agit d'un modèle où lorsqu'on ferme la porte, on ne peut l'ouvrir que de l'intérieur, sauf si on a la clé.

Eddy : Des empreintes ?

René : On en cherche dans le salon actuellement. Mais on en a trouvé une « maousse » sur le mur de l'entrée avec le sang de la victime. Il faut attendre quelques jours pour obtenir les résultats du labo.

Eddy : OK, merci, je me promène un peu dans la maison, mais je ne touche à rien, promis.

Je soufflais. Pour le moment, il n'était pas question d'une voiture ni d'une quelconque visite nocturne. Je gagnais un peu de temps pour mon enquête. Le salon étant encombré, je visitais la cuisine. Fenêtre grande ouverte. Je me suis penché dehors, j'y ai vu un parterre de fleurs entourant une pelouse située à l'arrière de la maison. Et des traces d'escabeau marquant la terre juste à l'aplomb. Dans la chambre, rien à dire, on aurait même pu croire qu'elle était mieux rangée que les autres pièces de vie. Peut-être pas si étonnant que cela s'il attendait la visite de Suze. Je repartis en faisant un geste d'au revoir à mon beauf, de loin. Je n'avais nulle envie d'être à mon tour questionné.

3/ Jeudi soir

Eddy : Écoute, Suzie, il va falloir prendre patience.

Suze : Mais, poussin, j'ai reçu des SMS de mes habituels. Et tu m'interdis de leur donner des nouvelles. Tu veux que je perde ce qui me fait vivre ?

Eddy : Jusqu'à preuve du contraire, c'est l'oxygène qui te fait vivre. Alors, perds quelques clients. S'ils partent, c'est qu'ils ne t'apprécient pas assez.

Suze : Ça te va bien de dire cela, c'est quand les gens comme moi sont dans la merde que tu as du boulot.

Eddy : Pour l'instant, c'est te savoir vivante et en liberté que je souhaite. Tant que tu es planquée chez moi et ne donnes aucun signe de vie, personne ne te trouvera, et cela me laisse plus de temps pour enquêter et prouver ton innocence. Je ne sais pas si tu comprends, mais l'inspecteur n'ira chercher nulle part ailleurs avec le nombre de preuves qu'il a contre toi. Dès que l'analyse de tes empreintes digitales lui donnera ton nom, il n'aura plus qu'à te mettre le grappin dessus. Alors, joue la morte avant de le faire avec trop de conviction.

Suze : Je sais, tu es gentil, mais je m'ennuie et j'ai peur.

Eddy : S'il n'y a que cela, fais le ménage et mitonne-nous des petits plats pour amoureux.

4/ Vendredi matin : les voisins en face du nº 20

Eddy se leva exceptionnellement tôt ce matin-là et alla se garer quelque part autour du lieu du crime, situé au numéro 19 de la rue. Il comptait s'entretenir avec les voisins de la victime. Les deux maisons mitoyennes, et les trois maisons en face de la rue. Il patienta et quand il voyait de la lumière ou une personne sortir, il se précipitait pour poser chaque fois les mêmes questions, tout en s'étant présenté au préalable en exhibant sa carte officielle de détective privé.

Il vit deux personnes âgées en face de la maison du décédé. Elles petit-déjeunaient sur la véranda, entourées de plantes vertes luxuriantes. Un décor quasi équatorial en pleine ville. Eddy se permit de sonner. Le grand-père vint ouvrir. Eddy fit son sourire le plus charmeur et tout en montrant sa plaque, et fut très poli envers ses aînés.

Eddy : Bonjour monsieur. Je vous ai vu avec Madame déjeuner. Je suis détective et j'aide la police à démêler cette histoire. Vous savez, le mort en face de chez vous. Un meurtre ! Si je pouvais vous poser quelques questions.

Madame écoutait aux portes et vint presque tirer Eddy par la manche pour l'inviter à se joindre à eux.

Grand-mère : Allez, venez vous asseoir. Vous allez nous « cuisiner », et on finira par avouer. Mais venez, vous serez plus confortable pour votre travail.

L'homme haussa les épaules en esquissant un sourire. Ils étaient maintenant trois assis dans la véranda. Eddy était chouchouté comme un bébé dans un EHPAD. Au bout d'une demi-heure, il savait tout d'eux, jusqu'à leurs numéros fétiches au loto. Alors que lui n'avait pas encore pu en placer une, de question !

Mais il était nourri et appréciait le café et les gâteaux sablés « bredele » qu'ils s'enfilaient allègrement en les trempouillant à peine dans le café aux effluves sud-américains. Enfin, il profita d'une absence d'inspiration de la grand-mère pour y placer son jeton de question.

Eddy : Vous connaissiez le mort ?

Le grand-père ouvrit la bouche, mais c'était une tentative vouée à l'échec, inéluctablement.

Grand-mère : Cette ignoble personne. Moins je le croisais, mieux je me portais. Au début, je disais « bonjour », mais il se détournait avec mépris. Seules les jeunes et jolies filles avaient droit à un sourire, mais aussi un regard en coin des plus pervers. Oh, le cochon ! Je vous ai dit que j'ai participé à des concours de Miss dans ma jeunesse ? Certes modestes. Et j'avais un admirateur secret, vous saviez ?

Eddy : Votre mari, je parie.

Grand-mère serrant le bras du grand-père : Comment avez-vous deviné ? Oh ! Vous êtes un détective, c'est vrai. On ne peut vraiment rien vous cacher !

Eddy : Vous connaissez son emploi du temps de ce mercredi ?

Grand-mère renfrognée : Ce mercredi comme chaque mercredi, il recevait une poule à l'heure du souper. Mais nous ne sommes pas des couche-tôt ! Quelle décadence. Autant pour lui que pour cette pauvre femme. Faire le commerce de son corps. Peut-on seulement tomber plus bas ?

Eddy : Oui, mais ce mercredi précisément ?

Grand-mère : Eh ben, on ne déroge pas à la routine.

Eddy : Vous avez vu quelque chose ? Votre maison est juste en face de la sienne.

Grand-mère : Le matin, oui, mais l'après-midi, mon mari a dû m'accompagner à l'hôpital. Vous savez, je n'ai plus ma santé d'antan, alors tous les mois, on vérifie la mécanique. Le contrôle technique des vieux.

Eddy : Quelles étaient les habitudes « insolites » de votre voisin donc ?

Grand-mère : En plus de reluquer des filles qui ont l'âge de sa descendance, il les aborde ! Vous vous rendez compte ? Ces temps-ci, hélas, sa perversion le poussait à harceler la voisine du 22. Depuis la perte de son emploi, elle est chez elle et s'occupe tout en cherchant activement un nouveau travail. Un joli couple, qui a emménagé il y a moins d'un an. Mais il a l'œil et aussi les réflexes du nuisible en maraude. Il l'aborde souvent, et elle s'enfuit après quelques mots. J'aimerais bien vous en dire plus, mais je suis sourde et je n'entends pas avec la distance, et cette route qui m'empêche de suivre le dialogue.

5/ Vendredi matin : les voisins du n° 20

Eddy : Mais il n'y aurait qu'une seule et unique jolie fille dans ce beau quartier ?

Grand-Mère : Bien sûr que non. Il y a aussi le 21, nos propres voisins. On ne les aimait pas trop au début. Mais maintenant, ça va. Vous savez qu'ils ont une adorable petite fille de trois ans ? Elisabeth.

Grand-père la rectifiant : Alice.

Grand-mère : Oui, bon, je n'étais pas loin. Une maman qui s'implique dans son rôle de mère. Jamais l'enfant n'est seule, et elle ne chouine presque pas. Enfin, pas pendant ma sieste.

Eddy : Et ?

Grand-mère : Oui, il a été aussi insidieux avec elle. Sitôt qu'ils se sont installés, il a rôdé comme un vautour attendant son tour. Un jour, un après-midi, il a pris son culot à deux mains et a osé sonner à sa maison. Elle a ouvert, et un dialogue s'est ouvert. Mais il n'avait pas prévu que son mari arrive plus tôt que prévu de son travail. Bien propre sur lui, avec une mallette en cuir. Un noir, mais il est très bien. Après un coup d'œil échangé avec sa femme, il a empoigné le voisin par le col et l'a balancé sur le trottoir. Il a dû lui dire sa façon de penser, mais je n'ai pas pu entendre, et l'autre n'a pas attendu son reste, comme tout couard qu'il est. Ah, si j'avais ces ustensiles qui permettent de mieux entendre à distance.

Grand-père : On en a déjà discuté. Ton ouïe est parfaite pour un rayon d'action de cinq mètres.

Grand-mère : Mais c'est nettement insuffisant !

Eddy en profitant pour se lever : Merci à tous les deux pour votre aide précieuse.

Grand-mère à regret : Vous partez déjà ?

Eddy : Madame. Je reviendrai. L'enquête est prioritaire, même par rapport à vos excellents gâteaux.

Grand-mère : Oui, on compte sur vous. La vie est tellement morne ici. Et un meurtre !

6/ Vendredi matin : les voisins du 22

Eddy les quitta émotivement à regret. Il se savait épié par ceux qu'il venait de quitter, à moins que ce ne fût que la grand-mère. Il sourit et remonta le trottoir sur dix mètres. Sur la boîte aux lettres : « *Hélène, Abbas et Alice* ». Eddy remonta l'allée et sonna.

Eddy : Bonjour, madame. Je suis détective privé. Voici mon badge. J'aide la police et j'enquête sur le meurtre de votre voisin du 22. Votre autre voisine m'a parlé d'une altercation entre vous et votre voisin.

Hélène : Oh, ça. Un gros con me trouve à son goût. Mais mon mari lui a fait passer l'envie de butiner.

Eddy : Comme c'est élégamment dit. Il voulait quoi ?

Hélène : Une aventure facile. Mais je n'ai rien à vendre, du moins de ce genre d'article.

Eddy : Vous me racontez encore l'anecdote ?

Hélène : Et ça fera avancer l'enquête ?

Eddy : Le diable se cache dans les détails.

Hélène : Il est venu en fin d'après-midi. Il ne s'attendait pas à ce que mon mari revienne tôt du travail ce jour-là. Et moi non plus, mais il est arrivé à point nommé face à ce genre de mauvaise herbe.

Eddy : Il voulait quoi ? Il a été explicite ?

Hélène : Il tâtait le terrain, ne possédant pas assez de données sur ma vie, tant personnelle que professionnelle. Il se présentait comme un voisin cool, disponible pour diverses aides. Mais je ne l'ai pas senti. Il suintait le mal. Je le tenais à distance. Mais quand mon mari a surgi, j'ai été rassurée. Il a senti mon angoisse et l'a traité comme le malpropre qu'il est. Il est parti la queue entre les jambes. Depuis, on ne s'adresse plus la parole, et il met toujours à son initiative au moins dix mètres entre lui et moi.

Eddy : Aucune rancœur ? Et quand il a jeté son dévolu sur une autre proie ?

Hélène : J'ai bien vu qu'il avait réorienté sa longue-vue. Pauvre femme.

Eddy : La 21 ?

Hélène : Oui, la 21. Je la croisais quelquefois. Elle aime les enfants, cela se voit. Alice l'aimait, donc pour moi, c'est une belle personne. Elle devrait avoir des enfants pour favoriser son épanouissement. Mais elle était triste. Nous, on a eu du mal à s'intégrer. Personne ne nous a proposé une quelconque aide. Elle aurait esquissé un geste, j'aurais accouru. Mais j'avais un peu de méfiance. J'espère qu'elle reste indemne de lui ?

Eddy compatissant et émotif : Si on peut dire. Merci, Hélène. Protégez votre famille. Abbas le lion et votre Alice, prunelle de votre cœur. Au revoir.

Eddy quitta les lieux, les larmes aux yeux.

7/ Vendredi matin : les voisins du 21

Eddy était toute chose après ces deux entretiens, différents, mais où les sentiments jaillissaient haut et fort. Il se présenta au numéro 21. Il sonna. Une silhouette de femme passa du salon à l'entrée pour ouvrir.

Eddy : Bonjour, madame. Je fais une enquête de voisinage pour aider la police à progresser sur le meurtre de votre voisin.

Madame : Oui, en quoi suis-je concernée ? J'ai du travail.

Eddy : Madame, quelles étaient vos relations avec votre voisin ?

Madame : Sans relation.

Eddy : Il ne vous embêtait pas ?

Madame : Je ne vois pas ce que vous voulez insinuer.

Eddy : Le qualifierez-vous de bon voisin ?

Madame : Pensez ce que vous voulez. Mais NON. Ça vous va ?

Eddy : Il était trop entreprenant ?

Madame : OUI.

Elle claqua la porte.

8/ Vendredi après-midi

René : Qu'est-ce que je m'en fous, de la fenêtre de la cuisine !
La meurtrière est repartie comme elle est venue. Par la porte.
Cinquante pour cent des meurtres sont commis sous le coup de
l'émotion. Heureusement qu'il y a des crimes faciles à résoudre.
Alors, quand il y en a un comme celui-ci, je ne vais pas chercher
midi à 14 heures. Il l'a insultée, n'a pas voulu la payer, je ne sais
pas. Et une prostituée a souvent une arme dans son sac à main
pour ceux qui croient tirer un coup sans bourse délier.

Il souriait bêtement.

Eddy : Tu ne trouves pas cependant que c'est un peu gros, comme
indice ? L'empreinte de la semelle et les traces de doigts ?

René : Peut-être, mais ce n'est pas mon problème.

Puis, il contre-attaqua.

René : Et toi, toujours avec ta cliente ? Tu ne la lâches pas ? Elle
ne devient pas encombrante ?

Eddy : Non.

La tension dramatique était à son comble. On se regardait en chiens de faïence. Il fallait que je nous sorte de cette impasse.

Eddy : Écoute plutôt ce que j'ai dégotté. J'ai supposé que la fenêtre de la cuisine fût peut-être le moyen d'entrer dans la maison sans se faire voir. J'ai examiné le jardin extérieur. Il y a quelques traces intéressantes de marques d'escabeau. Et les voisins du 21 en ont justement un dont les traces coïncident.

J'attendais une réaction constructive de sa part. Je pouvais toujours courir…

René : Qu'est-ce que tu ne monterais pas comme histoire à dormir debout pour sortir ta cliente de la merde. Entre voisins, il est fréquent de se prêter des outils.

Je tempérais et conservais ma boule en travers de la gorge plutôt que dire à ce blaireau de beauf ce que je pensais de sa manière de procéder. Pourquoi chercher plus loin si quelqu'un se trouve au mauvais endroit au mauvais moment ?

Eddy : J'ai aussi enquêté dans le voisinage. Les voisins sont bavards lorsque tu présentes bien et tu fais des efforts d'empathie et que tu prends le temps de les écouter.
René : Tu t'es fait beau pour ton boulot, mais pas pour venir voir ta sœur le week-end. Quand je lui raconterai. Attends-toi à un savon.

Et il se mit à ricaner seul de sa réplique.

Eddy : Vas-y, moque-toi, n'empêche que mon enquête progresse.
René : Oui, mais la mienne est bientôt bouclée.

J'ai préféré garder les mains dans mes poches. Histoire qu'elles ne prennent pas d'initiatives regrettables. Il ne voulait rien savoir. Je parlai tout de même.

Eddy : En questionnant les femmes du quartier, j'ai appris que la victime était un pervers sexuel. Disons qu'il aime sa petite visite du mercredi soir, et qu'il ne dédaigne pas draguer les jolies filles du quartier quand leur mari travaille. Certaines sont tombées dans le panneau. Il harcèlerait en ce moment le couple d'à côté. Elle, mignonne, vient de se faire licencier et lui, pour compenser, aligne les heures supplémentaires.

J'aime bien laisser un blanc de suspens avant une information importante.

Eddy : Et, par un hasard extraordinaire, j'ai appris que ce mercredi, il était parti plus tôt que d'habitude de son travail après avoir reçu un coup de fil. Donc, il a pu faire le coup.

René : C'est complètement tiré par les cheveux. Ce n'est pas parce que quelqu'un reluque sa bonne femme que le mari se met à devenir un meurtrier. Trouve autre chose pour sauver ta cliente… L'étau se resserre, j'espère qu'elle aura un bon avocat et que tu ne feras pas de connerie qui te ferait sauter la licence de détective. Donc, c'est tout ce que tu as ?

Eddy : Oui, pour l'instant.

J'étais assez abattu et ne pouvais empêcher mes épaules de se voûter après cette amère déception. Je m'éloignais lorsqu'il me posa une question.

René : En enquêtant dans le voisinage, tu n'as pas demandé s'ils avaient repéré une voiture suspecte mercredi soir ?

Eddy : Non.

René : Dommage pour toi, à moins que ce ne soit la voiture de TA cliente.

Pourquoi avait-il tous les atouts dans son jeu ?

René : Allez, raconte tout à ton beauf préféré. Mais attention, je veux des aveux complets.

Si, si, il est drôle à ses heures. Maintenant, Suze était vraiment dans le pétrin…

9/ Vendredi soir

Je rentrais le moral à zéro à mon appartement. J'y fus reçu par une Suze angoissée qui tournait autour de moi comme un chat attend ses croquettes bio. Je me suis posé à table. Cette fois, c'est moi qui avais besoin d'un verre pour affronter celle qui avait donné sa confiance à un moins que rien, un raté incapable de faire pencher la balance de la justice du bon côté. Elle piaffait d'impatience. Elle était merveilleuse, nimbée dans sa généreuse naïveté. Elle jouerait au tiercé, elle serait fichue de miser sur le tocard de la course. Comme si je pouvais contraindre le monde à tourner rond. Elle, si gentille, était abusée par le système et j'étais son icône impuissante. Cela allait lui faire mal, mortellement. Elle allait se sentir lâchée par un ami, et je compatissais. Je me préparais au pire ce soir. La scène la plus terrible... et je n'avais plus beaucoup de vaisselle. Mais à un moment, même quand on ne sait pas nager, il faut se jeter à l'eau.

Eddy : Écoute, Suze, j'ai fait mon possible.

Elle s'immobilisa, et je n'aimais pas voir son visage triste.

Eddy : J'ai enquêté, mais tu as laissé trop d'indices contre toi. Dans quelques jours, l'inspecteur aura les réponses du labo et ton nom sera dessus. Ensuite, je ne pourrais plus te couvrir...
Suze : Mais tu avais promis...
Eddy : J'ai promis de t'aider, mais la justice est injuste, et on ne parvient pas toujours à remettre les pendules à l'heure.
Suze : Mais, et moi, je deviens quoi dans ce cauchemar ? Tu fais quoi maintenant pour moi ?
Eddy : Suze, il me reste une carte, et je prie pour que ce soit la bonne.
Suze : Dis-moi, je ne vais pas aller en prison pour un crime que je n'ai pas commis ?

Elle était touchante. Elle m'émouvait comme personne n'aurait pu le faire. Pour elle, je graviais l'Everest. Bon Dieu, quelles conneries j'étais en train de penser. Il était temps que je recadre le débat avant de devenir amoureux et faible.

Eddy : Suze, il nous reste une chance.

Je préférais dire « nous », car cela devait la rassurer que je m'associe à sa mauvaise passe.

Eddy : Demain je t'emmène à la police.

La réaction ne se fit pas attendre.

Suze cinglante : Tu appelles ça une chance !

Elle gifle bien, ma Suzie, elle aurait mérité le surnom de Lucky Luke si elle l'avait voulue. Je fis mine de mépriser la douleur sur ma joue et continuai.

Eddy : J'ai un plan.

Elle tendit l'oreille.

Eddy : Mais le deal, c'est de t'emmener avec moi. L'inspecteur me donne carte blanche pour confondre le meurtrier, mais si ça foire, il veut t'avoir sous la main pour partir avec toi...

Pas de tir de Lucky Luke, je continuai.

Eddy : Demain, nous rejoignons l'inspecteur, et nous serons confrontés au vrai coupable. À moi de le faire craquer... Suze, on a une chance de gagner.
Suze : Et combien de perdre ?
Eddy : Suzie, cet arrangement, c'est tout ce que j'ai pu obtenir. Il veut être sûr de ne pas faire chou blanc. Une chance, c'est nettement plus que ce que tu aurais en t'enfuyant.

Je la pris dans mes bras et elle pleura. Elle ne croyait pas en moi, c'était une évidence. Cela me faisait mal, surtout que déjà je ne croyais pas en moi non plus.

Suze : Tu as raison, j'irai avec toi. J'ai confiance en toi.

Croyez-moi si vous le voulez, mais j'étais sur le cul. Ensuite, je l'envoyais se pieuter avec une maxi dose de somnifère. Je voulais être tranquille pour mettre au point un semblant de plan. Alors, je me suis dit que ce serait un bon début de mettre de l'ordre dans mes idées. Parfois, je me surprends encore de mon génie. Sainte-Rita de Cascia, patronne des causes perdues, avait intérêt à être dans un bon jour, sinon je ne donnais pas cher de la peau de ma pauvre Suze. Surtout que j'allais être l'avocat de son impossible défense dès demain. La nuit porte conseil et peut-être un bon angle d'attaque me parviendrait en songe... on peut toujours y croire, cela ne coûte rien.

10/ Samedi

On se retrouva tous les protagonistes, le matin, au domicile des voisins, sauf le mort qui devait être en train de se reposer à la morgue.

Eddy : Madame, je suis détective privé et j'aimerais vous parler de ce qui s'est déroulé dans la maison d'à côté mercredi soir.

La femme semblait lasse, et le mari était assez agressif.

Elle : Qui c'est, celle-là?
René : Il s'agit d'un témoin clé dans cette histoire.

Le couple se regarda. Cela pouvait être interprété comme une expression de culpabilité, enfin, si on veut. J'enchaînais, laissant l'inspecteur s'asseoir. Que lui importait ma mise en scène, il était sûr de repartir avec un coupable.

Eddy : Nous pensons, pardon, nous avons des raisons de penser que vous êtes impliqués dans le meurtre. Il y a les traces d'un escabeau sous la fenêtre de la cuisine du mort, qui coïncident à merveille avec votre propre escabeau rangé le long de votre maison. Et je suis sûr que si je demande à l'inspecteur de faire fouiller la maison, nous retrouverons le couteau ayant servi au meurtre. Vous n'avez pas pu opter pour le jeter aux ordures, les éboueurs ne devant passer que ce soir. Vous avez dû jouer la sécurité. Je pense que vous l'avez caché quelque part ici jusqu'à ce que le quartier redevienne calme. Donc? Je peux aussi aller dans la cuisine vérifier si le service de couteaux de cuisine est entier, ou si l'un d'entre eux est particulièrement bien astiqué. Mais malgré ces précautions, nous trouverons encore des traces de sang, soyez-en convaincus.

C'en fut trop pour la belle voisine, qui s'écroula sur une chaise, le visage en pleurs caché derrière ses mains, l'anneau nuptial encore étincelant.

Elle : Il m'épiait sans arrêt. Quand je sortais dans le jardin, il sortait aussi et m'adressait la parole. Sans cesse. Et il me regardait comme si j'étais en sous-vêtements devant lui. Je n'osais plus mettre de jupe ni de décolleté. Le week-end, il se tenait tranquille, mais la semaine, lorsque mon mari travaillait… Il est même venu plusieurs fois sonner à ma porte. Toujours avec des prétextes fallacieux. Et puis, depuis quelques semaines, il est devenu plus clair et plus direct. Il n'avait pas que l'esprit mal tourné, il était fondamentalement malsain. Depuis qu'il sait que je suis au chômage. Nous nous sommes endettés jusqu'au cou avec mon mari pour rembourser cette maison. Il n'était pas prévu que je sois licenciée. Cela a été une très mauvaise surprise. Tandis que mon mari tentait de nous en sortir en acceptant toutes les heures supplémentaires. Le voisin avait bien vu qu'on avait de gros problèmes financiers et qu'on ne s'en sortait pas. Il en est venu à me proposer de coucher avec lui pour de l'argent. Je lui aurai craché à la gueule, à ce gros porc. La semaine dernière, nous avons dû vendre la voiture. J'ai vu mon mari qui travaillait sans relâche et sans se plaindre. Et moi, je ne retrouvais pas même d'entretiens. Et j'ai commencé à ressasser la proposition dégradante du voisin comme étant la solution. Je m'écœurais moi-même. Je me demandais à quel moment je franchirai la ligne rouge et que je n'aurai plus d'honneur. Je voulais que tout cela s'arrête. Qu'on l'éloigne de moi. Très loin.

Elle était en sanglots. Je voyais sa bague de mariage encore toute neuve à son doigt. Pauvre femme qui a eu le tort de rêver. Je laissai retomber la tension.

Eddy : J'ai contacté la société où bosse votre mari. Vous l'avez appelé cet après-midi-là. De ce fait, il est rentré plus tôt…

Je laissai les points de suspension planer dans ce salon où ils nous avaient accueillis.

Eddy : Vous saviez, comme tout le voisinage, qu'il recevait chez lui chaque mercredi soir.
Elle : Oui, une femme. Différente chaque fois.
Eddy : Donc, vous saviez que mercredi soir, quelqu'un viendrait.
Elle : Oui, enfin non, mais je m'en doutais.
Eddy : Alors, n'en pouvant plus, mercredi, vous avez téléphoné à votre mari pour qu'il rentre plus tôt. Il avait ainsi le temps de tuer cet homme et de laisser la porte entrouverte pour que la faute retombe sur la pauvre fille qui en passerait le seuil à 23 heures.

À cet instant, le mari se plaça devant sa femme et répondit de manière arrogante au privé.

Elle : Oui, ça s'est passé comme vous dites.

La femme sanglotait de plus belle. Suze pouvait être soulagée, mais moins que moi. Je n'aime pas jouer. D'ailleurs, je suis mauvais au poker. Donc, je n'étais pas encore tranquille. C'est seulement à cet instant que l'inspecteur se releva et sembla s'intéresser à l'affaire. Il sortit les menottes et les passa au meurtrier.

11/ Samedi devant la maison

Le mari me regarda en face, en homme qui assume ses actes.

Lui : Ça n'aurait pas été moi, ça aurait été ma femme. Ça ne pouvait pas finir autrement. Vous ne savez pas quel calvaire c'était pour elle.

Puis il s'éloigna, menotté, mais la tête haute. Un crime élucidé. Mais j'avais aussi entraîné le malheur d'un couple. Une enquête, c'est comme faire une omelette, impossible de réussir sans casser des œufs. J'avais fait tout le sale boulot, et c'est mon beauf qui en tirerait les lauriers, et sans doute aussi les marrons. C'est ça, le quotidien de détective privé. Acceptez-le ou changez de métier. J'avais l'esprit qui repensait à la dernière phrase du mari quand j'entendis Suzie.

Eddy : Tu sais, je crois que je viens de me souvenir d'un détail. Lorsque j'étais dans le salon mercredi, il y avait un reste d'odeur de parfum. C'était le même que dans la pièce où tout vient de se dénouer.

Comme qui dirait, un détail sans importance, me dis-je intérieurement et ironiquement.

Je prononçai une dernière fois la phrase du mari et compris. Après tout, s'ils s'aiment comme cela et s'attendent pendant les années que le tribunal décidera… Qui suis-je pour intervenir ? N'avais-je pas déjà fait assez de mal ?

La bague au doigt, pour le meilleur et pour le pire. Je répondis à Suzie :

Eddy : Rappelle-moi de ne jamais te demander ta main.
Suze : Tu sais bien que tu peux me demander ce que tu veux, mon héros.

Enquête N° 3

Le corbeau

1/ Un jour comme les autres pour Suzie

Suze était dans son appartement de poche. Elle y faisait son petit ménage. Il était près de midi, et elle s'était levée tard. La soirée de la veille avait été longue, mais financièrement enrichissante. Elle regardait de loin, le balai à la main, son ordinateur ouvert sur son site Internet. Elle avait pris des rendez-vous pour les jours suivants, mais le mercredi n'avait pas beaucoup de succès en règle générale. Sans doute les bons pères de famille ne faisaient pas le coup du « Chérie, je suis coincé au bureau. Un truc urgent à rendre demain. Ne m'attends pas. »
Combien de femmes mariées avaient un jour ou l'autre entendu la même rengaine mensongère. Cela signifiait trop souvent que le mari avait planifié un rendez-vous avec une *Escorte* dans une chambre d'hôtel. Le coup des séminaires en week-end en province, c'était pour une escapade amoureuse avec une maîtresse. Elle ne se sentait pas concernée. Elle, Suze, faisait elle réellement du tort aux femmes mariées ?
Son ordinateur bipa, et Cendrillon posa son balai pour s'asseoir. Un potentiel client prenait contact *via* le tchat de son site. Le blabla habituel. Finalement, cela ne pouvait pas se faire. Elle ne le sentait pas, et on ne négocie pas le prix.

Elle reposa le balai à sa place et retourna dans la chambre refaire le lit, et fermer la fenêtre. Tout avait été assez aéré. Elle entendit un autre bip et était heureuse de quitter sa pièce pas encore suffisamment réchauffée. Un de ses habitués, qui avait un petit creux ce soir. Elle l'appréciait, mais cela restait un client. Sa soirée était ainsi occupée, et c'est toujours de l'argent qui aidait son ménage atypique avec Eddy. Par moments, elle se demandait ce qui lui avait pris de rester avec lui, cet ado qui ne vieillirait sans doute jamais et lui permettait de voir à travers lui son innocence perdue. Non, sa virginité, sa foi en la vie. Il était drôle, et dans sa drôle de vie, il comblait un énorme vide. Elle avait trouvé (enfin ?) une forme d'équilibre avec son activité professionnelle non conventionnelle.

Après sa courte conversation par ordinateurs interposés, elle laissa définitivement tomber le ménage. Elle décida d'aller au cinéma à la séance de l'après-midi, et de revenir en flânant. Elle travaillait tous les soirs de la semaine, sans se plaindre. Quand elle n'était pas avec Eddy, elle musardait et toujours pensait à lui.

En début de soirée, elle se changea, prépara son maigre bagage et regagna le parking où l'attendait sa Ferrari *made in* Renault, autrement dit, sa Twingo. Elle se gara près du lieu de rendez-vous. Il l'invitait chaque fois au restaurant, souvent différent. Il avait noué avec Suze une relation plus que charnelle. Il était veuf et ne souhaitait plus s'engager dans des situations avec trop d'attaches. Il vivait confortablement son veuvage. Pourquoi vouloir une vie compliquée quand une vie simple et sans tracasserie vous apporte le bonheur ? Ils, c'est-à-dire lui et Suze, passèrent une bonne soirée. Ils allaient chaque fois au même hôtel pour la nuit complète. Elle savait qu'avec ce « régulier », elle offrait un moment de sa vie. Elle devait faire attention, principalement à sa santé mentale. Il faut souvent rester très vigilant avec une personne qu'on finit par apprécier. Mais ce n'était qu'un client. Pas un paquet de viande tout de même, mais c'est là que son amour pour Eddy devait être le plus fort. Quant à savoir ce qui trottait dans la tête d'Eddy, elle pouvait le deviner un peu et ne voulait pas y penser plus. Après tout, il a fait psycho, alors qu'il y réfléchisse et la sollicite s'il n'a pas toutes les réponses à ses questions.

Au petit matin, ils se quittèrent. Avec lui comme avec quiconque, Suze n'embrasse pas, et pas seulement à la première rencontre. Une façon naturelle pour elle de lui démontrer qu'il est le client et qu'il était temps pour lui de redescendre sur terre en provenance du septième ciel.

2/ Sa première rencontre avec lui ?

La première fois avec lui ? Elle avait été depuis peu admise dans un groupe de filles comme elle, libres et paumées. Une de ses nouvelles amies était malade et refusait de faire pâle figure. La qualité de la prestation débute par une bonne santé. Autant dire qu'elle lui faisait une fleur, car un homme comme cela, c'est du caviar. Il est sain, et il paie pour une nuit complète. On ne prête pas un client comme cela à n'importe qui. C'était une marque de confiance de son amie de profession. Elle lui confiait un client. Suze était un peu nerveuse, mais ce n'était rien en face de l'autre. Lui, la cinquantaine, beau gosse pour son âge. Une barbe qu'il se laissait pousser pour passer pour mal rasé, comme c'était à la mode en ces temps, un costume beige et une cravate démodée, mais sans doute lui rappelait-elle des souvenirs personnels ou professionnels, un sourire pour le moment coincé, mais un œil vif et engageant.

Lui : Bonjour, mademoiselle. Vous m'avez été recommandée.
Suze : Bonjour. Vous aussi. Ce sera une joie de passer cette soirée avec vous.
Lui : Je suis Robert. Je sais, ce n'est pas très glamour.
Suze : Suze… pour vous servir.
Robert : J'ai réservé à deux pas. Accompagnez-moi s'il vous plaît.

Le restaurant bi terroir, breton et savoyard, leur proposa de dîner sur la terrasse.
Ils optèrent tous les deux pour le menu crêpe. Il se détendit avec un kir breton. C'était à elle d'être distrayante et de mener la valse. En fait, c'était sa première fois hors d'une chambre. Elle aurait dû refuser. Mais voilà, c'était trop tard. Robert se rendit compte que quelque chose clochait.

Robert en lui prenant la main : Suze ? Vous préférez qu'on dîne à l'intérieur ?
Suze : Non, c'est très bien. C'est juste…
Robert : Juste quoi ?

Suze : Qu'avec moi vous n'en aurez pas pour votre argent. Je ne devrais pas l'avouer, mais c'est la première fois que je fais *Escorte* en dehors d'une chambre.

Robert : Alors, vous avez encore plus peur que moi ?

Suze : Voilà.

Robert : Ça me va. Je ne recherche pas une professionnelle de bout en bout.

Suze : Mais alors, vous attendez quoi de moi ?

Robert lui expliqua sa situation. Veuf et pas envie de prise de tête à prévoir en cas de nouvelle liaison. Il a choisi cette vie alternative.

Suze : Envie de se savoir en vie ?

Robert : Y a de ça. Même beaucoup.

Suze : Et si on vous voit avec moi ?

Robert : J'assume. Vous verrez, ça ne va pas tarder.

Suze était interloquée. Lorsque le serveur eut débarrassé leur assiette, un homme, client lui aussi du même restaurant, se leva et vint serrer la main de Robert.

Inconnu : Bonsoir, Robert, bonsoir, mademoiselle. Heureux de te rencontrer.

Robert : Bonsoir Philippe. Comme tu vois, je suis en galante compagnie. Alors, on ne parle pas boulot.

Philippe : Bien sûr. Belle soirée pour sortir avec une amie.

Robert : Passe le bonsoir à ta femme Amélia. Salut.

Philippe : Bonsoir, mademoiselle. Mademoiselle ?

Suze : Bonsoir Philippe. J'ai eu beaucoup de plaisir à vous être présentée. Maintenant, si cela ne vous dérange pas, nous allons commander seuls notre dessert ? Robert, je te conseillerais bien la « Dame Blanche ».

Robert : Excellent choix. Puis-je te suggérer à mon tour le « Nid d'Abeille » ?

Suze caressant la main de Robert : Une invitation fort bien suggérée. Un lieu parfait pour une « mielleuse ».

Philippe se sentait de trop et retourna voir sa bourgeoise.

Robert : Merci Suze. Quel pot de colle, ce pédant.

Suze : Il n'aura eu qu'un bienfait : nous amuser et me mettre à l'aise pour la soirée.

Robert : Alors, on a fait notre choix pour le dessert ?

Suze : Sûre, Robert !

La soirée se passa sous le soleil couchant et sous des sourires complices.

La suite de la soirée se passa dans un hôtel.

Au petit matin, ils se firent livrer le petit déjeuner dans la chambre.

Robert : Bon appétit. Je dois te laisser. Je bosse en journée.

Il fit mine de l'embrasser sur la bouche.

Suze tourna la tête : Désolée, Robert. C'est aussi pour toi. Si tu veux une femme et non une femelle, alors revois tes fondamentaux. Il faut conserver une distanciation sociale. Pour nous deux.

Robert : Tu as raison. Je file. Tout sera payé à la réception. Profite encore jusqu'à 10 heures.

Suze : Merci Robert. On se verra peut-être encore. Ça a été une première fois très agréable.

Robert : Oui, j'y compte, bien plus que tu ne t'en doutes.

3/ Pourquoi avait-il continué avec elle et n'en changeait pas ?

Cette dernière réplique laissa Suze interrogative. Elle profita encore un peu du lit et surtout de la douche à différents jets. Effectivement, à l'accueil, on lui souhaita une bonne journée en confirmant qu'il n'y avait rien à régler. Elle quitta l'hôtel sous les auspices d'une autre belle journée à venir. Aucun regard du personnel de l'établissement ne laissa sous-entendre une quelconque suspicion. Robert devait être quelqu'un de bien et bien vu là où il passait. Elle avait de la chance. Elle fit quelques courses au centre commercial géant et acheta le pur malt préféré de son Eddy. Un peu pour demander pardon, car elle avait ressenti des émotions pour son client. Le midi, Suze fit maigre, vu son petit déjeuner avalé. Puis elle trouva honnête d'appeler sa bienfaitrice d'un client. Mata Hari, un nom qui pouvait faire fuir, mais un cœur tendre comme un fondant au chocolat. Elle se sentait bien avec elle, sans doute deux égarées de la vie avec un même besoin d'amour que la société avait refusé de leur offrir.

Suze : Bise, Mata. Voilà. Je suis de retour.

Mata Hari en reniflant : Super Suze. C'est un bon gars. J'espère que tu ne l'as pas envoûté. J'aimerais bien le récupérer !

Suze : Oui, un homme super classe.

Mata Hari : T'es pas tombée amoureuse au moins ?

Suze : C'était la première fois que je faisais l'*Escorte* en dehors d'une chambre. Mais ça s'est bien passé. On a bien ri.

Mata Hari : Vivement que je retrouve la forme, car arrêt maladie sans Sécu, c'est dur financièrement.

Suze : Je devrais te payer un pourcentage. C'est ton client, après tout.

Mata Hari : Je t'ai fait découvrir ce que demandent certains habitués. Et puis, on est plus que collègues, maintenant encore plus qu'hier.

Suze : Merci Mata…

4/ Pourquoi Robert souhaitait Suze

À peine deux heures plus tard, Mata Hari rappelait Suze.

Mata Hari : Dis, Suze, tu ne m'as pas tout dit ?

Suze : Mais il me semble que si…

Mata Hari : Robert m'a appelée.

Suze : Moi pas.

Mata Hari : Il m'indiquait qu'il continuerait dorénavant avec toi.

Suze : Oups. Mata, je ne savais pas.

Mata Hari : C'est un coup bas.

Suze : J'ai effectué le contrat. Comment pouvais-je deviner ?

Mata Hari : C'était une pépite financière.

Suze : Je comprends. Mais, Mata, je n'ai pas fait exprès.

Mata Hari : Je l'ai amer, je suis un peu énervée cause rhume, mais je comprends. Je vois l'issue avec Madeleine.

Suze : Oui, Mata. Je ne veux pas que tu t'en veuilles de ta confiance en moi. Ni surtout ton amitié.

Mata Hari : Laisse-moi une nuit de repos.

5/ Le jugement de Salomon

Madeleine à son tour appela Suze en fin d'après-midi.

Suze : Bonsoir Madeleine. Alors ?

Madeleine : Suzie. Mata Hari est devant un dilemme. Elle t'a confié un client, et celui-ci souhaite continuer avec toi dorénavant.

Suze : Oui, je me suis déjà expliqué avec Mata.

Madeleine : Soit tu rachètes le client, soit tu paies un pourcentage à chaque rencontre.

Suze : Oui, c'est d'accord.

Madeleine : Le prix a été fixé à cinq mille euros si rachat, ou vingt pour cent des euros en cas de rencontre en second choix. Mata Hari a été gentille. Elle doit t'aimer quelque part, mais on doit gérer tous les cas de figure.

Suze : Je prends la location. Je ne comprends pas pourquoi Robert veut remplacer Mata par moi. De plus, je ne roule pas sur l'or.

Madeleine : Je voudrais te préciser que Mata Hari t'a proposé les deux choix. C'était à elle de proposer un seul choix. Mais il y a visiblement un réel lien d'amitié.

Suze : Puis-je appeler Mata Hari ?

Madeleine : Oui, maintenant, tu peux.

6/ Suze et Mata Hari

Suze : Salut Mata. Je règle en location. Ça te convient ?

Mata Hari : Suze. Le plus important, c'est qu'on ne perde pas Robert.

Suze : Et merci de m'avoir tiré vers le haut à m'initier à d'autres prestations.

Mata Hari : Tu vaux bien plus que nous. Je n'ai fait qu'accélérer les choses. Mais je ne m'attendais pas à ce qu'il devienne TON régulier avec le grand jeu.

Suze : Je vais faire bon usage de ton cadeau.

Mata Hari : Tu as intérêt. Ce genre de gars, c'est de l'or en barre.

Suze : Mais aussi dangereux un peu.

Mata Hari : ???

Suze : J'ai mon Eddy, mais quelquefois j'aurais pu chavirer.

Mata Hari : Voilà pourquoi ! Ça explique tout. Tu as un cœur ! D'où les situations de simulation de couple qui t'indisposent. Moi, je n'ai pas de mec, alors je joue la comédie.

Suze : Oui, parfois il y a des amalgames et je sais plus qui j'aime ou qui je dois aimer.

Mata Hari : Surtout, ne lui en parle pas, à Eddy. Il ne comprendrait pas. Comme les autres hommes d'ailleurs.

Suze : Et c'est parce que je n'ai pas joué l'actrice qu'il veut me revoir ?

Mata Hari : Oui, tu as su jouer sur la corde sentimentale.

Suze : Mais, et Eddy ?

Mata Hari : Tu souhaites te limiter aux simples passes ou tu penses pouvoir gérer le gratin ?

Suze : C'est plus lucratif, c'est sûr. Plus dangereux aussi. Mais je pense que je saurai garder Eddy dans une boîte à part pour ces moments assez fortement intimistes.

Mata Hari : C'est le métier qui rentre, on dirait.

Suze : Disons qu'il y a une autre dimension.

Mata Hari : Bienvenue là où tu vas toutes nous épater. Je crois en toi. Bises, Suze.

Elle l'avait laissé sans voix.

7/ Une soirée entre femmes

Quelques jours plus tard, Madeleine organisait une rencontre familiale dans un restaurant proche, spécialités d'Espagne. Elles y allèrent toutes. Elles avaient si peu souvent l'occasion de se réunir. C'était une sortie entre filles. Il y avait Madeleine, leur aînée à toutes, et ses filles. Mata Hari, Green Lantern, Kawaii,

Blue Lagoon, et la petite dernière, Suzie, qui avait intégré ce petit groupe d'*Escortes* indépendantes. Madeleine les avait surnommées les « SQY Girls », qui déchiraient encore plus que les autres. Toutes les filles avaient eu une bonne première impression de Suze, et donc l'avaient unanimement acceptée. Ce soir, cela faisait un an que la vie de Suzette avait changé. Elle dormait dans un lit et dans son appartement, certes loué. Et cela faisait un an qu'elle se sentait plus apaisée. Madeleine prit la parole.

Madeleine : Je lève mon verre, le premier de la soirée, à Suzie, que nous avons toutes accueillie. À Suzie ! Les filles. Ce soir, c'est moi qui régale. Ce soir, c'est *open bar…* à tapas.

Madeleine et ses demoiselles mettaient une certaine ambiance. Et le gérant appréciait que ce soient des femmes qui s'éclatent. Le chaland était attiré, l'ambiance était saine. Le chiffre d'affaires suivrait.
Plusieurs fois, elles demandèrent une musique en particulier et prirent plaisir à danser devant tous. Elles firent des émules. La soirée s'étira, et les verres se vidèrent irrémédiablement.

Suze à Madeleine : Merci d'avoir dédié cette soirée à mon anniversaire d'arrivée. Je n'ai pas vu le temps passer. Mais comment nous vois-tu ?
Madeleine : Vous êtes mes filles. J'ai autant besoin de vous que l'inverse. Sinon, plus aucune autre famille.
Suze : Des frères et sœurs ?
Madeleine : Personne qui ne sache la vérité. Et toi, la petite nouvelle ?
Suze : Je ne leur ai pas encore dit. Je ne sais pas s'il le faut.
Madeleine : Demande aux autres filles. Moi, j'ai perdu mes proches à cause de ma franchise.
Suze : Tu sais que c'est récent pour moi. Et ta blessure ?
Madeleine : J'étais comme toi. Je pensais qu'ils pouvaient comprendre. Une grande claque. Fais gaffe à toi, la nouvelle.

La soirée mourut tranquillement de sa belle mort sur une suite de rhums arrangés. On découvrirait les séquelles au réveil. Et le bar ferma tranquillement, sans histoire.

8/ Allô ?

Au petit matin, vers midi, Suze appela ses collègues. Toutes étaient heureuses et ravies de la soirée passée. Et bisous à toutes. Suze appela aussi Madeleine. Elle était sur répondeur. Une heure après aussi. Et ensuite aussi. En soirée, cela peut se comprendre, en journée moins. Suze décida d'attendre le lendemain, mais cela l'inquiétait pour le moins. Son rendez-vous du soir s'en ressentit. Entre le Robert et la Madeleine, elle était un peu perdue. Mais elle avait travaillé correctement. Elle s'endormit vers potron-minet, la nuit n'ayant pas été tendre. Et elle refit le test du téléphone de son amie. À midi, pareil. Elle rappela des consœurs. Aucune n'avait appelé la cheffe. Et tout l'après-midi idoine. Suze était loin d'être en paix. Elle décida d'appeler la cavalerie.

9/ Eddy entre en scène

Suze possédait les clés d'un appartement de Madeleine. Comme chacune d'entre elles, elles se couvraient. À force de cogiter trop fort, Suzie décida de se déplacer. Elle se gara et trouva facilement. C'était, elle le savait, le *in-call* de Madeleine. Elle gardait son domicile personnel intact, et l'investissement dans un appartement était à ce jour rentabilisé. Suze entra et découvrit l'antre. Encore une nouvelle facette du métier à découvrir. Tellement de choses à apprendre. Madeleine naturellement était absente de son « logement de fonction ». Une armoire forte bien pourvue en draps. Une machine à laver pour tout faire localement. Pas de frigo ni cuisinière. Mais des paquets de gâteaux, du chocolat et quelques bouteilles, y compris de champagne. Elle n'osa tout fouiller.

C'est là qu'elle décida d'appeler son ami et amant Eddy. Il était sur les coups de 17 heures. Heureusement lui savait décrocher un téléphone.

Suze : Eddy, j'aurais besoin d'un service.

Eddy : Ça m'aurait étonné.

Suze : Rejoins-moi à l'adresse que je vais te donner.

Eddy : Je n'ai pas de voiture.

Suze : Tu as des jambes et ce n'est pas très loin. Je te ramènerai.

Eddy : Tu sais parler à l'homme de ta vie.

Suze : Désolée, j'ai un autre engagement pour la soirée.

Eddy : Je sais. Quand l'argent rentre…

Suze : Eddy, tu ne me laisses pas tomber ? N'est-ce pas ?

Eddy : Cela m'a traversé l'esprit, mais les pensées fugaces ne restent jamais. J'accours, ma Suze.

10/ Eddy visite un appartement

Il sonna. Elle ouvrit.

Eddy : Maintenant, tu m'en dis plus ?

Suze : Trouve-moi quelque chose sur la proprio. C'est notre mère de couvent. Elle a disparu.

Eddy : Un couvent. Pourquoi pas une sainte… Ce ne serait pas Sœur Thérèse ?

Suze : Non, juste Madeleine.

Eddy : Alors, fouillons. Je ne serais pas contre fouiller le lit à deux…

Suze : Il y a un temps pour tout, mais pas tout le temps…

En retournant plus professionnellement le studio, Suzie découvrit un album photo. C'était toutes elles, ou elles toutes, c'est-à-dire la liste des filles avec lesquelles Madeleine avait travaillé. Juste un pseudo, pas plus d'information. Juste histoire de passer nostalgiquement le temps en attendant le client argenté. Elle se trouvait en dernière page. Elle ne se souvenait même pas où ni comment cette photo avait été prise. Elle était assez à son avantage. Elle conserva le « classeur », et reprit sa recherche.

Eddy et Suze échangeaient leurs constatations au fur et à mesure.

Eddy : Suze. Elle ne vit pas ici. C'est un leurre.

Suze : Pas tout à fait. Elle recevait ici. C'était son hôtel de passe à elle. Et elle a disparu. Alors, renifle et donne-moi des pistes.

Eddy prit sur lui d'avoir un manque criant d'informations pertinentes. Sous couvert d'être perdue, Suze perdait aussi les autres. Il se concentra à nouveau pour tenter de pallier d'autres crises d'oubli. Au bout du compte, chou blanc.

Suze : Tu as vraiment donné ton maximum ?
Eddy : Je ne suis pas cuistot, je ne connais pas les demi-mesures.
Suze : Alors, tu en penses quoi ?
Eddy : Cet appartement est clean. Il faudrait remonter à sa vraie planque.
Suze : On connaît cet endroit, mais elle savait aussi se préserver. Un peu. Tu ne saurais pas comment connaître où chercher ?
Eddy : Le jeu en vaut-il la chandelle ?
Suze : Ce n'est déjà plus un jeu depuis longtemps.
Eddy : Compris. Je contacte le réseau.

Eddy s'éloigna, sortit son mobile antédiluvien et composa les chiffres sur des touches non digitales. Un détective ne roule pas forcément sur l'or. Alors, tant que la connexion est bonne…

Eddy : Julien, un cas moralement d'urgence.
Julien : Salut Eddy. Ça gaze ?
Eddy : Urgence, Suze…
Julien : Si tu sors la carte Platinum, je suis à plat. Balance tes demandes. Suze est ultra prioritaire. Un 49.3 sentimental.
Eddy un poil agacé : Utilise tes humbles compétences pour me dégotter toutes les adresses de Madeleine.
Non, pas connaissance du vrai nom.
Une des adresses secondaires est…

Et il cita là où il était.

Julien : Pourquoi tu me compliques toujours les choses ?
Eddy : Si c'était simple, je n'aurais plus jamais besoin de toi. Mais Suze me complexifie diablement la vie.

Julien : Je bosse pour elle. Je te rappelle.

Eddy et Suze continuèrent de bouger les mêmes objets sans les remettre à leur vraie place en attendant un éventuel rappel.

Julien : J'ai l'adresse. Tu me passes Suze ?
Eddy : Elle me donne délégation pour gérer les petits fournisseurs.
Julien : Ta Madeleine habite en fait 15, avenue des Petits-Oiseaux dans un quartier pavillonnaire à Montigny.
Eddy : Tu as les clés électroniques pour nous ouvrir ?
Julien : Désolé. Même Dieu dans sa grande mansuétude est limité, surtout sans causer avec la bonne prêtresse.
Eddy : Je ne peux pas. Elle m'est trop chère.
Julien : À ta dispo en souvenir du bon temps. Mais tu ne la mérites pas.
Eddy dans le vide : Je sais…

Eddy et Suze avaient conjointement décidé d'attendre le lendemain pour de plus vastes investigations.

11/ L'antre de Madeleine

Un policier entra dans le bureau de l'inspecteur René.

Policier : Inspecteur. Nous partons patrouiller selon les plaintes verbales.
Inspecteur : Merci la délation, sinon nous serions au chômage.
Policier : Il y en a tout de même une de sérieuse.
Inspecteur : Citez-la-moi.
Policier : Je cite : « Je ne vois plus ma voisine et je m'inquiète. »
Inspecteur : Vous avez l'adresse de l'appelant ?
Policier : Non.
Inspecteur : Alors, allez-y le cœur léger. Encore une blague justement anonyme.
Policier : Peut-être, mais c'est notre devoir. On vous tient informé en tant que plus haut gradé du jour.

L'inspecteur se disait que cette profession était ingrate. Cette astreinte en était la preuve professionnelle. Il attendrait le retour de l'équipe de surveillance des ragots pour donner son approbation au compte rendu de la surveillance routière.

Bientôt, l'inspecteur se fit appeler.

Inspecteur : Oui, Policier…

Policier : Nous sommes devant la maison. Avons-nous autorisation de forcer la porte d'entrée ?

Inspecteur : Si vous avez fait le tour et fait assez de bruit et assez de lumière…

Policier : Monsieur. On ne peut pas dire que les voisins se bousculent au portillon pour se renseigner sur notre présence.

Inspecteur : Je sens que je vais le regretter… Forcez l'entrée.

Policier : À bientôt en ce cas, Inspecteur.

Un quart d'heure après.

Policier : Inspecteur. Nous avons besoin de votre aide pour un constat.

Inspecteur : Constat d'intrusion ? Mais c'est vous qui avez forcé la porte !

Policier : Et constat de décès, Inspecteur ?

Inspecteur : J'ai compris. Prenez les premières mesures, j'accours.

Un autre quart d'heure après, l'inspecteur rejoignait le policier. Ils inspectèrent ensemble le logement pour constater la même chose. La victime était morte. L'ambulance ne servit que pour transporter le corps. En revanche, les autres hommes en blanc devraient se suractiver pour chercher la petite bête et comprendre le déroulement de la scène de crime.

Inspecteur : Réunion à 16 heures au poste.

Policier : Bien, monsieur l'inspecteur.

12/ En parallèle...

Depuis l'appartement d'Eddy, où Suze squattait souvent au grand plaisir de son hébergeur.

Eddy : Eddy Détective, vingt-quatre heures sur vingt-quatre, sept jours sur sept.
Julien : Eh oh, Eddy. Redescends sur Terre. Mes alertes me remontent des informations.
Eddy un peu plus réveillé : Hein ? Vas-y.
Julien : J'ai accidentellement intercepté un dossier Police.
Eddy : Qui dit ?
Julien : Découverte d'un cadavre à l'adresse que je t'ai donnée.
Eddy : Oh merde...
Julien : L'inspecteur en charge du dossier est un certain René. Tu l'as déjà eu dans tes pattes ?
Eddy : C'est mon beauf...
Julien : Alors, je te laisse entre de bonnes mains.
Eddy : Si tu le dis. Merci et à plus.

13/ Eddy annonce à Suze

Eddy, après avoir raccroché avec Julien, se tourna vers la Suzette, endormie. Il décida de la laisser finir sa nuit, même en sachant que ses nuits étaient angoissées. De toutes les façons du monde, il en prendrait pour son grade à son réveil. Mettons cela sur son caractère non conventionnel. Mais il l'aimait, certes d'une façon atypique. Suze était revenue de chez son client vers 2 heures. Lui s'était endormi à force d'attendre et de boire. Elle l'avait secoué juste pour lui faire quelques bisous, puis lui demanda poliment de lui laisser sa nuit de repos, alors qu'il avait des réflexes qui se mettaient en action.
Une heure plus tard, l'entendant se tortiller, il jugea bon d'accélérer son retour sur le continent des conscients. Elle l'admit dans son lit, mais chasse gardée, voire chasse reportée au lendemain.

Eddy : Ma Suze. Tu as bien dormi ?

Suze : Eddy. Je passe de cauchemar en cauchemar. Tant que cette affaire ne sera pas résolue.

Eddy : Julien a appelé. Madeleine a été retrouvée morte à son domicile.

Suze : Tu ne pouvais pas me réveiller, NON ?!

Eddy : J'ai dû faire un choix.

Suze : Le mauvais, comme d'habitude. Allez, habille-toi, on va y voir.

Suze si soudainement à bout ajouta : TOUT DE SUITE.

14/ Descente à la maison

Eddy était interloqué. Il vivait plus ou moins à plein temps avec sa chouette Suze. Mais celle-ci se donnait plus aux autres qu'à lui. Il ne devait pas faire de commentaire ni répondre à ses piques bien acides. Où était le plaisir d'être avec quelqu'un ? Il tentait d'être philosophe et passait à autre chose en pensant qu'elle changerait un jour.

Ils arrivèrent à l'adresse pour midi. Les policiers avaient libéré les lieux. Ils avaient donc en théorie les coudées franches pour procéder à un complément d'enquête. Suze gara la Twingo, et Eddy fit dans sa tête un trois cent soixante pour checker la situation. Pur réflexe professionnel. C'était léger, mais en termes d'assurance, il n'avait guère eu le choix devant l'insistance intransigeante de Suzie. Ensuite, ils allèrent à la porte d'entrée.

Eddy : Suze, peux-tu me protéger un peu que personne ne voie ce que je fais.

Suze : Ouais, ouais.

Eddy qui n'était pas ou pas encore un pro du crochetage avait été formé par les tutos d'Internet et quelques travaux pratiques en situation sans stress. Au bout de cinq minutes hachées par des gros mots de la part d'Eddy et des impatiences de la part de Suze, la porte décida qu'elle en avait par-dessus sa coulpe et baissa sa garde pour les laisser entrer.

Eddy : Ça y est ! La porte n'a pas résisté à la science du crochetage.

Suze : Mouais. J'ai failli attendre.

Eddy : Tout bonheur doit se faire désirer.

Suze : Tu me feras penser à faire un check-up complet de mes attentes et de ce qu'on m'offre à la place.

Eddy : Bref, on entre ?

Suze : Honneur aux dames.

À l'intérieur de la maison, tout n'était pas parfait, la police ayant laissé la situation post-analyse en l'état, c'est-à-dire mal rangée. Eddy et Suze firent tout de même attention à marcher sur des zones non occupées. Ils parcoururent les différentes pièces. Ils découvrirent la zone où avait dû être le corps de Madeleine, grâce au marquage au gros scotch sur la moquette. Suze se recueillit pendant qu'Eddy, toujours inquiet de naissance et de profession, tâchait d'activer sa recherche d'éléments utiles pour son enquête. Dans une autre pièce, il découvrit un secrétaire (le meuble) et farfouilla. Soit la police était incompétente, hypothèse la plus probable, soit elle ne savait pas. Il prit une lettre, c'est-à-dire l'enveloppe et la lettre à l'intérieur. Eddy parvint à mettre la lettre en position de lecture sans y apposer ses empreintes.

La lettre disait : « *Votre profession est une honte pour tout le quartier.* »

À peine l'avait-il lue et montrée à Suze que la sirène des voitures de police retentit.

Suze : Partons !

Eddy : Non, Suze. On n'a guère le choix.

Suze : Je ne veux plus aller en prison.

Eddy : T'inquiète, on aura juste un bon coup de règle sur les doigts. À l'ancienne.

Les policiers entrèrent plus facilement qu'eux dans la maison. Ils avancèrent les armes au poing. Eddy et Suze ne se cachèrent pas et restèrent près du scotch désignant l'emplacement du corps. Eddy avait sa petite idée pour un embryon de défense. Après, il savait que son beauf ne serait pas dupe.

Eddy leva les mains dès qu'il les vit. Il parla et ne voulait surtout pas que Suze panique et se prenne une balle perdue. Il y avait deux policiers dans le salon. Il parlait calmement et distinctement pour la sûreté de Suze en priorité, en espérant que les policiers avaient laissé leur cran de sûreté.

Eddy : Messieurs les policiers, nous sommes coupables et vous accompagnerons pour vous donner de plus amples informations. S'il vous plaît, j'ai peur pour elle, pourriez-vous ranger vos flingues ?
Policier : OK, gardez les mains en hauteur et sortez lentement de la maison.
Eddy tenant les mains de Suze en hauteur : C'est comme si c'était fait.

Ils sortirent de la maison. Après les avoir menottés, un policier les fit entrer à l'arrière d'une voiture de police, en tenant la tête pour qu'ils ne se fassent pas mal, comme dans toute bonne série policière qui se respecte. Suze étant à bout, plus son émotivité, elle s'endormit sur l'épaule de son co-menotté, pour le trajet de retour. Eddy ne jugea pas utile de nommer René, cela ne ferait probablement que les desservir.

15/ Suzie aux fraises

Suze avait été forcée d'émerger à l'arrivée au commissariat. Eddy s'occupait d'elle en priorité. Elle semblait H.S. et seul Eddy savait qu'elle exploserait sous peu avec une pression trop longtemps contenue.
Ils se retrouvèrent dans le bureau de l'inspecteur, toujours menottés.

Eddy à René : Tu peux nous détacher ? Suze est en train de faire une réaction allergique.
René : Vous serez traités comme tout suspect.
Eddy : Nous ne sommes plus des suspects, puisque je reconnais l'infraction. Mais, pitié, ne vois-tu pas son état ? Tu veux un procès pour maltraitance ?

René indiqua à un policier de démenotter Suze. Mais uniquement elle.

Eddy : Merci. Pour elle.

Inspecteur René : Reprenons l'entretien préliminaire à la mise en examen.

Eddy : Passe le charabia, qu'on se fasse taper fort et que je puisse prendre soin de Suze. Si tu préfères, j'appelle Sœurette. Elle aime toujours les bébés phoques ?

René : Soit. Que faisiez-vous sur une scène de crime ?

Eddy : La morte est Madeleine, je ne connais pas son nom de famille. Elle était très proche de Suze. On est venus voir, n'ayant pas de nouvelles.

René : Appeler la police, ce n'est pas dans tes procédures ?

Eddy : Un jour peut-être…

René : Allez-y, mais Eddy, normalement, la procédure, c'est une nuit au poste. Mais, Sœurette ou pas, je vois l'état de Suze. Tiens-moi au courant de son moral, et pense aussi qu'on est deux sur l'enquête.

Eddy : Merci… Beauf. Les résultats de votre enquête, je pourrai les avoir ?

René : Tu prends l'affaire ?

Eddy : Demande à Suzie si j'ai le choix.

René : Je t'envoie les conclusions ce soir. Tu m'en dois une.

Eddy : Et comment tu as su qu'on était à la maison ?

René : Un appel anonyme. C'est à la mode.

16/ L'enquête démarre… difficilement

Eddy demanda un dernier service à l'inspecteur. Se faire ramener à la Twingo laissée devant la maison où ils avaient été arrêtés. Requête acceptée. À bord de la Renault « familiale », il ramena Suze chez lui et la porta quasiment à son appartement. Il la coucha sur le canapé. Il la couvrit avec un plaid imitation Scotland. Lui se servit un single malt. Sitôt acheté par Suze, sitôt consommé par Eddy. Quel couple bizarre formaient-ils !

Il la voyait allongée, il la voyait éteinte, il la voyait belle, et elle lui faisait peur. Quand on est amoureux, on a peur pour l'autre. Eddy ne pourrait jamais se passer de SA Suze.

Il s'en resservit un et passa son temps à l'admirer dans sa position de faiblesse.

En fin d'après-midi, Suze semblait avoir récupéré un certain retard de sommeil. Et de ce fait, Eddy leva la tête qu'il avait dans un verre vide.

Eddy décida d'appeler Julien, lui laissant un peu de temps pour émerger. Suze, elle, resta dans le canapé et lui adressa un sourire d'amoureuse.

Julien : Allô ? Eddy ?

Eddy : Oui, c'est moi. Nous étions ce midi à la maison de la morte. Mais un appel anonyme à la police a provoqué une visite abrégée de la scène de crime, avec à la clé une invitation à aller au commissariat.

Julien : Je ne dénonce jamais mes clients.

Eddy : Pas toi. Trouve-moi s'il te plaît cet appel et d'où a-t-il été passé.

Julien : Qu'est-ce que je ne ferais pas pour Suzette ?

Eddy : MA Suzette.

Julien : Ah, tu crois ? Tu es sûr ?

Eddy : Plus sûr que ça, ce serait de l'indécence.

Julien : Un défi à la hauteur de mon génie.

Suze se leva et intervint : Julien, fais-le ou non. Et Eddy a mon cœur. Alors, ne l'emberlificote pas.

Julien : C'était une *private joke*.

Suze : Pas de ça, Julien. C'est MON Eddy.

Julien rappela quinze minutes plus tard.

Julien : Eddy. Chou blanc. Mobile prépayé. Ils n'auraient jamais dû inventer cette connerie sur laquelle je me sens totalement impuissant. Et je n'aime pas ça.

Eddy : Zéro information ? Même pas une zone géographique ?

Julien : La France, ça te va ?

Eddy : Merci d'avoir essayé.

Julien : J'aimerais t'aider plus.

Eddy : Merci. Je te sollicite pour les questions difficiles. Les autres, je me les garde.

17/ Faisons connaissance avec l'équipe de Madeleine

Suze était OK avec Eddy. Elle accepta sa proposition d'organiser une soirée avec les amies de Madeleine et de les solliciter pour aider Eddy, et donc l'aider, elle, et donc les aider, elles. Ce soir, les quatre inconnues viendraient, auxquelles on ajoutera Suze. Ce furent cinq belles jeunes femmes qui se donnèrent rendez-vous chez Eddy. Suze avait travaillé la logistique. Il n'y aurait pas que du pur malt à consommer. Elle prépara aussi du guacamole et d'autres douceurs apéritives.

À 20 heures, toutes les filles pointèrent leur nez. Eddy était le seul mâle. Suze n'avait pas forcément pas tout prévu. Comment anticiper la testostérone. Eddy était comme un papillon dans une serre.

Eddy : Bonjour Kawaii. Bonjour Mata Hari. Bonjour Green Lantern. Bonjour Blue Lagoon.

Suze à Eddy : Eddy. On attend de toi de l'aide, pas de te comporter comme un mâle insatisfait.

Eddy à Suze : Tu ne t'occupes guère de moi ces temps-ci.

Suze à Eddy : Mes clients nous font vivre.

Eddy à Suze : Alors, toi, tu touches ou gouttes la marchandise, mais moi ?

Suze à Eddy : Toi, tu restes sur Netflix, ou alors tu paies mes amies, puisque je ne te suffis plus.

Eddy à Suze : Tout de suite les grandes phrases avec les grands mots. Je ne peux pas avoir un avant-goût avant de me décider ?

Suze à Eddy : Si tu fais cela, tu n'es pas celui avec qui j'ai envie de partager ma vie.

Eddy : Même pas un truc à trois ?

Suze : Tu touches. Je tire.

Elle s'éloigna.

Eddy à toutes : Bonsoir. Suze va me présenter. Mais c'est une soirée policière pour faire avancer l'enquête.

Suze à toutes : Voilà. Eddy est mon homme. Il est détective. Madeleine a été tuée, et je n'ai aucune confiance en la police. Je vous propose qu'on demande à Eddy de nous aider.

Blue Lagoon : Je ne comprends toujours pas pourquoi on est là. Madeleine est morte, et je l'aimais bien. Mais c'est hélas notre lot quotidien. Tu me convoquerais pour un rachat de l'équipe, cela serait plus dans la logique des choses.

Green Lantern : Je partage l'avis de Blue. Mais je ne refuse pas la proposition de Suze. On lui doit bien cela, à Madeleine. Les poulets vont classer l'affaire, et cela me chagrine. Donc, je suis OK pour participer aux frais. Mais en parallèle, on doit se trouver un autre protecteur. Et je parle des conséquences humaines et économiques.

Kawaii : Je ne souhaite pas être rachetée. Je ne suis pas une peau de mouton qu'on tond à foison. Si on ne respecte pas Madeleine, alors on ne se respecte pas. Je vote pour l'enquête. Si Suze n'a pas mieux à nous proposer que ce détective, c'est toujours mieux que rien.

Eddy : Suze. Exprime-toi, s'il te plaît.

Suze : Je ne pensais pas à tout cela. Je ne pensais qu'à une injustice et une enquête bâclée.

Eddy : Sur ce point, une majorité est OK pour que je travaille sur le sujet.

Suze : Pour les options de rachats et éparpillements de nous toutes, je découvre. Je n'ai aucune envie d'être du bétail qu'on marquera selon le ranch. Je ne peux pas raccrocher, mais le plaisir du travail, je l'avais, et je me battrai pour rester indépendante, comme Madeleine le prônait.

Mata Hari : Je fais confiance à la p'tiote. J'ai toujours dit qu'elle valait plus que nous toutes réunies. Et je ne me trompe jamais.

Green Lantern : Que proposez-vous ?

Mata Hari : Elle doit prendre la place de Madeleine.

Suze : Mais non, c'est impossible.

Blue Lagoon : Je n'ai pas mieux comme proposition. Pas pire non plus. J'accepte.

Elle leva sa main. Toutes levèrent leur main. Eddy fit mine de compter.

Suze : Mais je ne peux pas.

Mata Hari : Une fois que le détective à la noix aura résolu l'enquête, s'il y parvient, alors tu deviendras notre guide.

Suze : Ai-je le choix ?

Kawaii : Est-ce que le papillon a le choix de son envol quand le doigt divin se pose sur lui ? Tu n'es pas une sainte, mais tu es ce qu'il y a de meilleur en nous. Et NOUS avons besoin d'une accompagnatrice qui a du cœur.

Suze : N'importe quoi. La théorie du chaos ne fonctionne pas pour une élection. On en reparlera plus tard. Maintenant je vais laisser Eddy vous présenter l'affaire.

Eddy : Comme vous le savez, Suze a prévu à manger, et aussi un peu à boire. Moi, je pose les questions.

Mata Hari : Cela signifie que tu ne bois pas ?

Suze : Il a des défauts, mais c'est un bon détective. Il m'a sortie d'une présomption de meurtre.

Green Lantern : Wow, l'homme idéal. Suze, tu le prêtes ?

Suze : Non, chasse gardée. Et puis, je n'ai pas fini son dressage.

Blue Lagoon : Il fait le ménage ?

Eddy : Si on en est à toutes mes qualités, j'en ai une qui va vous faire fuir. Je suis hélas fidèle à mon cœur et à Suze. Et TOC.

Suze : Donc, nous allons passer au repas et aux questions professionnelles de monsieur le détective.

Eddy : J'ai eu l'avis de Suze, mais bien qu'elle ait du potentiel, je n'ai aucune connaissance de Madeleine. Je ne sais si cela est important, mais dites-moi tout ce que vous savez chacune sur ces deux logements. Qui connaissait quoi ?

Mata Hari, jamais la langue dans sa poche : En tant que puînée, je dirais que Madeleine a toujours caché au plus profond d'elle son vrai domicile. Pour son appartement « baise en ville », elle a fait un investissement lorsque l'immobilier était moins cher. Un investissement judicieux. Comme cela, pas de frais d'hôtel et elle pouvait sans problème assumer les appels *out-call* tout en se préservant.

Green Lantern : Chacune d'entre nous donnait ses clés à deux autres. Principe de précaution. J'avais un trousseau des clés de Madeleine pour l'appartement. J'ignorais pour sa maison.

Suze : J'avais l'autre trousseau. C'est comme cela qu'on a remonté la piste, Eddy et moi.

Eddy : Qui connaissait ou était déjà allé chez elle ? Je parle de sa maison.

Silence général.

Suze : Je sais qu'elle avait des relations dégradées avec sa famille. Vous en savez quoi ?

Mata Hari : Je lui avais dit de ne pas dévoiler son vrai job à sa famille qui pourtant lui manquait.

Blue Lagoon : Ah, c'est pour cela qu'elle m'a demandé d'attendre que déjà je sois sûre de mon choix. C'était il y a trois ans.

Kawaii : Madeleine n'avait qu'une plaie. Son ex-famille. Elle était au bord des larmes trop souvent. Elle me l'avait confié un soir comme la soirée arrosée récemment. Je ne pensais pas qu'elle en organiserait une autre.

Green Lantern : On évitait le sujet et chacune d'entre nous a hésité avant de communiquer avec sa famille. On a compris une chose grâce à elle. Notre souffrance ne se partage pas. Notre nouvelle famille, c'est nous-mêmes.

Suzette prit tous les messages pour en apprendre sur elles et elle. Sur ce qu'elle déciderait d'avouer à sa famille bourguignonne.

Suze : Merci. Eddy ? Tu conclus ?

Eddy : Je vous solliciterai encore, c'est presque sûr. Je vois avec Suze. Elle vous avertira. Merci.

18/ Surveillance banlieue

Eddy gardait quelques souvenirs trop jolis des collègues de travail de sa Suze.

Lui qui devait faire maigre trop souvent, il avait eu tendance à admirer ces autres corps parfaits lors de cette soirée. S'en était-elle aperçue? Elle a fait socio. Elle n'est pas aveugle et elle est loin d'être conne.

Néanmoins, Eddy travaillait maintenant officiellement pour le consortium des filles perdues des rues. Ou les filles des rues perdues...

Il avait pris le dossier, et cela devait l'aider à les voir comme des clientes, et moins comme de trop belles femmes, même si elles le resteraient.

Il se gara dès le matin, bien avant que les gens prennent le chemin de la gare pour aller travailler à la capitale. Il était en phase de prospection et de découverte du milieu de la scène de crime. Il mit en place ses différentes caméras à partir de la voiture. Pendant ce temps, il irait au marché de la ville pour son propre plaisir et peut-être préparer un super repas à sa super gonzesse...

Il acheta des légumes dont il ne connaissait pas le nom la veille, et qu'il aurait oublié avant le lendemain. Il acheta plus de verdure en une heure que toute sa consommation annuelle.

Le midi, il se sentit assez con en présence de sa Suzie d'amour.

Suze : Ben alors, mon Eddy, tu te lèves à l'aube et en plus tu rapportes de la nourriture qui ne provient pas de MacDo?

Eddy : Je sais, je vieillis. Tu crois que tu peux nous préparer notablement ce que je nous ai déniché?

Suze : Je n'ai pas bac cuisine, mais j'ai été correctement éduquée en campagne avec les produits locaux.

Eddy : Il faut une piqûre pour ceux-là?

Suze : Aubergine, je pense qu'un séjour au commissariat est un bon début.

Eddy : Hein?

Suze : Quant aux nèfles, on va les faire en tarte.

Eddy : Donc, je n'ai pas tout faux?

Suze : La cuisine, c'est une histoire de curiosité.

Suze : Maintenant, le plus dur pour toi sera de manger ce que tu as acheté...

Eddy : Je ne sais pas ce qui m'a pris...

Suze : Un acte manqué pour me prouver ton amour?

Eddy : Même pas sûr, mais j'opte pour cette option, elle me va bien.

L'après-midi, Eddy repartit en planque. Mais il en fut pour ses frais. SMS et sudokus furent ses activités de remplacement. En plus il savait que le soir il allait devoir manger végétarien, vu ses achats.

Suze avait préparé les courses de son Eddy. Le soir, en l'absence de Suzette, partie travaillée, il y avait un gratin qui l'attendait au four avec un mot de sa douce.
« *Commençons doucement ta rééducation gastronomique. Je reste à toi pour les autres sports en chambre.* »
Eddy découvrit un plat dans son four. La couleur n'était pas engageante. Il préféra jeter le tout dans la poubelle. Il jeûnerait ce soir, pour le solide. Il resterait fidèle à son pur malt.

19/ Surveillance et moins si affinités

Le lendemain, Eddy emprunta à nouveau la Twingo de sa douce et se posta en planque proche de la maison de Madeleine. Il voulait comprendre. Il voulait savoir comment un ou des appels anonymes avaient pu être possibles.
Il se gara très visiblement devant la propriété de Madeleine. Provoquer pour éviter de perdre son temps.
S'il avait eu en sa possession des lunettes de soleil, il les aurait mises juste pour. Mais il avait dû faire sans et son effet de frime en souffrit. Il passa quelques heures à faire les cent pas et à dire bonjour à des personnes qu'il ne croiserait plus jamais.
Mais son sixième sens en alerte ne s'était jamais endormi. Eddy, à moitié parano pour moult trucs, se découvrait un don pour l'observation. Durant cette matinée, ses tympans entendirent des bruits sans qu'il puisse les relier à des faits ou actes ou objets. Il avait cru à certains moments discerner ou déceler un objet volant suspect, mais sans souhaiter aller plus loin.
Eddy resta la matinée à cette adresse. Il avait la sensation qu'il n'était pas loin d'obtenir un accessit. Sinon, il n'aurait rien, comme souvent dans son nouveau métier.
Eddy resta plus que de besoin, car maintenant il était sûr d'avoir perçu un vrombissement. Eddy eut beau filmer parfois

aléatoirement, mais il cherchait une aiguille dans une meule de foin. Il se savait la proie d'une surveillance quasi silencieuse et aveugle.

20/ Conversation sur l'oreiller

Eddy repassa par le commissariat le soir. Il eut droit à un entretien express avec son beau-frère.

Eddy : Je te dis que j'ai entendu des bruits.
René : Certes, mais l'affaire est en passe d'être classée.
Eddy : Il y a quelque chose, je le sens.
René : On embauche, mais il faudra commencer en bas de l'échelon.
Eddy : L'échelon ne me dérange pas. Ce serait plutôt le fait d'enterrer les affaires.
René : Retourne à ton taf. Je préfère faire semblant de ne rien avoir entendu.

Eddy en roulant eut encore comme toujours une idée de génie. Pour la concrétiser, il devait en discuter avec Suzie. Chose qui serait bientôt faite, puisqu'il était en train de se garer et il savait sa belle dans son appartement. Il appréciait que Suze passe pas mal de temps chez lui. Elle semblait progressivement changer de lieu de résidence principale. Pour lui comme pour elle, il jugeait que c'était une bonne nouvelle.

Il entra dans son propre appartement et sut tout de suite que Suzette sa crêpe préférée était chagrinée.

Eddy : Ma Suze ? Tu sembles… bizarre.
Suze : Un peu oui…
Eddy : Ma Suze, j'ai besoin de ton équipe de choc.
Suze : Elle était bonne, la quiche aubergine-courgette ?
Eddy : Ah ça… Je peux tout t'expliquer.
Suze : Tu veux cesser de t'agiter ? Tu peux te défendre si tu as des arguments, ou lâcher l'affaire, car tu n'es pas net.

Eddy : Et après, je peux te solliciter, car j'ai une requête ?

Suze : Voilà, occupons-nous de l'affaire.

Eddy : J'ai besoin de toutes tes filles pour confirmer une hypothèse.

Suze : Précise !

Eddy : Je vais te mettre dans la confidence.

…

21/ Surveillance et plus si affinités

Le plan était simple. Chacune des amies de Suze venait et se garait. Munies de jumelles ou smartphone ou tout instrument de vision grossissante de loin, elles devaient surveiller le ciel à la recherche d'un OVNI. Certes, Eddy passa pour un hurluberlu quelques minutes auprès des filles, avant de préciser sa pensée profonde. Et maintenant, la surveillance active était opérationnelle. Lui en proie évidente, et les filles en camouflage.

Lui se gara encore pile-poil devant la maison et fit tout pour attirer l'attention. En moins de cinq minutes, le bourdonnement quasi habituel réapparut. Eddy traînait sur le devant de la maison. Il fit des incursions autour de la maison, et alla même jusqu'à manipuler la poignée de la porte principale. Il avait son téléphone mobile ouvert en mode conférence avec chacune des filles. Il ne savait pas encore qui était sa préférée, mais cela viendrait bien assez tôt. Il décida que la comédie avec l'espion invisible avait assez duré. Il regagna la voiture et partit. Il s'éloigna suffisamment et demanda alors aux filles de passer en mode sonore et de le tenir au courant au fil de l'eau. Elles devaient repérer un OVNI et le suivre pour savoir où il irait se poser.

Mata Hari : Je crois que j'ai un truc en ligne de mire.

Blue Lagoon : Moi je n'ai rien, c'est vers où ?

Green Lantern : Nord-nord-est, distance deux cent cinquante mètres, altitude approximative : trente mètres au-dessus du sol. Dimension de l'objet : petit, moins de cinquante centimètres et difficile à suivre, rapport vitesse/volume.

Eddy avait trouvé sa chérie…

Kawaii : Où cela ? Je ne vois rien. Euh, c'est où, le nord ?

Eddy : Green, concentre-toi, suis-le. Il me faut savoir où il va atterrir. Les autres, n'interférez pas et tentez votre chance pour trouver ce faux OVNI. Les autres filles, vous laissez le canal pour moi et Green. Fin de la communication.

Green : J'arrive à le suivre. Il semble faire demi-tour. Il se dirige vers la maison aux alentours des numéros 20 ou 22. Oh putain…

Eddy : Green ? Green ? Que se passe-t-il ?

Green : Eddy. Le gus a une armada de drones. Il possède un toit-terrasse avec toute une armée. J'en compte au moins dix.

Eddy : C'est bon, Green. Tu as l'adresse. On se retire et on se voit à l'appart pour un point ensemble. Green. Un green merci.

22/ Réunion féminine ou presque

À l'appartement d'Eddy, les filles étaient toutes présentes. Elles étaient toutes excitées de participer à une enquête. Suze, quant à elle, comprenait pourquoi son homme avait souhaité les inviter toutes. Il y avait du lourd et il lui faisait payer ses horaires qui le laissaient trop souvent orphelin d'un soir. On passera pour ce soir, mais il ne faudrait pas que cela devienne une malsaine habitude. Suze proposa des rafraîchissements à ses consœurs. Eddy ne partageait guère son pur malt. Il était tel un conférencier devant son bel auditoire. Il rappela à toutes l'origine de son intuition. Bourdonnement ? Vrombissement ? Intuition d'objet volant de surveillance. Et merci à Suze d'avoir impliqué ses collègues. Sourire forcé de Suze. Il continua en caressant dans le sens du poil Green Lantern pour sa participation déterminante.

Eddy : Voilà. Nous avons l'adresse, et son toit ressemble à une aire d'aéroport pour une dizaine de drones. Roissy-Drone.

Green Lantern : Je ne m'y connais pas trop, mais j'aurais tendance à dire que les modèles les plus anciens datent d'il y a trois ans, et qu'il agrandit progressivement sa flotte, puisqu'il nous a envoyé le fleuron, son modèle le plus récent. Le modèle Tx206, en vente depuis trois mois et encore, avec un an d'attente de commande sur le marché.

Eddy et Suze se regardèrent. C'était qui, cette extraterrestre ?

Suze : Green ? Tu es normale ?
Green Lantern : Ah oui, c'est juste que papa bosse dans l'armée de l'air et il a toujours voulu un gars. Alors, je suis calée en mécanique et en drones.
Eddy : Et ton analyse du profil de la personne qui transforme son toit en aéroport à drones ?
Green Lantern devant ses amies interloquées qui la découvraient : Passionné. Friqué. Que cherche-t-il ? Quelles sont ses motivations ?

Eddy était scotché, et à défaut de scotch, il se resservit un petit whisky.

Suze : Tu as su cela juste avec une paire de jumelles ?
Green Lantern : Ben oui, le coup d'œil, tu l'as à vie.
Eddy : On a de la chance de t'avoir dans notre équipe.
Suze : Ne t'emballe pas, Eddy. Green a fini sa part de travail. On ira tous les deux demain voir ce gus.
Eddy : Sans l'experte ès-drone ?
Suze : Tu sauras te tenir ?
Eddy : Je suis professionnel.
Suze : Nous aussi. N'amalgame surtout pas nos professions.

Rendez-vous fut pris pour le lendemain pour y aller en une seule voiture.

23/ Droneur

Vers 10 heures, ils sonnèrent à la maison dronique. La porte s'ouvrit.

Voix : Entrez, je vous attendais.

Eddy, Suze et Green entrèrent dans cette ambiance de science-fiction.

Voix : Allez dans le salon, une collation vous y attend. Monsieur Eddy, Il y a votre whisky favori.

Ils s'installèrent dans les fauteuils et le canapé. Les boissons préférées de chacun et chacune étaient prêtes. Le seau à glaçons semblait sorti du congélateur. Eddy n'aimait pas cela. En fait, il n'aimait pas avoir un coup de retard. Mais il se servit généreusement de sa boisson maltée offerte et à sa disposition.
Suze et Green étaient plus que nerveuses. Sans aucun doute une peur d'expériences passées malheureuses. Il ne posait jamais ce genre de questions à sa belle.

Eddy : Allons, les belles. On se sert et on attend.
Suze : Ben voyons, et n'oublie surtout pas de te resservir.
Green Lantern : Même le salon est intéressant à observer.

Eddy et Suze se regardèrent puis la suivirent des yeux.

Green Lantern : Ben oui. La télévision est récente. Il y a une antenne wifi, ce qui signifie qu'il a besoin de beaucoup de réseau. Il n'y a aucune photo de famille, mais juste des peintures. Et impressionnistes. Nous avons affaire à une personne seule ou solitaire. Il est européen, russe ou anglais, je dirais. Les quelques livres en VO dans le salon confirment mes dires. Il doit avoir entre quinze et vingt-cinq ans, vu les DVD, mais l'estimation médiane serait dix-neuf ans. À confirmer. On sait qu'il a une passion pour les drones, mais on peut généraliser à tout objet à la pointe de la technologie. Il y a des revues high-tech et quelques bricoles comme des caméras camouflées qui sont en train de nous observer. Voilà. Ah oui, il sera là dans moins d'une minute, vu qu'il m'a forcément écoutée.

Eddy à Suze : C'est quoi, le féminin de Sherlock Holmes ? (NdA: Sherlock Holmes a une soeur: Enola!)
Suze : Je ne sais pas… j'angoissais pour le gars qu'on venait voir.

J'ai encore plus peur maintenant.

Un bruit d'escalier. Un toc-toc discret sur la porte du salon. Un ado se présenta avec un grand sourire.

Lui regardant la verte *Escorte* : Green Lantern, je suppose. Je vous remercie pour le portrait très proche de la réalité. J'ai dix-sept ans. Je suis effectivement russe et j'adore l'impressionnisme. Pour le reste, asseyons-nous et discutons avec monsieur Eddy et sa chère mademoiselle Suze.
Eddy : Je peux vous servir quelque chose ?
Russe : Je prendrai comme Suze.

Eddy devant l'inaction de ses amies prit les choses en main et tenta de mener les débats.

Eddy : Merci pour l'accueil. Ainsi, vous nous attendiez ?
Russe : Je suis tombé dans votre piège hier. Je savais que vous repasseriez. J'avais parié sur 19 heures. J'ai dû accélérer les achats pour vous recevoir dignement.
Eddy : Si on parlait cartes sur table ? Qui êtes-vous ?
Russe : Sergey Kayszinsky. Métis russo-ukrainien. J'ai du mal avec mes deux patries.
Eddy : Certes, mais votre implication et votre explication sur votre brigade aéroportée ?
Sergey : Je suis un fils de magnat russe d'un consortium de gaz. Mes parents étant par monts et par vaux, ils me fournissent toutes les commodités pour m'épanouir, tant au niveau éducatif que personnel. Ils ignorent mon degré d'indépendance.
Eddy : Et pourquoi nous surveiller ?
Sergey : Vous étiez au mauvais endroit au mauvais moment. Et puis, je ne vous ai causé aucun tort.
Eddy : Nous voulons tout savoir sur le décès de Madeleine, à la maison où j'étais.
Sergey : Je volette, je ne surveille personne. Je me suis juste amusé avec vous, à vos dépens, et je me suis fait découvrir par votre super espionne.
Eddy : On va se contenter de cela. Mais je pense que je reviendrai.

Sergey : Alors, votre whisky vous attendra, avec ou sans glaçon, à votre convenance. Green, vous m'intriguez.

24/ Eddy et Suze : conversation post-ado

Au lit, l'un contre l'autre, en toute tendresse. Suze appréciait ces moments où elle pouvait être elle-même sans faire attention à ne pas faire d'impair. Eddy, c'était son homme tendre. Elle l'aimait et ne voulait surtout pas le partager, ce qu'elle commençait à redouter.

Suze : Épatant ce gamin, non ?
Eddy : Si tu le dis…
Suze : Dix-sept ans et avec une telle maturité.
Eddy : Un petit con. Certes intelligent, mais une épine pour la société, et quel ego.
Suze : Il ne fait de mal à personne.
Eddy : Je peux faire de la psycho avec un être humain, même peut-être un enfant, mais un autiste geek… J'ai dû louper les cours. Ça devait être au dernier trimestre.
Suze : En fait, tu serais jaloux ?
Eddy : On n'a pas tous eu les mêmes facultés.
Suze : Il t'a cherché, et il t'a trouvé ?
Eddy : Ouais, il y a aussi un tout petit peu de cela. Allez, bonne nuit, ma douce. À demain.

Eddy se retourna sans trouver le sommeil, alors il tapota sur l'épaule de Suze.

Suze : Humm…
Eddy : C'est qui, cette Green Lantern ? Elle est bizarre, elle aussi. Vous avez toutes un talent caché dans votre équipe ?
Suze : Elle ne voulait pas devenir une fille de ou à soldats en suivant les traces de son père, alors elle s'est fâché un bon coup.
Eddy : Pour être un bon coup, je peux facilement le croire.
Suze : Pas touche à mes amies. C'est moi ou tu prends la porte.
Eddy : C'est curieux que tu dises cela, je croyais que c'était mon

appartement.

Suze : Tu m'as fort bien compris. Alors, fais de beaux rêves érotiques avec qui tu veux, mais tes rêves devront rester des rêves.

25/ Le droneur à son domicile

Durant la matinée, Eddy demanda s'il pouvait emprunter la Twingo. Permission accordée.

Eddy se rendit comme la veille sur les lieux du droneur. Cela lui coûtait, car il ne l'aimait pas, mais l'enquête prime toujours.

Il ne prit pas la peine de sonner, il savait que la porte s'ouvrirait à son arrivée.

Il alla s'installer au salon et attendit l'arrivée de Sergey, en s'étant servi à sa bouteille.

Sergey arriva en tenue de foot, avec le maillot de la Russie.

Eddy : Ce n'est pas trop dur pour l'Ukraine ?

Sergey : Un Russe a un côté pragmatique. C'est pourquoi nous acceptons beaucoup de choses, et nous cherchons toujours à rebondir. Les atermoiements, ce n'est pas dans notre culture.

Eddy : Passons aux choses sérieuses.

Sergey : Vous êtes venu sans Green Lantern ? Vous arriverez à suivre les réponses techniques ?

Eddy : Ne vous en faites pas. J'éviterai juste les questions techniques.

Sergey : Un homme qui connaît ses limites. Un sage.

Eddy : Sergey, j'aimerais savoir ce que vous faites à dix-sept ans dans une ville comme ici ?

Sergey se servant un verre de vodka Beluga, bouteille fraîchement sortie du congélateur : Mes parents sillonnent le monde. Moi je le parcours. Je suis des cours par Internet, et je parle cinq langues, sans accent.

Eddy que le galopin agaçait déjà : Passons sur les langues. Quels cours ?

Sergey : Tout m'intéresse. Je suis des cours de robotique et toutes les technologies à la pointe. J'aime l'Histoire, car dans le passé on peut lire l'avenir. J'aime la géopolitique, car l'économie de demain en sera la conséquence, et je dois toujours penser que ma famille attend de moi que je sois un dirigeant d'entreprise éclairé.

Eddy : Tout cela à dix-sept ans ?

Sergey : Ben oui. Je suis comme votre Napoléon. Je n'ai que peu besoin de dormir. Et le monde m'attend, mais n'attend pas !

Eddy : Que faites-vous avec votre armée de drones ?

Sergey : Je joue. Ce sont des travaux pratiques pour construire les entreprises de sécurité de demain, sans oublier les débouchés militaires. Je connais la technique, mais il faut aussi coordonner les possibilités logistiques pour avoir une vision d'ensemble. Je suis responsable de la division drone dans mon entreprise familiale. Pour le moment, j'investis et teste des prototypes béta. Demain, je négocierai avec les gouvernements.

Eddy : On est votre bac à sable ?

Sergey : J'ai beaucoup d'affection pour la France. Je connaissais le bac scientifique, mais bac à sable, ce serait vous rabaisser.

Eddy : Trêve de blague pour me prouver votre maîtrise de notre langue.

Sergey : Je pense que je collabore extrêmement généreusement avec vous, non ?

Eddy : Alors, que faites-vous des bandes vidéo que vous rapportent vos drones ? Vous devez les stocker et les analyser ?

Sergey : C'est exact.

Eddy : Je souhaite consulter celles concernant le jour du décès de Madeleine.

Sergey lui tendant une clé USB : J'ai mis ce que j'avais en ma possession. Vous êtes si prévisible.

Eddy : Merci. Il y a tout ?

Sergey : Vérifiez !

Eddy : Et comment ?

Sergey : Alors, ne posez pas la question si vous savez que la réponse ne vous plaira pas.

Eddy finissant son verre : Merci pour l'hospitalité.

26/ Analyse des vidéos

De retour à son logis, il mit la clé dans son ordinateur portable.

Suze : Eddy, tu ne crois pas que tu aurais dû prendre des précautions ?

Eddy : Lesquelles ?

Suze : Ce type est un hacker. Ne laisse pas un cheval de Troie envahir ton disque dur.

Eddy : Je l'ai retiré. Il n'a pas pu avoir le temps…

Suze : Si. Ce n'est pas pour être parano, mais je serais toi j'appellerais ton ami qui te veut souvent du bien.

Eddy : M'enfin, il n'a pas eu le temps en quelques secondes.

Suze : Quelques secondes, c'est ce qui sépare le préservatif du fœtus.

Eddy : Toi, tu sais parler aux hommes, et tu leur fiches une sacrée frousse.

Suze : Alors, appelle ton faiseur d'anges.

Eddy à Julien : Salut Juju. Tu as le bonjour de ma Suze.

Julien : Je passe ou tu me l'envoies ?

Eddy : Restons-en aux mondanités, son mec n'est pas encore prêt. Tu sais comment il est…

Julien : Alors, accouche. Si tu appelles, c'est qu'elle te l'a demandé. Tu t'es mis dans la merde tout seul.

Eddy : N'enfonce pas le couteau là où ça fait mal, s'il te plaît.

Julien : Que puis-je accorder comme vœu à Suze ?

Eddy : J'ai enfoncé une clé USB louche dans mon PC. Mais juste quelques secondes…

Julien : Tu sais ce qu'on peut faire en quelques secondes ?

Eddy : Épargne-moi ce laïus. Aide-moi en silence si possible.

Julien : Je t'envoie une invit' pour que je puisse réparer tes conneries.

Eddy : J'ai validé. Tu as la main.

Julien à distance lança quelques logiciels d'analyse du contenu de la clé suspecte.

Julien: Oh, oh…

Eddy : Quoi « Oh, oh? »

Julien : Il y a un *malware* sur la clé, et il n'est pas arrivé là par hasard.

Eddy : Un cadeau russe ?

Julien : Une production délocalisée ? Possible. En plus, il tente de m'atteindre. Mais il ne sait pas à qui il a affaire…

Eddy : Bon, tu peux réparer ?

Julien : Je peux tout faire. Tu as des données persos sur l'ordi ?

Eddy : C'est mon ordi, naturellement que j'ai des données persos et que je ne souhaite pas perdre.

Julien : Sauf qu'il les connaît maintenant. Moi aussi, mais moi, je suis clean.

Eddy : Merci pour l'info. De la fuite, pas que tu sois clean. Je le pensais.

Julien : Ça y est. Je l'ai neutralisé. Mais il a eu le temps d'envoyer pas mal de trucs sur une adresse où il verra ce qu'il fera plus tard de tes données. Comment as-tu pu être aussi crédible ?

Eddy : « Crédible », c'est un synonyme de « con » ?

Julien : OUI, mais elle avait dû te le dire…

Eddy : Nous dirons qu'elle a tenté sans succès, car elle cherche toujours à y mettre les formes. Mais toi, tu es direct.

Julien : Je n'ai pas les belles formes de Suzie. Je fais différemment. Allez. Estime-toi heureux de t'en sortir à aussi bon compte.

Eddy était bien heureux de raccrocher.

Suze : Alors, problème réglé ? Il t'en a coûté quoi ?

Eddy : Il prend de tes nouvelles, mais je ne lâche pas la poule aux œufs d'or.

Suze : Il n'y a que cela qui t'intéresse en moi ?

Eddy : Oui, ton corps, mais je reste béat devant tes autres qualités.

Suze : Au moins, tu n'oublies pas les besoins vitaux et primaires de ta race.

Eddy : Pff. Merci pour ton alerte virus. Mais tu sais que Julien est un ami d'enfance, mais jamais moi vivant il ne devra s'approcher de toi.

Suze : T'inquiète, beau blond. Bon, on les examine, ces vidéos, ou tu fais une fixette sur Julien ?

Eddy ouvrit à nouveau la clé USB, comme si de rien n'était.

Eddy : On a onze vidéos toutes situées le jour J, entre 10 heures et midi.

Suze : Onze vidéos ? Il n'y avait pas douze drones sur le toit ?

Eddy : Regardons avant de suspecter.

Suze : Ce n'est pas comme s'il avait été franc depuis le début.

Eddy : Demande confirmation à la mémoire de Green, s'il te plaît.

Suze : C'est en cours.

Suze après un court entretien téléphonique : Eddy. Douze drones.

Eddy : Faisons une visu totale et ensuite on rediscute.

Suze : C'est toi, le détective.

Eddy et Suze passèrent l'après-midi à regarder et disséquer les vidéos.

Bilan : Beaucoup de vidéos avec des ombres et des zones d'ombre. En onze drones, aucune vue de face ou nette de la personne entrant dans la maison de Madeleine. Seule certitude, un intrus était entré et ressorti plus tard. Mais pas plus d'information. Il sentait que son Russe avait encore cherché à jouer au plus fin.

Suze : Tu es trop naïf comme détective. Moi et mon équipe, on va t'aider. Ce n'est pas un gros défaut, surtout qu'il ne me déplaît pas. Mais cela peut orienter l'enquête sur de mauvais rails.

Suze prit les choses en main, car Eddy n'était pas un pro du PC. Elle lui fit une synthèse.

Suze : Onze vidéos, mais douze drones. Il manque souvent les minutes de 10 h 35 à 10 h 38 des drones. Ainsi que 11 h 05 à 11 h 10. On s'est fait rouler dans la farine.

Eddy : Oh, le salaud !

Suze : Je rappelle Green, on y retourne.

Eddy : Merci oui.

27/ Échange de rançon

Sergey connaissait beaucoup de choses. Il savait qu'il avait gagné du temps avec le détective. Il en profita pour se faire connaître du meurtrier. Il envoya par WhatsApp anonyme quelques photos et réclama une rançon. À prendre ou à laisser. Pris par le jeu, il indiqua un lieu de rendez-vous pour la transaction.

Deux heures plus tard, Sergey envoya ses drones patrouiller et surprendre l'homme.

Homme : Qui êtes-vous ?

Sergey : Celui qui encaisse.

Homme : Et pourquoi ne me ferez-vous plus chanter ?

Sergey : Les maîtres chanteurs de parole, vous ne connaissez pas encore ?

Homme : Je vous tuerai s'il le faut.

Sergey : Vous avez prouvé que vous en étiez capable. Je ferai attention.

Ce dernier n'eut d'autre choix que d'accrocher son petit sac de billets à un drone sous la surveillance des autres objets volants. Puis, ils repartirent dans le ciel, tel un vol d'oiseaux en bande organisée.

Le meurtrier ne s'attendait pas forcément à cela, mais il avait lui aussi un coup fourré dans son sac.

Le meurtrier laissa l'escouade volante prendre le large. Il sortit un appareil électronique et y vit un signal sur un GPS. Il avait eu le nez creux de coudre une mini-balise dans l'enveloppe contenant l'argent. La miniaturisation, ça a du bon. Il souriait et était satisfait de lui. Il n'était pas né de la dernière pluie. Il suivait la trajectoire sur son petit écran. Il continua de suivre aussi avec sa voiture. Autant régler cela le plus tôt possible., avec un minimum de trace. Il se gara peu après la maison. Il attendit patiemment la nuit qui ne tarderait plus maintenant.

Il crocheta la porte située à l'arrière de la maison.

Il était habitué à repérer les caméras de surveillance, et plus encore. Il monta à l'étage et, sans attendre, il fracassa la porte de la chambre et abaissa à plusieurs reprises sa batte de baseball à l'emplacement du corps dans le lit. Sergey était sonné. Il se retrouva rapidement ficelé.

Homme : Je vais détruire tes drones. Alors, donne-moi tous les fichiers.

Sergey : Cela va de soi. Mais je n'ai pas accès à partir de ma chambre. Vous voyez un inconvénient à ce que je m'habille un peu plus ?

Sergey prit son temps et agaça volontairement l'homme. Il ne pouvait pas s'en empêcher.

Sergey : Alors, on y va chercher les vidéos, que je puisse me recoucher.

Ils descendirent dans le salon et là, Sergey alluma la lumière.

Homme : Les vidéos !
Sergey : Du calme. Je cherche dans mes étagères.

L'homme regarda les mêmes étagères et y vit quelques disques durs externes. Il frappa encore fortement Sergey qui roula à terre, puis se passa les nerfs sur les disques durs. Une fois sa colère évacuée, il regarda à terre, mais Sergey n'y était plus. Il n'était pourtant pas possible qu'il ait disparu. L'homme stressé regarda tout autour de lui. Il prit son pistolet et tira au hasard dans les murs. Il partit en espérant qu'il n'y aurait plus de suite. Pas rassuré à cent pour cent, mais il souhaitait croire en sa bonne étoile.

28/ *Panic room*

Eddy, Suze et Green Lantern arrivèrent vers 6 heures du matin. Green avait eu un enterrement de vie de garçon à gérer, et les garçons n'avaient pas manqué, chacun lui ayant laissé un souvenir là ou ailleurs.

Eddy : On est arrivés, les filles. Bon, vous me le travaillez au corps… enfin, je me comprends.

Ils descendirent de voiture. Eddy fit le tour de la maison et découvrit la porte à l'arrière ouverte. Il fit signe aux filles de le suivre. Pour une fois, il se sentait en sécurité en sortant son arme. Il entra dans la maison en faisant comme dans les séries américaines, qu'il regardait la nuit en attendant Suzette. Il ne lui manquait qu'une lampe torche. Il ne se sentait pas «*full* nyctalope». Alors, il fit semblant. Après tout, il était en première ligne, donc elles étaient protégées. Il alla dans le salon, mais Suze voulait aller à l'étage.

Eddy : Putain! On pourrait rester « groupire » ?
Green Lantern : Suze. Il a raison. Prenons le temps ensemble.

Dans le salon, ils trouvèrent une scène chaotique, assez destroy. Ils allumèrent la lumière et observèrent la pièce en l'état.

Green Lantern : C'est une scène où il y a eu une *big* altercation. Tentons de faire de la rétroaction. On peut distinguer plusieurs typologies d'action. On reconnaît la destruction de preuves, confère les disques durs en miettes. On voit des traces de sang à terre. Il a continué à tabasser Sergey. Et enfin, il a quitté les lieux en se défoulant sans but précis. Et de trois. Il est parti frustré, sans Sergey. Où est-il?
Suze : Green? Tu consommes quelque chose?
Eddy : Suze. Green a des talents, et c'est assez ébourlffant.
Green Lantern : Chut! Voyez au bas du mur. Il y a des traces de sang qui s'interrompent. Non. Je n'y crois pas! Il y a une cachette! Allez, s'il vous plaît, cassez le mur. Trouvez une pioche, merde.
Eddy : Oui, Green, mais ne me donne pas d'ordre, jamais, s'il te plaît, même si tu es géniale.
Suze : Bon, tu vas la chercher, cette pioche!

Eddy trouva dans le cabanon en bois une pioche et revint.

Eddy : Je vais détruire un mur. Cela vous semble correct?
Suze : Si Green le pense, pour Sergey, alors fais-le. Et vite!

Eddy tapa un peu au hasard, mais selon les coups, le mur était plus ou moins dur. Au bout de quinze minutes, la section creuse avait été identifiée et la pioche ôtait la paroi. Le trou donnait sur une pièce vide, où un corps qui se vidait de son sang était à terre. C'était évidemment Sergey. Sans doute moins glorieux avec sa cape sanguine.

Eddy : Suze, pulsations, voire bouche à bouche. Green, appelle le SAMU et l'inspecteur René. Ne me nomme pas.

Dix minutes plus tard, le SAMU était là. Et il avait été décidé que Green l'accompagnerait.
Eddy et Suze attendirent l'inspecteur René, juste pour les tracasseries administratives.

29/ Hôpital

Le lendemain, Eddy et Suze allèrent voir Sergey à l'hôpital. Le policier en faction avait eu l'information pour les laisser passer.

Eddy : Sergey. Vous êtes fort, mais vous êtes con.
Sergey : C'est vous, détective Eddy ? Je vois un peu mal. Il n'a pas été très tendre avec ma viande.
Eddy : Quand on fait cavalier seul, on assume.
Sergey : Vous venez savourer une petite victoire ?
Eddy : Je souhaite faire avancer MON enquête. Je n'ai aucune vengeance en cours. Et surtout, ne dites pas merci à Suze pour vous avoir sauvé la vie.
Sergey : Merci à Green Lantern pour ses multiples talents pour me réanimer.
Eddy : C'était Suze. Il n'y a pas que Green dans la vie. Même si Green a d'énormes talents, dont certains insoupçonnés. Bon, Sergey. Vous avez souhaité nous doubler ?
Sergey : Vous doubler, vous doubler… Oui et non. Oui et non.
Eddy : Donc, vous avez été victime d'une chute dans l'escalier ?
Sergey : Je reconnais que j'ai du mal à vous fournir un scénario cohérent avec toutes les preuves annexes.
Eddy : Je veux tout connaître sur votre agresseur et profitez-en pour me donner les raisons de son mécontentement.

Sergey fit, semble-t-il, semblant de se sentir mal.

Eddy : Si vous entendez : Vous êtes un connard.
Sergey : Et si je n'écoute pas ?
Eddy : J'ai épuisé les noms d'oiseaux. Je vais passer aux despotes russes. Avec ma prononciation, vous allez un peu rire.

30/ Commissariat

Au commissariat, la tension était montée d'un cran, et l'inspecteur René reprenait l'affaire, trop rapidement close.

Inspecteur René : Nom, prénom, âge, adresse.
Eddy : Même chose que le formulaire d'avant.
Inspecteur René : Il n'y a pas la fonction copier-coller.
Eddy : Alors, prends des notes, que je ne perde plus mon temps.
Inspecteur René : À cause de toi, on rouvre l'enquête. Donc, on colmate les déclarations intermédiaires.
Eddy : Nous ne sommes pas contre.

Au bout de deux heures, la police avait refait un dossier acceptable pour une enquête à réchauffer.

Eddy : Maintenant, c'est quoi, ton plan ?
Inspecteur René : Ça tombe un peu trop rapidement à mon goût. Je n'ai jamais les effectifs quand il le faut.
Eddy : De notre côté, on se doit de continuer.
Inspecteur René : Donc, on n'a pas fini de se croiser ?
Eddy : Oui, enfin, moi, je suis rémunéré à l'enquête, pas à l'heure.
Inspecteur René : Vu ta clientèle, tu dois avoir des à-côtés ?
Eddy : NON, je reluque simplement le menu et ensuite, je pars bosser. Prends-en de la graine.

31/ Explication avec un con… familial

René : Je suis perdu. Qui est ton client ? Le jeune con ou l'équipe de basket féminine de Suze ?

Eddy : En fait, c'est tout simple. On enquête sur le décès d'une amie de l'équipe de basket, mais le jeune con s'est bêtement mis devant la voiture quand le meurtrier a démarré.

René : Pourquoi ne se met-il pas à table ?

Eddy : Culture russe. On ne fraye pas avec le pouvoir.

René : C'est ton fils spirituel ?

Eddy : Même pas en rêve. C'est un petit con qui se prend pour Bill Gates !

René : En tout état de cause, l'enquête prend quelles voies ?

Eddy : Les voies naturelles…

René : Pff, alors, dis-m'en plus sur cet escogriffe russe.

Eddy : C'est un fils de milliardaire russe. Il a grandi seul avec Skype. Ses parents n'ont pas de consistance, ils restent en 2 D. Alors, il pimente un peu sa vie. Il la joue comme à un jeu, et il provoque Papa qui réparera tout pour racheter ses absences. La roulette russe, ça a été inventé par eux pour eux.

René : Et tu comptes sur lui pour coincer le meurtrier ?

Eddy : Eh oui…

René : Chacun sa croix.

Eddy : Oui, et je n'ai pas d'autre joker dans ma manche, alors je fais avec.

René : Si tu as besoin de le balader pour le faire parler…

Eddy : Merci, ce n'est pas tombé dans l'oreille d'un sourd, même si je suis un peu surpris.

René : Pour Sœurette.

Eddy : Je comprends mieux.

32/ Elle et lui

Eddy retourna à son appartement à pied. Cela lui faisait du bien de marcher, de déambuler et de cogiter à sa drôle de situation. Périodiquement, il se reposait les mêmes questions et incertitudes. Eddy travaillait souvent en marchant. Cette fois-ci, il devait gérer dans sa tête sa Suze, et ce connard de russe qui refusait sa partie ukrainienne. Et il laissa ses divagations fantasmer sur Green et sa plastique parfaitement attirante.

Il déambula ainsi une bonne partie de l'après-midi, tout en

cogitant sur l'enquête.

Eddy et Suze, Eddy et Green… Eddy, fouteur de merde…

Eddy se prenait la tête tout seul. En entrant dans son appartement, il y découvrit sa douce dans la cuisine en train de faire ce qu'il remettait sans cesse à plus tard : le ménage.

Suze : On va voir combien de temps ce brouillon de propreté va pouvoir cacher la misère.

Eddy : Tu sais, j'allais le faire, mais j'attendais le bon moment.

Suze : Le bon moment, c'est quand je suis là à t'attendre, alors je m'occupe constructivement.

Eddy : Pas forcément, on aurait pu le faire ensemble.

Suze : À deux dans la cuisine ! Même dans le lit, on est plus à notre aise.

Un peu plus tard, autour d'un café et d'un whisky.

Eddy : Suze, je ne le sens pas, ce sale morveux.

Suze : Tu n'es pas près d'avoir des enfants toi…

Eddy : Un gosse russe et arrogant, non, les autres choix restent en gestation…

Suze : Je ferais mieux de pratiquer sans précaution, ça réglerait pas mal de problèmes et il y aura la même surprise au bout du chemin.

Eddy : C'est tout ce que tu veux de moi ?

Suze : Non, bien sûr. Mais pourquoi ce sont toujours les femmes qui y pensent ?

Eddy : Ton métier n'aide pas à la concentration.

Chacun resta sur ses propos silencieusement. Puis, un consensus muet et sportif se fit.

Eddy : Suze. Tu en penses quoi, de l'obstination de Sergey ?

Suze : Il est intelligent, mais il est seul et fier.

Eddy : Je plusse ton opinion. Mais maintenant il faut se projeter plus loin.

Suze : Tu n'insinuerais pas qu'on aurait loupé quelque chose ?

Eddy : Pas nous. Je.

Suze : Et « tu » aurais oublié quoi ?

Eddy : Le tueur ! Il reviendra. Sergey le sait. Je le sais.

Suze : Appelle René alors…

Eddy : Si Sergey ne participe pas en dénonçant son agresseur, ou en informant René, quelle suite ? Que faut-il faire de réellement utile ?

Suze : Tu sais qu'il est seul et sans défense à l'hôpital ?

Eddy : Il le sait. Il attend son second passage. Mais qu'attend-il en fait ?

Suze : La pensée russe implique-t-elle la résignation ?

Eddy : À ma connaissance, non, plutôt un piège, et il aime se mettre en première ligne.

Suze : Il cherche la mort ?

Eddy : Oui, c'est assez russe comme vision de la vie.

Suze : La roulette russe serait sa philosophie ?

Eddy : Oui. Il est assez fou pour cela.

Suze : On doit le protéger ?

Eddy : Contre lui, oui…

Suze : Tu y vas ?

Eddy : Oui, après…

…

Eddy : Suze. Ton russe, il est con de con.

Suze : Il ne te rappelle pas quelqu'un ?

Eddy : Non, je ne vois pas.

Suze : Un mec qui se croit plus malin que les autres, et au final, il ne l'est pas.

Eddy : Non, toujours pas.

Suze : Vous êtes tous les mêmes.

33/ Sergey encore à l'hôpital

Eddy se présenta à l'hôpital. Il y avait un policier devant la chambre du Russe. Bonne nouvelle. Il tenta le diable et entra dans la chambre. Il put ouvrir la poignée de la porte, mais pas plus. Un pistolet ou colt ou revolver était à son insu trop près de sa tempe. Il présenta sa CNI, carte nationale d'identité. L'ambiguïté fut levée. Sans excuse ni dialogue entre les deux protagonistes.

Eddy entra dans la chambre.

Eddy : Hé, Sergey ! Quelle chance de te retrouver !
Sergey : Monsieur Eddy ?
Eddy : Allons, on est presque des intimes…
Sergey : Oui, votre whisky n'est pas bon marché, mais il concurrence honnêtement nos bonnes bouteilles de vodka.
Eddy : Bon, Sergey, on a une sorte de problème ensemble.
Sergey : Vous croyez ou vous en êtes sûr ?
Eddy : J'en suis sûr, mais pour ta vie je souhaiterais une réponse différente.
Sergey : J'ai l'air de changer d'avis ?
Eddy : Sergey, tu estimes à combien ton espérance de vie ?
Sergey : Je ne m'envisage pas centenaire. Je sais, grosse erreur…
Eddy : Jésus a tenu trente-trois ans. Je ne t'en donne pas autant… sauf si tu coopères.
Sergey : Je prends toujours les paris contre les paris.
Eddy : La vie s'arrête sans attendre et sans prévenance. Tu encaisses. Sinon tu paies TROP cash.
Sergey : Je réfléchis… Il y aurait une moralité ?
Eddy : La morale de l'histoire. Tu veux vivre. Tu y mets les formes.
Sergey : Et les rimes ?
Eddy : Je ne suis pas doué pour. Ça te pose un problème ?
Sergey : Bonjour la poésie de Verlaine.
Eddy : Si cela te sauve la vie, tu changerais d'avis… non ?
Sergey : Prouve ta devise. Je reste allongé en t'attendant.
Eddy : Fais gaffe, un jour, tu pourrais mourir dans ton sommeil.
Sergey : Si Dieu le veut.
Eddy : Quelle honte pour un Russe blanc.

Eddy laissa Sergey dormir. Il y a des fois où même lui ne pouvait pas simuler.

34/ Un verre et Julien

Eddy quitta son ami russe et ukrainien à la fois. Il retourna *at*

home et attendit sa belle, le verre à la main, glaçons *included*.
Il souhaitait faire une dernière tentative avant son déplacement sur terrain miné.

Eddy : J'ai besoin de tes lumières.
Julien : Dis-moi ce que Suze désire.
Eddy : Ma belle veut TOUT savoir sur notre connard de Russe.
Julien : Aussi aimablement demandé… disons quinze minutes ?
Eddy dans le vide : Jamais je ne t'accorderai quinze minutes avec ma Suze. Ce serait sacrilège.
Julien : Dix suffiront.
Eddy : Aucune.

Eddy reçut un SMS long de la part de Julien. Il s'agissait d'un laïus style « Wikipédia » sur Sergey Kaysinsky, sa vie, son œuvre et son héritage. Le texte décrivait comment son père avait fait fortune. Ce même gaz russe qui infiltrait les cuisines françaises et participait à la cuisson du bœuf bourguignon. Ses pâtes carbonara n'auraient plus le même goût sachant cela. En fait, en y repensant, il avait des plaques à induction.
Il lut et relut le texte afin de s'en imprégner et de comprendre ce qui ne tournait pas rond dans une tête ukraino-russe. Il souhaitait comprendre pourquoi il s'acharnait au silence au péril de sa vie. Et maintenant, il devait le sauver à son corps défendant. Il ne lui restait plus qu'à remonter à la source.

Eddy passa un rapide coup de fil à beauf, juste pour avoir son absolution pour visiter l'antre du Russe. Eddy s'y pointa avec le jeu de clés officiel de la police. Chaque fois, Sergey l'avait surpris. Et si pour une fois il provoquait son adversaire et volait un coup d'avance ? Et si…
Il regarda autour de lui tout en ouvrant la porte. Il avait été épié chez Madeleine. Il ne se savait pas en sécurité chez un prince russe.
Le fait d'entrer sans se prendre une fléchette empoisonnée ne signifiait pas qu'il était le bienvenu. Il se savait en sursis. Son seul avantage, le proprio était momentanément absent, car hospitalisé. Eddy pénétra dans le bunker. Il accepta que le salon soit sa

première destination, voir comment Sergey faisait pour son whisky. Il avançait comme un policier de série américaine, serrant plus que nécessaire son modeste pistolet *made in France*. Était-il au moins chargé ?

Eddy était dans le salon. Il y avait son whisky à point et un pot de glaçons à point nommé pour l'y accompagner. Il se servit ce qu'il pensait avoir droit. Il savoura son breuvage, et ses cellules grises s'activèrent.

Ses papilles réagirent au liquide *made in Scotland*. Il s'enfonça dans le fauteuil et laissa sa cervelle divaguer sur le chemin de la Russie libre…

Au bout de quelques minutes, Eddy se leva de son fauteuil. Il examina alors tout le salon. Surtout le bas des meubles qui cachaient trop de *panic boxes* ou *panic rooms*. Il s'y attela. Il connaissait déjà un lieu. Il chercha plus. Un Sergey a plus d'un tour dans son sac. Eddy examina les murs. Il était professionnel et, sinon, il progressait dans ce domaine. Il était fébrile, mais ne se sentait pas pour autant maître du paysage. Il étudiait et tâtonnait. Eddy palpait et triturait. Il était un enfant qui voulait aussi devenir plus grand.

Eddy fixa un point. *Panic room ? Panic city ? Panic ?*

Eddy tâta des murs. Il avait saisi le principe. Il savait où chercher et il découvrit ainsi trois nouvelles *panic rooms*. Wow.

Eddy entra dans ces *rooms* et il devina que chaque pièce avait sa propre fonction. Il visita celles qu'il avait devinées. Il chercha celle des vidéos. Il ne repartirait pas sans son dû. Comment concevoir une maison avec plus de *rooms* que de pièces ! Le Russe n'était pas clean. Un Russe blanc comme neige, cela n'existe pas.

Eddy prit les manettes. Il devint maître des éléments. Il retourna dans la *room* vidéo. Il cherchait quelque chose de précis. L'intrusion du meurtrier dans la maison de Madeleine. Putain, pourquoi ce connard écrivait-il en cyrillique sur les cartes SD ! Heureusement que sur les IPhones, il y avait la fonction « Traduction ».

Eddy : Oh, putain…

Eddy découvrait la haute technologie à la portée des enfants…

Eddy apprit en accéléré le cyrillique. Plus vite ça, cela aurait été du génie. Il farfouilla partout dans la *panic room* vidéo. Heureusement que même en cyrillique les dates et heures étaient en chiffres arabes, donc compréhensibles par le commun des mortels. Eddy trouva les cartes mémoire manquantes. Il devait comprendre le meurtre, et il n'y avait pas d'alternative. Pour Suze, pour Madeleine.

35/ Whisky

Eddy s'était servi un nième whisky et regardait en boucle les vidéos volées. Les nouvelles séquences montraient l'entrée du meurtrier et sa sortie du domicile de Madeleine. Ce n'était pas une preuve en l'état, mais corrélé au décès, cela pouvait le devenir. Suze le trouva ainsi planté devant son écran d'ordinateur.

Suze : Eddy ? Tu t'es enfilé toute la bouteille ?
Eddy : Suze, j'ai trouvé le meurtrier de Madeleine.
Suze : Montre-moi.

Eddy lui afficha quelques *snapshots*, c'est-à-dire des copies d'écrans de visionnage.

Suze : Comment savoir qui est-ce ?
Eddy : Je vais devoir appeler Julien.
Suze : Je reste en planque derrière toi. Tu es en pleine possession de tes moyens ?
Eddy : Non, mais on fera avec ce qu'il reste d'utilisable.

Eddy joignit le geste à la parole et actionna un raccourci téléphone pour solliciter son « ami » Julien.

Eddy : Julien, j'ai juste un petit service à te demander.
Julien : Je ne me déplace pas pour « petit ».
Eddy : Justement, je ne tiens pas à ce que tu te déplaces…
Julien : Toujours proche de ta Suze…
Suze prit le combiné : Julien, c'est Suze. Laisse-nous tranquilles,

s'il te plaît. Ton humour atteint mes limites.

Eddy : Julien. J'ai besoin de toi. J'ai un geek façon Poutine et je ne le supporte pas.

Julien : À part Suze et moi, tu supportes qui ?

Eddy : Des tas de personnes, et exclus-toi s'il te plaît de la liste supposée des personnes appréciées.

Julien : Vas-y, demande, si c'est dans mes cordes, c'est un OK automatique.

Eddy : Merci. J'ai des photos d'un bonhomme. Je veux savoir qui c'est.

Julien après avoir examiné les photos : Eddy, tu me caches des choses.

Eddy : Ben non, pas à ma connaissance.

Julien : Eddy, il ne suffit pas de quelques photos, mais je suis sûr que tu as sélectionné les plus belles. Ces photos sont extraites de films. Je veux les films.

Eddy : Mais je t'ai prémâché ton boulot !

Julien : Tu ne connais pas mon boulot. Si je n'ai pas la source complète, je ne pourrai pas travailler correctement. Donne les vidéos, je t'expliquerai plus tard.

Suze : Eddy, donne-lui ce qu'il demande, tu vois, il est raisonnable.

Julien : Merci, Suze. Heureusement que tu es là pour le tirer vers le haut.

Suze : Aide-nous, Julien, c'est important.

Julien : Je vous recontacte *ASAP*. Suze, tu es ma priorité.

Suze : C'est super d'avoir des rêves. *Bye.*

36/ Eddy et Suze à l'hôpital

Eddy et Suze purent entrer dans la chambre du Russe. Bizarrement, Suze était sur la liste des personnes accréditées par l'inspecteur René. Merci à lui pour son flair.
Sergey dormait d'un sommeil agité.

Suze : Pauvre petit chou.

Eddy : Suze, il simule.

Sergey ouvrant un œil et souriant : Non je ne simule pas.

Suze : Alors, tu te joues de nous !

Sergey : Suze, cela me fait chaud au cœur de te revoir.

Eddy : Quelqu'un pourrait-il m'en débarrasser ? De lui, pas d'elle.

Sergey grimaçant en bougeant son corps : Bon, vous n'êtes pas en promenade. Déballez votre sac, je tâcherai de vous expliquer les blancs.

Eddy et Suze en même temps : Qui est le meurtrier ?

Sergey : Vous ne savez toujours pas ?

Suze : Non.

Sergey : Vous avez demandé à Julien quand ?

Eddy : Ce matin.

Sergey : Vous auriez pu vous y prendre plus tôt.

Eddy : Il fallait avoir la vidéo, je ne suis pas médium.

Sergey : Je lui laisse une heure pour vous appeler, sinon il est nul, et vous devriez changer de geek. Enfin, moi, ce que j'en dis. Je n'aime travailler qu'avec les meilleurs. Et toi, Suzie ?

Suze : Ça vous plaît de jouer à la roulette russe ? Moi, j'ai perdu une amie. Et vous ?

Sergey : Je ne perds que ce que j'ai envie de perdre.

Eddy : Si l'idée du suicide vous vient, cédez-y, s'il vous plaît.

Suze : Mais donnez-nous le nom du meurtrier avant.

Sergey : J'aime cet esprit. Professionnel et pragmatique. J'ai bien fait de miser sur vous.

Eddy : Donc, « *the soluce* », comme dirait Sir Arthur Conan Doyle.

Sergey : Julien est en train de vous appeler.

Eddy entendit son mobile en mode vibreur dans sa poche. Il décrocha.

Eddy : Oui, Julien ?

Julien : Dis à ce connard de Russe que je ne suis pas dupe.

Eddy à Sergey : Julien me dit de vous dire qu'il vous estime fort.

Sergey : Il n'est pas si sot.

Eddy à Julien : Tu as d'autres nouvelles pour moi ?

Julien : Faisons court. Il se nomme Patrick Couchère. Je t'en dirai plus dans un endroit plus calme.

Eddy : Merci.

Sergey : Bon, vous avez le nom. Alors, je ne vous sers plus à rien.

Eddy : Vous avez un coup d'avance. Qu'avez-vous débuté comme négociation avec lui ?

Sergey : Je l'ai fait chanter. Il n'a pas apprécié.

Suze : Et ?

Sergey : Il est venu pour en finir avec moi.

Suze : Pourquoi ne pas avoir appelé la police ?

Eddy : Un Russe se fait justice seul, ou il n'est pas russe.

Sergey : Eddy, vous m'impressionnez.

Suze : Moi aussi, Eddy.

37/ Hôpital

René entrant dans la chambre du malade : Tataratata… la cavalerie ?

Sergey : *Stop the cavalry…* chanson de Jona Lewie.

Eddy : Je le hais…

Suze : Je le hais aussi.

Eddy : J'ai bien envie.

Suze : Alors, fais-le pour moi, s'il te plaît.

Et splash, le coup de poing partit et percuta sa cible.

Eddy : Ah… Il fallait que cela sorte.

Suze : S'il n'a pas compris, il ne comprendra jamais.

Sergey se tenant le nez et plus généralement le visage : Je suis russe.

Eddy : Alors, plaignez-vous à votre ambassade.

Suze : Eh bien, russe ou ukrainien, ou tchétchène, déguste alors.

Elle piqua fermement la chair de Sergey avec un couteau de poche.

Suze : Je crois que tu as oublié le rôle des femmes dans la civilisation. Je suis femme depuis toujours, mais jamais esclave. Les femmes font et défont les systèmes. Viens, Eddy, quittons ce lieu. Il n'y a que la mort qui aurait envie de s'installer ici.

38/ Eddy et Suze dans le bureau de l'inspecteur

Eddy : Salut, René. On voudrait déblatérer sur notre Russe.

René : Lui, je m'en fous, l'enquête d'abord.

Eddy : Ben, j'aurais comme qui dirait le nom du meurtrier.

René : Alors, donne-le, sinon je serai capable de torturer Suzette.

Eddy : Elle est déjà assez torturée comme cela.

René : Excuse-moi, Suze…

Eddy : Il s'appelle Patrick Couchère. Tu m'invites au bal ?

René : J'appelle la logistique. Tu seras traité comme une *guest star*.

Après quelques dizaines de secondes.

René : Suze, rentre avec ta Twingo. Eddy te tiendra informé. Et moi, je vous dis merci.

Suze : Oui, Eddy. Je vais dormir sur ton canapé. Je crois que je suis vraiment à bout.

René : 31 du numéro de la même avenue. On t'embarque, Eddy. Dans le panier à salade, mais en simple visite cette fois-ci.

39/ *The* meurtrier

Eddy, René et la cavalcade arrivèrent au domicile du suspect. Les sirènes réveillèrent la maison et ses voisins.

Eddy à René : Si tu voulais la faire discrète, je ne suis pas sûr du résultat.

René : C'est la procédure.

Eddy : La prochaine fois, venez avec des ballons d'anniversaire.

Ils descendirent et allèrent promptement frapper à la porte.

Eddy : Tu crois qu'il va courtoisement nous ouvrir ?

René : C'est la procédure.

Eddy : Elle est belle, la police.

Naturellement, personne n'ouvrit, mais un cri de femme rugit.

René : Il a une otage !
Eddy : Il a Suze !

La donne était différente. Le déploiement des forces de l'ordre s'adapta à la situation. Eddy s'en voulait. Pourquoi ? Pourquoi elle ?!

Eddy : René. Tu me dois une Suze vivante. Sinon, je vais agir stupidement.
René : Fais pas de connerie.
Eddy : Je n'ai pas le choix.

Pendant que René plaçait ses équipes, Eddy s'imprégnait de la situation de la maison et imaginait une autre stratégie. Faire attention à ne pas mettre la vie de Suze en jeu. Eddy laissa la flicaille gérer le mégaphone. Il tenta de s'introduire par l'arrière. Il y avait une porte et une fenêtre. Il se concentra sur la fenêtre. Il n'avait pas fini la série de tuto du cambrioleur amateur, mais il devrait faire sans. Suzette n'attendrait pas la Chandeleur. Il fractura en douceur la fenêtre en espérant que son beauf était un bavard invétéré. Eddy était dans la maison. Il entendait René dans le mégaphone. Intelligent ou non, il lui laissait du temps. Merci.

Eddy rampa plus qu'il ne marcha. Il se dirigeait au son de la voix du meurtrier. Sa haine était sans nom, mais son amour de Suze était sans comparaison…
Il disait merci silencieusement à René de le faire parler. Il était maintenant à la porte de la dernière épreuve avant de reconquérir sa belle.
De là où il était, il voyait toute la scène. Une Suze scotchée au sens premier du terme à une chaise. Il n'avait pas lésiné sur la quantité. On pouvait à peine reconnaître la momie Suze. L'homme, Patrick Couchère, se tenait debout derrière Suze, un couteau de cuisine à la main. Il échangeait des propos avec René. Pour cela, une fenêtre était ouverte, mais les volets roulants abaissés. Donc, l'homme ne voyait rien au-dehors. Il recula et pianota sur son mobile. Il appelait son beauf sur son téléphone perso. Pourvu qu'il l'ait dans sa poche.

René : Eddy ? Mais où es-tu ?

Eddy : Dans l'antre du démon. Il a saucissonné ma Suze. Il a juste un couteau. Mais qui est ce type ?

René : On a contacté la section. Il vit seul depuis la mort de sa mère il y a deux ans. Casier judiciaire vierge. Le voisin idéal.

Eddy : Le mec parfait n'existe pas. J'en sais quelque chose, Suze me le bassine à longueur de journée.

René : Ne fais pas de bêtise. Reste planqué et fais-toi oublier. Laisse faire les professionnels.

Eddy : Au moins, toi, tu es moins dangereux que le GIGN. Accessoirement, si tu as un Derek Morgan dans tes effectifs, je peux revoir mon opinion.

René : Eddy ?

Eddy : Sait-on au moins pourquoi il est passé à l'acte avec Madeleine ?

René : Ça, c'est la question mystère.

Eddy : Continue de le faire parler. Je tente ma chance.

René : C'est quoi, le mot que tu n'as pas compris dans « Ne prends aucune initiative ! » ?

René avait compris que son beauf était têtu. Il continuait à alimenter le dialogue avec le preneur d'otage.

À Eddy d'en profiter. Il aimait sa Suze, ou non ?

Eddy se leva et chercha un objet qui pourrait lui servir d'arme. Autour de lui, il ne trouva que des livres ou magazines.

Il prit un livre et lut le titre comme si cela avait une importance dans son combat contre les forces du mal. *Les filles perdues : origine et destin.* Tout un programme. Eddy, les mains moites, avança en pleine lumière avec comme seule arme un livre. L'homme était concentré sur des volets fermés. René commençait à être à court de conversation.

Lorsqu'il y eut un blanc dans le dialogue entre René et le méchant, Eddy fit un faux pas, et l'homme se retourna. Eddy prit son courage à deux mains et jeta le livre à la figure du preneur d'otage. Par pur réflexe, ce dernier s'en saisit, donnant ainsi à Eddy quelques précieuses secondes pour ajuster un direct du droit.

Eddy était assez satisfait du résultat. Et tout cela, sous les yeux de sa princesse. Il avait mis K.-O. un malfrat. Euphorique, il ouvrit la porte d'entrée à la police. Puis, Eddy s'occupa de sa Suze et emprunta le couteau du boucher pour trancher les bandelettes de scotch.

Eddy cria à qui voulait l'entendre : Vous pouvez venir, je l'ai mis K.-O. Dépêchez-vous, j'ai un peu peur tout de même.

Enfin, son inspecteur préféré entra et prit possession du corps inanimé du meurtrier. Menotté, il l'évacua.

René : Eddy ? Ça va ?
Eddy : Occupe-toi de Suze s'il te plaît, je ne vais pas si bien que cela.

40/ Hôpital

Eddy n'en menait pas large, mais sa fierté était plus forte que son ego. Il avait un bras en écharpe (donner un coup de poing aussi violent (par amour certes) peut entrainer des complications musculaires dans tout le bras quand on ne le pratique pas tous les jours) et se traînait comme un éclopé de la dernière guerre, ou de la précédente. Ils se réunirent encore une fois à l'hôpital. L'infirmière en chef en avait un peu assez de les voir traîner autour de son patient, sans avoir eu aussi la moindre explication sur son nez cassé. Sergey souriait devant son auditoire.

Sergey : Eddy le boxeur, Suze la momie, René du GIGN. Que me valent ce comité restreint et le fait que vous ayez scrupuleusement refermé la porte de la chambre ?
René : J'ai une enquête à clore.
Sergey : Vous avez attrapé le coupable. Que vous faut-il de plus ?
Eddy : Tu nous ferais gagner du temps en nous racontant tout ce que tu sais.
Sergey : Ce ne serait pas glorieux.
Suze : Il n'y a aucune gloire à couvrir un meurtrier.
Sergey : Je pense que je serais plus verbeux avec mon égal féminin.

Eddy : Suze, appelle Green, il a flashé sur elle.

Suze : Mais il est mineur !

Eddy : Eh bien, on dira à Green de se tenir sur ses gardes.

Green Lantern, prestement contactée, se présenta à l'hôpital, elle aussi, pour la plus grande joie de l'infirmière en chef. Une certaine Caroline.

Sergey : Bonjour Green.

Green Lantern : Bonjour tous. Quelqu'un pourrait-il m'expliquer ?

Eddy : Sergey cherche à causer uniquement avec des personnes qui ne lui auraient pas foutu le poing sur sa gueule d'ange.

Green Lantern : Et il n'y avait que moi de disponible ?

Sergey : Je souhaite échanger avec quelqu'un d'intelligent. Ce n'est pas ma faute s'ils ont mis du temps à trouver chaussure à mon pied !

Green Lantern : J'ai un rencard ce soir, alors on accélère la procédure ?

Eddy : Green, peux-tu demander à Sergey ses informations sur le meurtrier de Madeleine ? Il a un dossier complet, mais rebute quelque peu à le partager avec nous, simples mortels.

Sergey : Je vous entends.

Green Lantern : Sergey, je ne suis pas intelligente, je suis simplement passionnée par la technologie des drones.

Sergey : Ma société de consulting souhaite vous embaucher.

Green Lantern : Et l'entretien d'embauche est dans une chambre d'hôpital ?

Sergey : Vous serez directrice de la branche Drones.

Green Lantern : On verra. Mais si je ne trompe, pouvons-nous finir cette affaire avant de passer à la suivante ?

Eddy : Sergey. Pour nous faire gagner du temps, communiquez-nous les informations que vous avez sur le meurtrier.

René : Sergey. Je me doute que vous avez le bras long, mais à vous de décider quel souvenir vous souhaitez que la police française garde de vous.

Sergey : Green, tu as des questions à me poser ?

Green Lantern : Ce ne sera pas une question, mais une

recommandation. Aide à clore l'affaire. Et je passerai te voir pour l'anniversaire de ta majorité.

Sergey : Votre meurtrier est bien le coupable. Je comptais le faire chanter, plus pour le fun. Toujours histoire d'apprendre sur l'âme humaine.

René : Faites dans le concret, faute de mieux.

Sergey : C'est encore plus simple que complexe. Il hait les filles comme Madeleine. Mais il ne peut pas s'empêcher d'y avoir recours.

Eddy : Il a eu un rencard avec Madeleine ?

Sergey : Oui. Ce devait être anonyme. Mais le fait de la croiser ensuite dans sa propre rue, au fur et à mesure, il a pété un câble.

René : Des preuves ?

Sergey : Son mobile a tout l'historique de ses contacts et comme ces dames apprécient les SMS, vous serez comblé des conversations.

Suze : C'est vrai qu'on initialise pas mal de rencards par SMS.

René : Je pense qu'on a nos compléments d'enquête.

Sergey : Je voudrais ajouter quelque chose.

René : Ne vous gênez surtout pas.

Sergey : Alors, je dirai merci à Eddy, et j'y ajoute merci Suze. Sincèrement. Green, nous sommes appelés à nous revoir.

41/ Eddy et René

Eddy, le bras ballant, passa voir son beauf au commissariat.

Eddy : L'affaire semble bouclée ?

René : Ça se pourrait.

Eddy : On fait quoi pour l'abruti ?

René : Toi, rien, Il est en prison pour un bon moment.

Eddy : Non, l'autre abruti.

René : J'aimerais bien le coffrer, mais je pense qu'il a le pouvoir de m'emmerder plus que je ne l'aie.

Eddy : Pareil.

René : Alors, on fait quoi ?

Eddy : On la ferme.

42/ Chef, oui, chef

Chez Eddy et Suze, toutes les filles étaient présentes. Eddy avait été relégué à la cuisine. Suze occupait la seule pièce centrale. Chaque fille avait son siège et un verre associé. Suze, assistée de Mata Hari, Green Lantern la droneuse d'enfer, Blue Lagoon et Kawaii. Cinq filles qui devaient décider de la suite. Madeleine éteinte, qui prendrait la suite ?

Suze : Eddy ? Eddy, tu peux venir maintenant.
Eddy : Mais je n'ai pas fini de nettoyer.

Rires dans la salle.

Suze : Viens avec ton single malt, on va fêter quelque chose.
Eddy : Non, pas mon single.
Suze : Si, mon doux amant.

À la table, entourée de cinq créatures du feu de dieu, Eddy apporta sa bouteille magique.

Suze : Eddy, sers un petit verre à chacune d'entre nous, et un moins petit pour toi.
Mata Hari : Eddy. Nous venons de voter pour que Suze prenne la suite de Madeleine.
Suze : À Madeleine.
Toutes : À Madeleine.
Eddy : À Suze.

43/ Eddy et Suze

Eddy s'activait auprès de Suze, mais elle n'était pas comme d'habitude.

Eddy : Suze, tu pourrais être à nos activités ?
Suze : Excuse, Eddy, je réfléchissais à mes nouvelles responsabilités.
Eddy : Suze, je deviens quoi ?

Suze sourit et fut tout à lui pour la suite des opérations.

Suze : Eddy, j'ai des idées.
Eddy : Tout ce que tu veux, ma belle.
Suze : Je veux changer les choses.
Eddy : Moi aussi, j'aimerais tant.
Suze : Non, sérieux.
Eddy : Chiante, je t'écoute.
Suze : Je ne veux pas être simplement une « guide spirituelle ». Je veux imposer à chacune un entretien mensuel avec une psy.
Eddy : Si tu me prenais, tu économiserais.
Suze : Vu comment tu les regardes, je pense que notre couple n'y survivra pas.
Eddy : Bon, OK pour une psy extérieure. C'est tout ?
Suze : Disons que je leur demande dix pour cent pour préparer tout cela ?
Eddy : Elles te mangeraient dans la main si tu leur demandais. N'abuse pas et elles te seront fidèles, c'est sûr.
Suze en regardant Eddy droit dans les yeux : Eddy, ne touche à aucune de mes filles. JAMAIS.

44/ Chez Man

Chez Astérix, les aventures finissent toujours avec un banquet. Pour Eddy et Suze, c'était Man qui recevait.

Man : Chers enfants, ce jour, ce sera un lapin chasseur. Quoique je n'ai pas cuisiné le chasseur.
René : Belle-maman, vos mets sont excellents.
Eddy : Je renifle le faux derche. Et vous ?
Sœurette : Dire que quelque chose est à ton goût, c'est trop te demander ?
Suze : Eddy. Ferme-la. Et mange.

Enquête N° 4

Meurtre dans la communauté

1/ Réveil en fanfare

Eddy vivait comme son idole, Philippe Marlowe. Jusqu'à porter son imperméable été comme hiver. La seule entorse à son modèle résidait en un accessoire moderne : la cigarette électronique. En dehors de cela, il enfilait quotidiennement le Fédora, « son » chapeau mythique.

Un claquement de porte, et il reconnut la tintinnabulante et agaçante musique des escarpins de Suzie sur le carrelage de l'entrée, qui ensuite ne se gêna pas pour ouvrir en grand la porte de sa chambre.
Il prit un oreiller et s'en couvrit le visage pour ne pas prendre trop de lumière d'un coup.

Eddy : M'enfin, Suze, ça ne va pas ! Et si j'étais avec une meuf ?
Suze : Et tu l'aurais payée comment ?
Eddy : Suze, j'ai aussi du charme, tu sais.
Suze : Je sais, excuse-moi. Eddy, j'ai besoin de toi.

Eddy n'avait pas besoin de retirer l'oreiller pour savoir qu'en ce moment même une larme coulait sur la joue de sa Suzie.

Il écarta l'oreiller et s'assit sur le lit. Il tapota sur le matelas pour inviter SA Suze à prendre place à côté de lui. Il lui prêterait ainsi son épaule, et elle pourrait raconter son histoire.
Il était là, caleçon rose et torse nu. Elle, sa tenue de travail traditionnelle : talons aiguilles, bas résille, mini mini-jupe, avec un marcel noir et moulant pourvu de paillettes. Ah oui, elle mâchait un chewing-gum à la chloro.

Eddy : Vas-y, ma Suzie, pleure et n'oublie pas que j'ai toujours été là pour toi. On s'en sortira encore, nous deux. On est des *warriors*, ou des *survivors*, je sais plus.

Elle n'écoutait pas. Elle n'entendait même pas. Elle avait craqué et effectivement ses larmes glissaient sur son visage sans maquillage et maculaient la poitrine velue du détective. Il sentait les effluves salins de son canal lacrymal. Il caressait sa petite nuque de cygne et attendit que les chutes du Niagara se tarissent.

2/ L'histoire

Eddy était toujours en caleçon rose, mais maintenant avec un verre contenant 10 cl de whisky et deux glaçons. Il pouvait enfin écouter sa « poupée ». Il matait ses deux 90D collés au tee-shirt moulant, avec les aréoles brunes qui s'étalaient à la vue de tous au travers du vêtement… du rêve en 3D mis en valeur par les couleurs chatoyantes des paillettes.

Suze : Eddy, tu m'écoutes un peu ! Je suis dans la merde jusqu'au cou.
Eddy : Ouais, reprends, j'ai eu un court moment d'absence.

Il s'appliqua à la regarder droit dans les yeux.

Suze : Donc, je te disais, Eddy, que j'étais chez un client et je te passe les détails, mais en sortant, j'ai remarqué une voiture genre SUV noire avec les vitres teintées. Si je l'ai repérée, c'est parce j'en avais déjà vu une à mon arrivée, mais garée un peu plus loin, sans doute la même.
Eddy : Tu sais, c'est le quotidien des voitures de rouler et de se garer.
Suze : Tais-toi, crétin. Laisse-moi continuer.

Il se tut faute d'une autre option.

Suze : Donc, monsieur Je-sais-tout, je suis montée dans ma voiturette, tu la connais, surtout la banquette arrière, mon cochon… et je me suis ramenée à la maison. Mais je me suis rendu compte que ce putain de SUV me suivait. J'ai bien tenté de le semer, mais je n'ai qu'une p'tiote voiture et je n'ai pas mon permis Formule 1, alors qu'eux n'avaient aucun problème. Bref, je savais plus où aller et hors de question de les amener à mon domicile… je n'aime pas les parties fines avec trop d'invités sans paiement préalable.

Et je suis arrivée en bonne santé à bon port chez mon ange gardien, non ?

Eddy semblait digérer ces informations. En fait, il cherchait celles qu'il n'aurait pas dû louper. Il prit son air pensif. Ça y était, il avait saisi le problème.

Eddy : Mais enfin, Suzie, tu les as amenés chez moi !

Suze : Ben oui, mais c'est mieux que chez moi.

Eddy : Tu m'as demandé l'autorisation avant d'amener une bande de tueurs à mon domicile ?

Suze : Euh non, mais ici, je suis en sécurité, non ?

Eddy : Toi peut-être, moi moins. Et je me suis couché tard, donc je comptais aussi me lever tard. Une heure avec un seul chiffre est indécente le week-end, poupée. Alors, tu me laisses le temps de prendre une douche pour être bienséant cérébralement.

3/ Le « debrief »

Suzie s'était changée, car « Chez Eddy » était une planque, une seconde maison et contenait sa garde-robe de repli. Moins provocante, mais toujours aussi sexy, la belle Suzie faisait quelques tâches ménagères, car Eddy avait tendance à les repousser systématiquement à plus tard, comme tous les hommes. Et Eddy, frais, sentant bon le savon et le shampoing, réapparut en survêtement aux couleurs de l'équipe de France… avec les deux étoiles.

Eddy : Bon, Poulette, j'ai des questions à te poser.

Suze : Pourquoi ? Ce n'était pas clair, mon histoire, mon doudou ?

Eddy : Si, si, mais maintenant, faut décider ce qu'on va faire. Suze, d'habitude, tu m'attires des ennuis. Cette fois-ci, tu m'attires des ennuis **ET** des tueurs. Merci.

Suze : Écoute, Eddy, je devais faire quoi ? Les inviter dans mon loft et quoi ensuite ? Un viol **OU** une exécution ? Tu aurais préféré quoi ?

Eddy : Je te présente mes excuses. Tu as bien fait, et puis, c'est mon taf de t'aider.

Suze : T'es mon chéri, Eddy…

Eddy : Bon, as-tu mémorisé la plaque d'immatriculation de la voiture ?

Suze : Ah ben non, je n'y ai pas pensé.

Eddy : Je m'en serais douté. Question suivante : À ton avis, as-tu vu un conducteur en planque dans cette voiture ?

Suze : Vitres teintées, beau gosse.

Eddy : Tu ne m'aides pas…

Suze : Si, peut-être, mon loulou… Cela m'est arrivé cette nuit, mais cela est déjà arrivé à d'autres de mes amies tout récemment…

Eddy : Poupée, développe…

Suze : Écoute, Eddy, ça cogite fort dans notre… communauté.

Eddy la laissa raconter la suite de son histoire, puis préféra la reformuler. Un vieux truc de détective.

Eddy : Donc, votre « communauté » se sent épiée et de moins en moins en sécurité. Certaines d'entre vous sont suivies. Depuis quand ?

Suzie faisait une bulle avec son chewing-gum. Mais elle pensait en même temps.

Suze : Euh, environ deux mois. Pour moi, c'était la première fois cette nuit. Mais j'en connais trois qui ont eu la même expérience.

Eddy : Il faut que je les rencontre. Que penses-tu de faire de mon appart notre bureau pour cette affaire ?
Je pourrai les interroger entre 22 heures et 6 heures ?

Suze : Écoute, Eddy, si tu veux consommer, alors tu deviens un client comme les autres et donc tu règles cash.

Eddy : Bon, disons après vos heures de travail, et promis craché, je serai sage comme une image.

Le doigt central levé de Suzie indiquait qu'elle préviendrait ses collègues et qu'il ne fallait pas mélanger plaisir et travail. Hors de question qu'Eddy bâcle l'enquête et mette en danger ses amies.

4/ Partie (fine) à 3

Il rentra au milieu de la nuit d'une filature qui s'était éternisée. Ses filés avaient pris leur temps avant de passer à l'exercice final. Mais il avait eu gain de cause. Des photos compromettantes pour prouver que le grand singe Bonobo avait joué à la bête à deux dos avec une autre que sa cliente, madame Bonobo, cocue, mais bientôt divorcée sans devoir verser une pension alimentaire à son mari volage.
Enfin, quatre heures de planque dans un bosquet, à jouer à cache-cache entre les gosses et les chiens. D'ailleurs, il avait des doutes sur sa propre odeur. Donc, urgence.
Il introduisit la clé dans la serrure et la tourna, la clé, pas la serrure. Il rentra chez lui… enfin. Il ne s'attendait pas à ce que la lumière soit allumée. Il ôta son imper et le posa avec son chapeau au porte-manteau.
Il prit appui sur une chaussure pour enlever l'autre et envoya voler la première dans une direction incertaine.

Suze : Écoute, Eddy, avant d'enlever le reste de tes vêtements et de nous donner un aperçu de ce que peut subir une infirmière en gériatrie, pousse-toi et écoute ma copine. On est là depuis une heure à t'attendre. On n'a pas trouvé grand-chose à grignoter, mais pas de problème pour la boisson.

Eddy se retourna et découvrit Suze accompagnée d'une de ses amies.

Suze : Eddy, c'est Kawaii, tu te souviens ?
Eddy : J'en garde un souvenir inoubliable, mais j'ai dû l'oublier.

Suze : Eddy, tu étais bourré et dans une forme avancée de coma éthylique, et elle t'a fait du bouche-à-bouche… et ensuite elle était tellement imbibée qu'elle a dormi douze heures.

Eddy : Ah, cette anecdote. Je crois que je dois remercier mademoiselle Kawaii, mais je n'en ai plus le souvenir… peut être un petit rappel.

Suze : Incorrigible Eddy qui va s'en prendre une belle s'il continue à jouer à ce petit jeu avec moi.

Kawaii était une Asiatique avec une superbe poitrine, un visage aux pommettes saillantes, un sourire radieux et des yeux pétillants. Un style autre que Suze. Comment avait-il pu oublier ce bouche-à-bouche !

Eddy : Alors, comme cela, mademoiselle Kawaii, vous ne supportez pas l'alcool…

Suze : Eddy, tu ne frôles plus la connerie… tu y es embourbé.

Eddy : Merci, Suze, heureusement que ta Japonaise ne comprend pas un mot de français, enfin sauf les nombres et les euros.

Suze : Eddy, Kawaii a un master en Lettres. Master… Lettres… tu saisis ?

Eddy : Tout fout le camp… Suze, Kawaii, je me sens con. Je peux poser quelques questions… pour l'enquête ?

Kawaii conservait son sourire malgré l'affront. Suze avait dû lui en raconter…

Eddy ferma les yeux et il commença son questionnement. Il regardait Suze et Kawaii, et débuta.

Eddy : Kawaii, peux-tu me raconter tes mésaventures ?

Kawaii : Monsieur Eddy, il y a une semaine exactement, je sortais d'une soirée chez un client. Entre parenthèses, un de mes plus mauvais coups. Mais bon, l'argent quelquefois se mérite vraiment.

Eddy : Kawaii, où était-ce, je veux dire, quelle ville ou quel quartier ?

Kawaii : Eddy, comme Suzette, on pêche dans le même genre de quartier. On refuse les bâtiments et autres HLM et on ne visite que les maisons individuelles. On vit déjà dangereusement, on tient à prendre soin de notre espérance de vie.

Eddy : Kawaii, cette passe, c'était où ?

Suze : Eddy, tu es un goujat.

Eddy : Oui, sans doute, mais ce n'est ni un quartier ni une ville.

Kawaii : Eddy, c'est ma vie professionnelle, je ne divulgue rien sur mes clients.

Eddy : Kawaii, Poupée, Suze est ma garantie. Je veux vous aider. Je peux enquêter si tu me fais confiance. Donc, s'il te plaît, la ville et le quartier. Et tu peux dire aux deux autres demoiselles en détresse de la communauté que je poserai les mêmes questions.

Kawaii fit la moue.

Kawaii : J'étais hier soir à Saint-Bernard-en-Plaine, du côté du nouveau quartier Renard.

Suze réagit : Mais, Kawaii, ce n'est pas le secteur partagé. C'est ma chasse gardée !

Kawaii : Oui, tu as raison, mais je ne picorais pas vraiment sur tes plates-bandes, juste quelques extras sans suite. Jamais deux rencards avec le même mec. Des bonus, pas une concurrence déloyale.

Eddy sentait que l'entente cordiale style entraide solidaire et féminine pouvait avoir atteint ses limites, mais il pensait aussi et surtout à sa déco.

Eddy : Hola, les filles. La pièce est petite, mais je vous veux aux deux coins opposés diamétraux de cette pièce.

Les filles comprirent le concept.
Eddy souffla. Une dispute entre femmes pouvait entraîner la Quatrième Guerre mondiale. Alors, il allait devoir jouer sur des œufs.

Eddy : Suze, Kawaii, restez bien sur vos chaises. Je résume les points communs de vos suiveurs. Ville de Saint-Bernard-en-Plaine et le même quartier « Renard ». Euh, sans questionner les deux autres Miss Communauté en inquiétude, pouvez-vous me communiquer leur périmètre de chasse ?

Kawaii répondit en conservant les yeux baissés : Je les croisais quelquefois dans ce quartier, ou du moins je reconnaissais leur voiture.

Suze surenchérit : Blue Lagoon et Green Lantern avaient un deal avec moi. Ce quartier est à moi, et mes deux amies me reversaient dix pour cent, et je leur faisais confiance.

Eddy était content. Il n'était pas le seul à connaître les regards noirs de la belle Suzette.

Kawaii comprit le message : Je régulariserai, Suzie, je ne pensais pas à mal.

Eddy dans sa tête : *Non, juste au mâle.*

Eddy décida de perturber constructivement ce moment de connivence : Suzie, au fait, c'est quoi, ton surnom dans la profession ? Curieusement, je ne t'ai jamais posé la question.

Suze : Eddy, mon cœur, si tu connaissais mon pseudo, tu deviendrais un simple client, un pisse-fric.

Et TOC.

Eddy les laissa dormir dans son lit. Il avait besoin de boire, de réfléchir et de s'asseoir, l'ordre importait peu. Il n'entendit pas de bruit, pas plus que de ronflement. Il plaça un disque des Chats noirs sur son électrophone (d'origine). Le son était bas, mais il pouvait entendre « Est-ce que tu le sais ? », Dick était comme un mentor pour lui.

La nuit enveloppa de sa couverture de satin toute cette bande de branquignoles.

5/ Plans et cartes

Suze était assise dans le canapé, et faisait des sudokus (force 1).

Suze : Eddy, 3+5+9–2, ça fait combien ?

Eddy : Je ne sais pas, t'as pas une fonction calculette sur ton mobile ?

Suze : Si, mais ce serait de la triche.

Eddy : Ouais, et appeler une personne du public, tu appelles cela comment ?

Depuis quelques jours, Suzie, après ses heures de travail, préférait dormir chez Eddy. Enfin, il fallait aussi mesurer les risques à dormir chez Eddy. Eddy avait été poliment redirigé vers le canapé. Suze préférait fermer la porte de l'unique chambre de l'appartement, même si une tendre présence masculine amicale lui aurait assez plu par moments.

Eddy avait pu obtenir les emplois du temps des filles de la communauté avec des pseudos sortis de nulle part.

Kawaii, sur laquelle il flasherait bien, avec ou sans la permission de Suzie, mordillait un peu sur le quartier de Suze. Il recroisait les infos des quatre agressions potentielles.

Conclusion, et bien que les statistiques pussent être faussées avec aussi peu d'échantillonnage, il fit ce qu'il put.

Toujours un SUV noir avec les vitres teintées. On nageait en eaux troubles, au pays des caïmans en pleins Everglades. Les filles étaient pourchassées. Une des questions était… le but était-il de leur faire peur, ou de les bousculer « par accident »… de la route.

Il mit sa chaise en équilibre sur les deux pieds arrière. Il a eu des chutes, mais quand tu tombes de chaise, remonte tout de suite. Et ça vaut pour plein de trucs.

Il manquait de substance pour évaluer clairement la situation avec un recul cohérent. La phrase était bien, il faudrait la retenir. Il y avait quelque chose qui ne collait pas. Ou alors c'était lui qui était à la ramasse.

Pourquoi toutes les tentatives d'agression avaient comme lieu le nouveau quartier de la ville ? Oui, pourquoi ? *Reconcentrons-nous sur les fondamentaux*. Eddy était un pragmatique, il devrait y parvenir.

6/ Action-réaction

Eddy convoqua (et ce n'est pas rien) les filles qui œuvraient dans le nouveau quartier. Suze lui nomma les filles avec lesquelles elle avait un accord, plus Kawaii.

Un soir de semaine, il eut toutes les filles à son cou. Enfin, à son appartement. Dommage pour lui, elles étaient en tenue de camouflage.

Heureusement que Suze avait procédé à un remplissage en règle du frigo, sinon sa réserve de whisky y passait. Du moins, le pensait-il. Les filles préféraient fort heureusement des sodas, voire light pour la majorité. Tout fout le camp. Mais tant mieux pour sa réserve.

Son ego le déstabilisait. Avec Suze, il gérait, mais six modèles 90D à sa dispo, y avait de quoi ralentir sa CPU.

Il y avait Suze, Kawaii, Green Lantern, Blue Lagoon, mais aussi Peace&Love et Mata Hari. Il n'avait jamais vu auparavant la Peace&Love, mais ne les oublierait pas de sitôt.

Sept verres, six pailles, le sien avec des glaçons… pour calmer ses ardeurs sans doute.

Au début, elles étaient timides, et Suze tentait de dégeler la glace. Lui s'assit et par ses propos différents de ceux des flics, et ses œillades aussi possiblement, elles l'adoptèrent, et l'atmosphère se réchauffa.

Eddy : Pourriez-vous s'il vous plaît décrire la voiture qui vous «harcelait»?

Avec l'aide de Suze, la conclusion fut celle-ci : toujours le même SUV sombre, mais la plaque d'immatriculation pouvait changer. Personne ne l'avait relevée totalement, mais il était évident que la concordance des lettres ne concordait pas.

Ensuite, genre de repas dînatoire (merci Suze), il parla particulièrement avec Kawaii et Maha Hari… sous les yeux foudroyants de sa «légitime». Sous prétexte d'enquête, il les draguait ouvertement.

Suze : MON Eddy, laisse ces demoiselles tranquilles, va poser tes questions à mes autres amies que tu délaisses.

Le regard de Suze n'était pas aussi poli. Et répondre à cette femme aurait été interprété comme une déclaration de guerre. Il baissa la tête, courba l'échine et partit la queue entre les jambes vers l'autre groupe de filles, Green Lantern, Blue Lagoon, ainsi que Peace&Love, laissant ses deux promesses de vente en compagnie de sa « légitime ». Du rififi à prévoir sous peu…

7/ Plan de bataille

Eddy, une fois encore, convoqua les filles à son appartement. Il découvrit à cette occasion que sa table était pourvue de cet ustensile que l'on nomme communément « rallonge ». En plus, elle en possédait deux ! Ainsi, il y avait moins de place pour circuler dans la pièce, mais on était assis plus confortablement. Suze avait insisté pour placer les filles. Ni Kawaii ni Mata Hari ne se trouvaient à côté d'Eddy. Prudence permet souvent d'éviter des désagréments.

Eddy : Mes demoiselles, le périmètre est connu, mais aucune autre information. Vous pêchez toutes et uniquement vous dans ces eaux, et cela ne fait pas plaisir à quelqu'un. Ce quelqu'un possède un SUV sombre et s'amuse à changer ses numéros de plaque.

Uniquement des faits connus, mais les rappeler permettait aux filles de les assimiler, voire de relativiser.

Eddy : Soit vous renoncez à commercer dans ce quartier, et l'enquête s'arrête, avec les incertitudes liées à votre renoncement. Soit vous persistez et je me propose, MOI, pour assurer votre protection. Pour chaque client dans ce secteur, je serai votre suiveur. Cependant, mes demoiselles, je ne peux assurer la protection que d'une noble fille à la fois.

Il évita de regarder Suze, car on savait très bien quelles filles il voulait suivre…

Effectivement, le regard de Suze était plutôt du calibre de mitraillette et sa cible était l'unique homme de cette pièce. Et sa vie était en sursis…

Mata Hari : Monsieur Eddy, j'ai un rencard demain soir par là-bas… on covoiture ?

Eddy, après un bref regard très frais avec Suze : Euh, le concept, c'est que j'y sois incognito. Une sorte de surveillance à distance. J'attendrai patiemment garé dans la rue, comme semble le faire le SUV.

Mata Hari, en lançant une œillade : Tant pis, monsieur Eddy… pour cette fois.

Eddy, qui anticipait le glacial regard de sa Suze : Au temps pour moi, Mata Hari…

Putain que les règlements de compte allaient être douloureux.

Kawaii : Moi aussi, j'ai un client.

Suze : Eddy ira avec toi.

Mata Hari : Et pourquoi donc, moi aussi j'ai besoin d'être protégée, et Eddy me semble pas mal dans ce rôle.

Suze : Kawaii me doit de l'argent. Je pense aussi à cela. Donc, elle vaut plus cher ce jour, du fait de ses dettes. Quand comptes-tu me rembourser de tes infractions territoriales ?

Kawaii : Ça pourrait attendre la fin du mois ?

Il précisa ainsi son agenda pour la semaine, et chacun de ses soirs à venir était ainsi occupé. Il allait devoir prévoir de relire sa collection de San Antonio.

8/ Les pions avancent

Lundi soir, Eddy servirait de protecteur à Kawaii. Suze n'apprécierait pas de toutes les façons du monde de laisser Eddy avec n'importe laquelle de ses consœurs. « On » a des relations souples, mais on ne couche pas avec la profession. Eddy était donc sous le coup d'une surveillance « étroite ».

Suze aimait bien son Eddy. Mais c'était un cœur faible, et Kawaii pouvait le draguer juste pour lui faire du mal à elle, et ce ne fut donc pas sans une certaine angoisse que le lundi, sur les coups de 18 heures, Suzie laissa partir Eddy afin qu'il se mette en planque en avance à l'adresse qu'irait visiter Kawaii un peu plus tard.

Eddy se gara à cent mètres de la maison, avec un assez bon angle de vue sur la porte d'entrée. Les lampadaires dans la rue étaient déjà allumés.

Il se plongea avec plaisir dans un San Antonio. Et il envoyait des SMS à sa Suze qui s'inquiétait pour lui, avant de devoir cesser, elle aussi devait aller travailler et mériter son salaire. À 20 heures, une autre Twingo vint se garer dans la rue et une superbe Asiatique en sortit, escarpins et bas résille, le reste caché sous un pardessus. Même de loin, il pensait sentir les effluves de son parfum. Il était jaloux du client.

Elle « pénétra » dans la maison. Celle d'un homme chanceux. Quant à lui, il mit un plaid sur ses genoux et attendit tout en scrutant et notant les plaques des véhicules passant dans la rue, surtout les SUV.

Durant deux heures, il imagina les bruits du sommier sous les assauts de ce saligaud. Les cris d'une jouissance simulée. Le problème d'Eddy : son imagination débordante. Pourquoi aimait-il autant ces filles trop souvent exploitées ? Il vénérait Suze. Il y avait une symbiose entre eux deux. Quelle était la place de Kawaii dans ce couple hétéroclite ? Un détective intègre et une fille de joie. Il imaginait une passade avec la belle Asiatique. Malgré le métier de sa dulcinée, il l'aimait et se dégoûtait. Il avait envie charnellement de goûter à la chair japonaise.

Enfin, elle sortit, décoiffée...

Elle était radieuse sous cette lumière artificielle diffuse à cause du brouillard.

Elle s'avançait et traversait la chaussée pour rejoindre sa petite voiture.

Et puis, elle chuta, sous le choc de la rencontre d'un objet métallique massif lancé à grande vitesse percutant un corps mou, humain et faible. En clair, un SUV en pleine course et accélérant encore la heurta et l'envoya rouler plus loin. Le SUV n'eut alors d'autre objectif que de fuir la scène du crime.

Eddy était choqué. Il avait été témoin d'une tentative de meurtre. Il mémorisa la plaque du SUV puis se précipita vers Kawaii. Était-elle encore une personne ou un corps dorénavant ?
Il se jeta littéralement sur sa belle personne. Elle était meurtrie. Il tenta de se souvenir des premiers soins à appliquer et des conneries de bon sens à ne surtout pas faire.
Il mit son plaid sous son crâne. Il appela les urgences et se posa la question de quoi faire en attendant. Savoir si elle respirait encore. Il vérifia que ses vêtements n'étaient pas une gêne à la respiration. Il vit que sa poitrine se soulevait. Il pleura de soulagement. Il découpa un peu son tee-shirt à l'aide d'un Opinel *made in France*. Dans le but de découper en deux son soutien-gorge. Il ne zieuta même pas ses mamelons. Trop déplacé.
Eddy se retenait de la prendre dans ses bras. Il en aurait fait autant ou même plus pour Suzie. Il entendit les sirènes de l'ambulance.
Ils installèrent la jeune femme à l'intérieur après lui avoir prodigué à lui de basiques paroles de réconfort. Il eut la permission de les suivre avec sa voiture.

9/ Un homme à terre

Hôpital Ambroise-Paré. À minuit, Kawaii y était admise. En urgence, naturellement. Eddy apprit à cet instant le véritable nom de Kawaii : Véronique La Haye. Tout le charme japonais tombait, sauf sa beauté.

C'est bizarre, mais docteurs et internes se chamaillaient pour décider qui soignerait cette patiente. Au moins, on ne pouvait pas se plaindre du temps d'attente. Ils étaient soudainement tous disponibles. Eddy mélangeait Suze et Kawaii dans sa tête, voire dans son cœur.

Il avait été expulsé de la salle d'opération. Après deux heures d'angoisses infinies, il eut l'autorisation de séjourner dans sa chambre, en compagnie additionnelle d'une infirmière, du fait de la gravité de la blessure, et aussi par précaution, car on ne laisse pas une patiente dans cet état avec une personne étrangère au service de soin. Eddy regardait sa cliente avec tout son attirail de tuyaux et de liquide goutte à goutte.

Il avait camouflé un revolver, et il ne valait mieux pas lui chercher des noises.

Son seul espoir : Continuer d'écouter le sifflement de sa respiration.

S'il vous plaît, qu'elle vive.

Il surveillait la porte de la chambre, les allées et venues des infirmières, et les brefs passages des docteurs de nuit.

Il s'était installé sur la chaise standard de l'hôpital, orienté vers la porte d'entrée et regardait en permanence en direction de « sa » tendre Kawaii… il ne savait plus encore ce qu'il était ni désirait…

Par moments, il s'approchait d'elle. Elle, si attirante… Il se penchait sur cette belle femme… sans jamais la toucher, juste sentir son souffle et son odeur.

Quelquefois, des infirmières le bousculaient afin qu'elles puissent faire leur travail. Lui était docile. Il ne souhaitait que le rétablissement de sa cliente.

10/ Une femme à bord

Au petit matin.

Eddy semblait n'avoir pas dormi depuis belle lurette, et la lurette n'était pas de la dernière pluie.

Vers 8 heures du mat, dans la chambre d'hôpital, entraient quelques personnes connues de tous, Suze et Mata Hari. Nous supposerons que Suze avait fait une sorte de filtre, pour éviter la surpopulation.

Eddy avait les yeux rougis et restait à distance de sa Suzie…

Il n'avait rien commis de répréhensible, mais dans son cœur, il était en faute.

Chacun occupait une chaise. Mata Hari se trouvait positionnée entre Suze et Eddy. Tout un symbole.

Vers 9 heures, le docteur passa avec deux infirmières. Kawaii était encore dans une sorte de coma. Comme quoi, il n'y a pas que le bouche-à-bouche qui mène à cet état. Ce qui n'empêchait pas Eddy de se focaliser sur le rythme du soulèvement de cette divine céleste poitrine. Qu'importât la présence de Suze.

Suze, la face tristounette se leva et on sentait qu'elle prenait sur elle.

Suze : Eddy, s'il te plaît, je vais retourner à la maison. Eddy, tu veux pleurer? Eddy, tu ne voudrais pas nous aider à continuer la lutte? Eddy, on l'aime aussi. S'il te plaît, viens nous aider. On y va, tu nous rejoins quand tu pourras à ton appart. Mata Hari et moi, on sera là-bas à t'attendre.

Suze se leva et entraîna avec elle Mata Hari.

Les larmes de Suze n'étaient probablement pas pour Kawaii, mais plus probablement pour le renfrognement d'Eddy.

11/ Y a-t-il un pilote dans l'avion ?

Vers midi, Eddy frappait à la porte de son propre appartement. Suzie lui ouvrit. Simplement, sobrement. Il entra et elle referma la porte. Et le silence perdura.

Suze lui mit entre les mains son whisky favori.

Eddy : Merci Suzette. Excuse-moi.
Suze : Il n'y a rien à excuser, tu es humain et tu pleures.

Mata Hari avait visiblement été mandatée pour aider Suze.

Mata Hari : Monsieur Eddy, Kawaii est à terre. Souhaitez-vous renoncer?

Les yeux d'Eddy auraient pu passer au rouge incandescent. Il se rappela que Mata Hari avait sans doute été briefée par sa Suze. Il n'écoutait pas sa dulcinée, mais une belle poupée gonflable, hélas fort probablement un beau résultat de la chirurgie esthétique avec implants mammaires. À vérifier, si l'occasion se présentait. Il regardait Mata Hari avec d'autres yeux, et il pensait à SA Suzette ou à Sa Kawaii.

Alors, il se leva et répondit en regardant la bonne personne.

Eddy : Suze. On va se battre. Qui parmi la communauté bosse ce soir dans le beau quartier ?

Il le savait parfaitement, son planning était connu de toutes.

Eddy : Mata Hari, je te couvrirai ce soir. Je vous le jure à toutes les deux.

Le verbe « couvrir » peut avoir plusieurs sens. Suze n'était pas dupe.

Eddy : Suze, j'ai besoin de toi ce matin. Je souhaite me confesser.
Suze : Connard d'Eddy. Tu es déjà pardonné, même si c'est encore un moyen pour me tripoter !
Eddy : Non, Suze, c'est juste de l'amour, et c'est à toi que je pense.

Mata Hari resta dans le salon pendant les pleurnichiardises d'Eddy dans les bras de Suze.

12/ Pas de deuxième faute

Le repas du midi se déroula à 14 heures. Entre une Suze en larmes quasi en permanence et un Eddy à la reconquête de sa belle… l'espérance de vie de l'espionne japonaise était mal engagée.
Mata Hari se chargea du service et de la desserte.

Vers 16 heures, Suze se remit en selle. Ce n'est pas comme si l'argent allait rentrer sans rien faire.
Suze : Eddy, je souhaiterais rester avec toi plus longtemps. Mais je dois aussi ramener des euros, comme toute bonne ménagère.

Eddy : Oui, Suzie. Je veillerai sur Mata Hari. Je ne ferai pas deux fois les mêmes erreurs.

Suze : Tu n'es pas coupable.

Eddy : Si.

Il se leva et s'occupa plus de sa pétoire que de quoi que ce soit d'autre.

Mata Hari intervint.

Mata Hari : Eddy, je souhaite un homme qui veille sur moi, pas un tueur vengeur. Je souhaite m'en sortir vivante. Je suis peut-être une fille perdue. Mais je veux pas finir sous le coup d'une balle perdue.

Eddy : Message reçu. J'en tiendrai compte le moment adéquat.

Eddy groggy sembla rebondir *a minima*.

Eddy : Toute la communauté sera sous haute sécurité. Et cela débute ce soir.

18 heures, Eddy était en faction devant le domicile du client. Pas de San Antonio. Il serait plus sérieux que jamais. Même quartier, mais une rue différente. Il regardait constamment dans les différents rétroviseurs en faisant le minimum de mouvements.

20 heures, Mata Hari se gara aussi. À partir de là, Eddy était angoissé et palpait trop souvent son calibre.

Encore une fois, il vécut quelques heures très angoissantes et ne souhaitait pas perdre une autre fille, ou la confiance de la « communauté ».

En voyant Mata Hari ressortir deux heures plus tard de son lieu de travail, il descendit de voiture pour surveiller sa cliente traverser la rue vers sa voiture, le cœur léger d'avoir été efficace à la tâche. Ils entendirent des bruits de moteur en furie... et il put pousser juste à temps Mata Hari à l'abri, tout en tirant sur le véhicule. Vitres protégées, mais il avait pu faire des dégâts sur la carrosserie, avant de se relever.

Aucune personne ne mit son nez dehors. Des fenêtres triple vitrage sans doute.

Il cajola raisonnablement Mata Hari.

Ils passèrent à l'appartement pour y attendre Suze. Mata Hari avait besoin d'un remontant. Eddy l'accompagna par solidarité. Même si c'était la nuit noire, ils allèrent ensemble à l'hôpital faire une petite visite nocturne à Kawaii. Les visites sont interdites à cette heure, mais Eddy avait fait intervenir son beau-frère pour y être admis à sa guise durant cette affaire.

Ils se retrouvèrent dans la chambre de Kawaii. Le seul élément non désiré ce soir était justement le beau-frère d'Eddy. Tant pis pour les liens familiaux.

13/ On ne tire pas sur l'ambulance

Les rapports entre Eddy et son beau-frère étaient régulièrement tendus. La veille, il l'avait néanmoins sollicité pour ce passe-droit. Avec ses horaires à la con, il en avait besoin. Son beauf avait été sensible à ses mots, comme quoi même un poulet peut avoir un cœur.

Beauf : Mesdemoiselles, bonne nuit.
Eddy : Je vous présente mon beauf, flic.
Beauf : Inspecteur, s'il te plaît !
Eddy : Alors, super flic.
Suze : Salut René, merci de nous aider.
Beauf : De rien, Suzie, la famille, ça sert à ça.

Suze et René se connaissaient un peu. Eddy amenait désormais Suze aux repas de famille chez Man. Il avait été juste convenu de cacher sa véritable profession à sa maman.

Beauf : Qu'est-il arrivé ce soir ?
Eddy : Pourquoi es-tu là ?
Beauf : Un appel signalant un homme avec un pardessus et un chapeau de cow-boy dans les rues de la ville qui a tiré sur tout ce qui bouge.

Eddy : C'est un peu exagéré.

Beauf : Oui, c'est pourquoi je veux ta version.

Eddy raconta encore une fois l'histoire de la soirée.

Beauf : Tu as de la chance d'avoir un port d'arme, sinon je te coffrais.

Eddy : Faut bien que quelqu'un assure la protection des citoyens, pendant que la police locale est occupée à verbaliser.

Suzie préféra s'en mêler et comme souvent séparer quasi physiquement les deux hommes.

Suze : René, mes amies sont là. Une allongée dans ce lit entre la vie et la mort, l'autre encore sous le choc. Maintenant qu'Eddy t'a raconté comment cela s'est déroulé pour les deux agressions, que comptes-tu faire… pour nous aider ?

Beauf : Une enquête est ouverte.

Eddy : Cela signifie une grosse boîte aux lettres si quelqu'un veut vous donner des tuyaux ?

Suze : Eddy, par moments t'es aussi con qu'un flic.

Beauf : Et ce n'est pas moi qui le dis.

Suze : René. Concrètement, cela signifie quoi ?

Beauf : Recherche d'un SUV sombre à quinze kilomètres autour du point d'impact. À partir de ce jour, ronde dans le secteur du quartier du Renard. Recherche dans les garagistes pour un SUV sombre abîmé.

Eddy : Maintenant, il ne va plus se montrer. Mon salaire de misère contre ta rente de fonctionnaire que vous ferez chou blanc.

Suze : Eddy, tu dépasses les bornes. Tu veux aider les filles. René n'est pas Jésus non plus. Il doit rendre des comptes à une hiérarchie. Le peu que tu juges qu'il fait n'est pas beaucoup, mais tout effort est bon à prendre. Alors, excuse-toi ou je pourrai songer à ne pas rester avec toi.

Le couperet pointait plus que le bout de son nez.

Beauf, soufflé par cette petite bonne femme : Écoute, Eddy, tu es sous le coup de la colère. J'oublie.

Suze lui fit le plus beau sourire de sa profession : Merci, René, tu as du cœur et tu sais tendre la main. Eddy ? Eddy !

Eddy : Excuse-moi. Ces filles, je les aime.

Beauf : Et pour le SUV, je suis d'accord avec toi.

René leur dit au revoir et quitta la chambre de l'hôpital. L'atmosphère était nettement moins électrique. Suze se colla à son Eddy.

Suze : Alors, finalement tu tiens à moi.

Eddy : Si tu savais à quel point.

14/ Rififi à l'hôpital

Mata Hari s'accordait quelques jours de repos à l'hôtel « Chez Eddy». Suze ne voyait rien à y redire. Elle était quasi sûre que son Eddy ne regarderait même pas cette Kokeshi *made in France.* Elle était convaincue qu'elle et lui formaient un vrai couple et que la crise était derrière eux. Suze retravaillait chaque soir comme avant. Mata Hari s'occupait en faisant ménage, cuisine et vaisselle. Le troisième jour, elle alla en ville acheter des produits exotiques et prépara un repas de midi (car le soir… activités obligent, les femmes devaient partir gagner leur pain quotidien, Amen). Pour le coup, Green Lantern, Peace&Love et Blue Lagoon furent aussi invitées. Pour Eddy, c'était Noël avant l'heure. Il n'y eut pas de bénédicité, mais une pensée unique pour Kawaii.

À la fin du repas, il y avait pas mal de restes. Une fille proposa de passer à l'hôpital faire une surprise à Kawaii.

Fille : Emportons un peu de tes spécialités, Mata Hari, peut-être le fumet réveillera-t-il Kawaii de son coma ?

Personne n'y croyait, mais l'idée fédéra. Et c'est ainsi que la petite troupe fit irruption dans la chambre d'hôpital en plein après-midi.

Kawaii avait un coma agité. Elle était couverte de sondes, et il ne se passait pas quinze minutes sans qu'une infirmière ne vienne pour contrôler les réglages et au passage lancer un regard noir à ces empêcheurs de tourner en rond… de leur point de vue.

Suze interrompit cette infirmière : S'il vous plaît, vous trouvez cela normal qu'elle s'agite autant ?
Infirmière : C'est peut-être que vous faites trop de bruit. Laissez les patients se reposer.
Eddy, toujours aussi aimable : Si vous voulez insinuer que vous préférez qu'elle « repose en paix », alors dites-le !

Et c'était reparti. Suze intervint… encore et l'infirmière préféra appeler un docteur de permanence. Ils étaient là somme toute grâce à une entorse au règlement et devaient tout de même se conformer à ce dernier. Suze déploya toute sa subtile diplomatie, et l'incident fut classé sans suite, mais gare.
Eddy était penaud. Encore une bourde. Suze le boudait. Même pas une parole de reproche.
Un silence de cathédrale s'était installé. Et puis, il y eut un bruit. Kawaii émit un son. Elle criait dans son sommeil.

Kawaii : C'est une femme ! Une femme au volant !

Et ensuite elle restait agitée, mais on ne comprenait plus ses paroles. Pauvre Kawaii, elle devait revivre son accident en boucle. Quoi qu'il en fût, le docteur revint avec l'infirmière.
Suze expliqua au docteur que les cris venaient de la patiente et non d'eux.
Elle indiqua au docteur que par souci de calme, ils allaient quitter immédiatement l'établissement.

Suze : Mais, s'il vous plaît, docteur, laissez-nous ce privilège de revenir. Nous serons moins nombreux et ferons plus attention.

Elle n'attendit pas de réponse et indiqua à tous de déguerpir un peu plus rapidement.

15/ Conseil des sages

Eddy se sentait idiot. Il n'était rien sans sa belle Suzie. Ils restaient tous les trois à l'appartement.
Mata Hari tentait de dégeler ce qui était dégivrable.

Mata Hari : Alors, c'est une femme qui conduisait le SUV ? Mais merde, Eddy, sors de ta connerie. Suze passe son temps à colmater les brèches que tu ouvres en permanence. Alors, maintenant, tu redeviens le Eddy détective privé qui peut nous aider ou j'aide Suze à trouver un mec plus convenable.
Suze : Mata Hari, Eddy est un mec bien, mais bien con aussi. (En se tournant vers Eddy) C'est vrai, je suis fatiguée de te défendre contre ta propre connerie, Eddy.
Eddy grommela : Je prends tout trop à cœur. Je vais travailler mes faiblesses.
Suze : Je n'ai pas dit que tu étais faible, mais CON.
Mata Hari : Eddy, on fait quoi maintenant ?

Suze s'éloignait afin qu'Eddy pût parler plus à son aise.

Eddy : La recherche traditionnelle officielle et légale du SUV est vouée à l'échec, et René le sait, rapport à la CNIL. Cependant, j'ai des relations et je vais demander à un ami la liste des SUV sombres de la région. Et je cogite aussi sur les motivations de la femme conductrice.

Suze : Merci Eddy. Pour le moment, je dormirai les prochains jours dans la chambre avec Mata Hari, et toi, sur le canapé. Redeviens celui que j'ai aimé.

16/ Carte grise

Eddy : Écoute, Franck, je sais que ce n'est pas tout à fait légal.
Franck : En fait, c'est totalement illégal.
Eddy : Oui, mais c'est pour la bonne cause.
Franck : Ça y est, tu prononces la formule magique, et je dois

exaucer ton vœu.

Eddy : Franck, une de mes amies est entre la vie et la mort, car un SUV sombre l'a percuté.

Franck : Adresse-toi à la police.

Eddy : Les procédures légales ont leurs limites. J'ai besoin que tu assouplisses pour moi cette rigueur et que tu m'aides à avancer. Je ne te demande pas de tuer quelqu'un ni rien de ce genre. Je n'ai même aucun enrichissement personnel. Je veux seulement pouvoir continuer mon enquête et empêcher d'autres meurtres. Oui, je suis dans le camp des bons, et cela devrait te convaincre un peu aussi…

Franck : OK, OK, tu m'embobines chaque fois. Donne-moi la marque et le modèle et je te fournirai une liste.

Eddy : Tu peux filtrer les couleurs aussi ?

Franck : OK, je vais me palucher la liste des couleurs si tu comptes sur moi pour déterminer si clair ou sombre. Pff.

Eddy : Euh, les filles ont toutes indiqué SUV, mais pour moi à part 4x4 ou simili, c'est assez vague… Il n'y a pas une catégorie SUV dans ton logiciel ?

Franck : NON. Je ne fais pas de miracle.

Eddy : Ah…

Franck : Eddy, il y a des jours, tu pourrais me skyper pour autre chose qu'un service et m'inviter simplement à boire un verre ?

Eddy : J'y penserai. Mais je te jure que je pense fortement à toi pour être le témoin à mon mariage.

Franck : Ha, ha, ha…

Eddy : Franck, tu connais la réplique « tu es mon seul espoir » ?

Franck : Je sais, et tu vas me dire que tu as été mon unique espoir à l'école, alors tu me le ressors avec l'emballage, Eddy.

Eddy : Euh, diantre, je suis démasqué.

Franck : Tu auras tout cela ce soir, salut, Eddy.

Avec Franck, c'était leur jeu.

Ils étaient restés soudés. Eddy et Franck avaient usé leurs fonds de culotte sur les mêmes bancs de l'école publique. Franck était assez intello et Eddy, assez aventurier. Franck aidait Eddy pour ses devoirs et à l'inverse Eddy aidait Franck contre les bandes qui aimaient taquiner les premiers de la classe. En dehors de cela, c'étaient les meilleurs amis du monde.

Leurs relations avaient évolué, mais jamais au grand jamais l'un ne dira non à l'autre.

17/ La liste (1)

Eddy consulta sa boîte mail le soir, en l'absence des filles.

Mata Hari avait décidé de renouer avec les rentrées d'argent.

Il examinait la liste des SUV sombres. Leur immatriculation et localisation de premier propriétaire. Bien sûr, le fichier était probablement incomplet, ne prenant pas en compte les déménagements. Mais il fallait bien commencer quelque part. Et il ne trouva pas sur cette liste la plaque mémorisée lors de l'attaque sur Mata Hari.

Sur une grande carte de la région, qu'il scotcha à un mur du salon, il punaisa chaque SUV avec une petite étiquette manuscrite. Putain de boulot laborieux. Eddy y passa des heures en attendant les deux filles.

Elle était injuste. Elle couchait chaque soir avec un homme différent et il devait l'accepter. Il n'avait même pas le droit de reluquer Kawaii ou Mata Hari. Mais il était furieux intérieurement. Il vivait mal cette enquête, et si on touche au petit cœur d'Eddy, on déclenche une guerre thermonucléaire globale…

Eddy tentait d'étudier la carte lorsque son ex-bien-aimée revint de son taf.

Il souhaitait l'accueillir comme mérité. Il prononça un « Bonsoir Suzie ». Le « Bonsoir Eddy » en retour était comme un pic à glace dans une roche friable. La glasnost n'était pas à l'ordre du jour. Elle se réfugia dans la cuisine et mangea seule. Suivi d'un passage dans la salle de bain, et elle se terra alors dans la chambre.

Eddy retourna à son labyrinthe de punaises.

Il tentait d'échafauder des scénarii pour coller aux faits. Il passa sa nuit à ressasser tous ces éléments dans son cerveau. Il ne s'aperçut de la présence de Mata Hari que quand elle lui fit un bisou sur la joue puis alla se coucher. Alors, il replongea en son tableau mural.

Les filles étaient revenues saines et sauves. *Merci mon Dieu.*

18/ Echec et Epreuve.

Eddy tournait au café et au whisky. Mais jamais dans le même verre. Durant le reste de la nuit, Eddy essaya de percevoir une bonne idée. Pourquoi vouloir éloigner des *Escortes* d'un secteur ?

Il prépara le petit déjeuner et se permit de faire un aller-retour à la boulangerie pour ses petites protégées… et il avait besoin de se racheter, peut-être éternellement…
Il espérait que l'arôme du café adoucirait le caractère de sa belle.
Il avait mis une nappe et plaça bols et mugs avec la corbeille de croissants (au beurre). Il savait qu'elle râlerait…

Elles se levèrent tardivement, aux alentours de 11 heures. Autant Mata Hari était heureuse de s'asseoir à la table du petit déjeuner et de se faire choyer, autant Suze n'était plus prête à pardonner aussi facilement.
Elle s'assit néanmoins à la table des négociations, et incitée par Mata Hari, elle accepta le croissant et le café chaud, fort, odorant et parfumé à souhait. Mais pour le croissant au beurre qui resterait sur ces flancs des semaines avant d'être éliminé, Eddy eut encore droit à un regard noir de la mort qui tue.
Elle savait qu'il savait. Etc.

Eddy : Puis-je me joindre à vous ?
Mata Hari : Tu es chez toi et tu es tellement prévenant.

Eddy s'invita.
Il y avait deux croissants par personne.

Suze : Eddy, tu peux en manger trois, je n'apprécie guère les croissants au beurre. Trop riches, si on souhaite conserver un corps souple et beau à regarder. Dans mon métier, c'est important, et je dois mettre pas mal d'argent de côté avant d'envisager une retraite non cotisée.
Eddy : J'ai souhaité faire un geste et il n'y avait plus trop le choix dans les viennoiseries. Mes excuses auprès de tes courbes.
Mata Hari : J'ai la chance d'éliminer facilement les graisses.

Je peux manger à foison et cela se transforme en énergie au lit. Enfin, vous voyez.

Vous savez maintenant qui mangera le croissant que Suze avait délaissé.

Eddy : Excusez-moi, mais j'ai besoin de vous demander des informations.
Les deux filles se regardèrent et en chœur : Encore ?
Eddy : Je ne connais pas le milieu dans lequel vous évoluez, préférant être un ami à la périphérie. Je ne connais que Suzette, et il y a une frontière entre ses activités professionnelles et sa vie avec moi. Même si elle pratique les mêmes activités avec les uns et les autres.
Et toc.

Mata Hari : Nous sommes des indépendantes, voici notre point commun.
Suze : Je pratique la prostitution. Tu le savais depuis le début. Tu veux t'occuper de l'enquête ou me faire une scène de ménage injustifiée ?
Mata Hari : J'ai envie de dormir dans un lit en espérant me réveiller le lendemain matin.
Suze : Souhaites-tu nous aider ?
Eddy : Tu te fais culbuter chaque soir et je t'aime, mais tu me foudroies si je regarde une autre belle fille.
Suze : Ce n'est pas de l'amour que je fournis à ces hommes, c'est un dérivatif. En mon âme et conscience, je t'ai toujours été fidèle.
Eddy : Ta séparation des genres est un peu trop à ton avantage tout de même.
Suze : Tu souhaites pratiquer une de mes amies ? Ta réponse est visible comme le nez au milieu de ta figure.
Tu te poses des questions sur ce que tu fais en ce moment avec une « pute » ? Nous sommes toutes pareilles. On rêve chacune aussi de trouver le prince charmant. Jusqu'à ce jour, tu as été ce précieux prince charmant.
Si tu confonds plaisir et fidélité, alors c'est fini. Tu ne me veux pas au final. Et c'est tout. Eddy, je te quitte.

Suze abandonna rapidement l'appartement. Laissant un Eddy effondré et une Mata Hari perplexe et indécise.

19/ L'Epreuve ... ratée

La porte ne fut pas claquée, mais dans son cœur, c'était probablement encore pire. Il restait seul avec Mata Hari, l'autre belle poupée nipponne.

Eddy : Mata Hari, acceptes-tu de m'aider à résoudre cette affaire... s'il te plaît.
Mata Hari : Et Suze ?
Eddy : Un objectif à la fois, s'il te plaît, je ne sais pas actuellement comment appréhender mon problème avec Suze. Il existe deux catégories de femmes : les casse-tête... et les casse-couilles. (Existe aussi en version casse-burnes.)
Mata Hari : Que puis-je faire ?
Eddy : Mata Hari, je cherche à comprendre qui a intérêt à nettoyer un secteur de toutes vos professionnelles.
Mata Hari : Chaque fois qu'un nouveau quartier sort de terre, il y a toujours concurrence féminine avant de s'arranger généralement en payant une taxe. Rien de différent avec ce que pratique Suze. C'est son quartier.
Eddy : Comment cela, *son* quartier ? Elle n'est même pas propriétaire de son appart !
Mata Hari : Non, mais c'est comme un cadastre. Suze a acheté la licence sur ce quartier. Elle y opère et toute personne voulant pratiquer doit avoir son aval et lui payer la dîme. Tu comprends ?
Eddy : Piste intéressante, Mata Hari, en supposant que la piste puisse passer d'intéressante à sérieuse. J'ai besoin d'en savoir plus.
Mata Hari : Demande, et je répondrai. Je ne suis pas fute-fute, mais j'aime mes amies. Et aussi mes amis.

Il se demandait si elle n'était pas nymphomane. Qu'importe, Suze avait claqué la porte. Il préféra temporiser en continuant sur son idée.

Eddy prit cette pause faciale qui signifiait qu'il réfléchissait, même s'il ne dupait personne.

Eddy : Mata Hari, je ne connais pas grand-chose à la stratégie, mais il me semble que dans cette ville, la pratique est plutôt clean et ce sont les indépendantes qui règnent ?
Mata Hari : Tout à fait, Sherlock.

Eddy : Avez-vous une sorte de syndicat qui vous représente dans des instances disons « mafieuses » ?
Mata Hari : Oui, en fait nous payons dix pour cent de nos passes… euh, en euros, pour que cette ville reste une ville avec uniquement des *Escortes* indépendantes.
Eddy : Intéressant… As-tu vu de nouvelles « communautés » tenter de s'installer dans cette ville ?
Mata Hari : De plus en plus de filles de l'Est…
Eddy : Merci, ma belle, j'ai une piste, je vais ronger l'os pour connaître tout de sa substantifique moelle.

Le questionnaire terminé, Eddy devait décider s'il cédait aux doux yeux de Mata Hari, ou à ses seins.
On s'en fout, il céda, et la chambre fut occupée une bonne partie de la matinée.
À mi-journée, Mata Hari prépara le déjeuner.
Eddy sentit tout de suite que les relations étaient différentes. En fait, Mata Hari était juste une évaluatrice sexuelle. Connaître la performance d'un homme l'aidait à se situer vis-à-vis de lui. Eddy n'était qu'un « niveau » de plus, et il n'y aurait sans doute pas de seconde fois. Dépit et déception, l'homme objet, comme la femme poupée. Pas de différence.

20/ Réduire la liste

Eddy restait figé sur sa carte et retournait une à une les étiquettes des punaises. Il lisait les noms des propriétaires. De temps à autre, il reportait sur un carnet les informations de l'étiquette.
À la fin, il avait quinze lignes sur son carnet.

Il les priorisa. Seulement trois semblaient très importantes. Seulement trois avaient comme propriétaire une femme dont le nom avait une consonance russe (et non slave).

Il devait revoir Suze et devait la convaincre de l'aider.

Il voulait la laisser tranquille, mais elle était son « *fast pass* » pour avancer sur cette enquête.

21/ Confrontation ?

Suze : Que veux-tu ?

Eddy : Assieds-toi et prenons un café ensemble. J'ai des questions pour l'enquête… et ensuite, je te laisse tranquille. S'il te plaît.

Suze grogna mentalement et prit une chaise et un café.

Suze : Pas de croissant ?

Eddy : Je ne suis pas faible, mais un vrai con fini.

Suze : À mon tour. Tant que tu nous aides, j'aurai du respect pour toi.

Eddy : Suzie, raconte-moi comment tu as acquis ce quartier en tant que dividende…

Suze : Il y a des enchères pour les nouveaux quartiers, et j'ai décidé d'y investir mes économies. J'ai gagné d'une courte tête, car je n'aurai pas pu faire une autre enchère.

Eddy : En fait, Suze, c'est d'une certaine façon TOI, la cible.

Suze : Hein, mais tu déconnes ? Je taffe bien et je veille à ne pas avoir de réclamation.

Eddy : Je sais que tu es performante, ma « chair », mais je te parle d'enjeux politico-mafieux. Suzie, qui était la seconde « enchérisseuse » ?

Suze : Ben, y avait une femme qui voulait acheter la concession. Elle avait un accent de l'Est. Oui, elle était très déçue de son échec. Mais enfin, pas de quoi tuer une collègue.

Eddy : Tu as déjà assisté à un match de hockey sur glace ? Tu as vu comment les joueurs tapent dans le palet en visant le visage du gardien…

Suze : Oh mon Dieu.

Eddy : J'ai besoin de tout savoir sur cette femme, et aussi si elle a des appuis sur vos consœurs russes prétendument indépendantes.

Suze : Mais c'est horrible.

Eddy : C'est ce que j'aime en toi, tu pratiques un métier « borderline », mais tu sembles encore plus naïve que moi.

Suze : Elena Arseneva.

Eddy : Merci ma… belle.

Suze : Oublie, tu n'es plus en odeur de sainteté.

Elle ne finit pas son café.

22/ Spassiba

Google est mon ami. J'introduisis le nom de cette personne, et l'affichage ne correspondait pas à mes attentes. C'était une écrivaine de polars russes, dont les histoires se situaient vers le IXe siècle.

Supercherie et pied de nez. Et maintenant comment contrer cette femme ? Et comment la retrouver pour l'empêcher de nuire ?

Eddy commençait à assembler les pièces du puzzle. Avec lui et sa fontaine à idées, l'avantage, c'est qu'il n'était jamais à sec. Et à la fin, il savait toujours comment le crime avait été commis, même s'il ne pouvait pas ou plus le prouver. Quelquefois, ça lui faisait une belle jambe. Toutes ses enquêtes ne se finissaient pas toujours par la gloire, l'argent ou les femmes.

Il contacta une autre de ses connaissances. Car pour être un bon détective, il faut compter sur son réseau. Il composa sur son téléphone le numéro de la préfecture. Il demanda André Gourret. Mis en contact, voici la conversation.

Eddy : André, c'est Eddy. J'ai un gros service à te demander.

André : Eddy… Mitchell ?

Eddy : Non, Le Eddy qui a seulement un service à te demander.

André : Pourquoi t'écouterais-je ?

Eddy : J'ai besoin de connaître toutes les personnes de nationalité russe dans le périmètre de ma ville, et tu ajoutes cinq kilomètres au tableau.

André : Pourquoi ?

Eddy : Pourquoi je te le demande ou pourquoi est-ce légitime ?

André : Pourquoi je devrais déjà seulement t'aider ?

Eddy : Parce que je ne suis pour rien dans la mort de ta femme. Et tu le sais, mais il te faut un exutoire. J'ai préféré ne pas me battre avec toi à l'époque sur ce point. Aujourd'hui, j'ai besoin de toi et j'espère que tu as mûri en dix ans… Je n'ai pas pu sauver Elodie, mais en ce jour, j'ai d'autres amies en danger de mort. Dont une déjà dans le coma. Je t'aurais bien laissé à ta vie de haine contre moi. Qu'importe ce que tu penses comme quoi je n'ai finalement aucun super pouvoir. Elle est morte, tu m'en veux, POINT. Si c'est la vie que tu veux, SOIT. Moi j'ai besoin de ton aide pour sauver des vies, MAINTENANT. Je vais te laisser dans tes phases de « guerre et paix » cérébrales. Tu sais où me joindre. Je reprends mon enquête. Je ne t'en veux pas, juste que mon enquête sera plus dure et plus longue.

Et il raccrocha.

Il était heureux qu'il l'eût laissé parler jusqu'au bout. Pari numéro 1 réussi.

Maintenant attendre… et au cas où, trouver d'autres pistes.

L'histoire :

Il y avait dix ans, Eddy avait été mis en relation avec André pour aider sur l'enquête de la disparition de sa femme. Un homme qui aime sa femme cherche à multiplier les possibilités d'action. D'ailleurs, Eddy n'avait pas parlé rémunération et ne lui a jamais rien demandé. La mémoire est sélective.

Sa femme et d'autres avaient été séquestrées dans la montagne près de la frontière avec un pays sans convention d'extra-diction avec la France. D'où peut-être leur ton arrogant.

Une fois la rançon globale payée (là encore, il n'avait rien payé, ce fut le rôle d'un représentant du gouvernement), les preneurs d'otages s'enfuirent avec quatre-vingts pour cent de la rançon (sachant qu'à cent pour cent, le GIGN interviendrait), et filèrent « à l'anglaise » après la technique dite de la terre brûlée. Sacrifiés, le bétail et le blé. Ils fuirent. Maintes femmes périrent, dont celle d'André.

Deux choses qu'il n'avait jamais digérées :

- Les assassins s'en étaient tirés, et plus personne ne faisait rien. En quoi Eddy était-il coupable ?

- Pourquoi ne faisait-elle pas partie des survivantes ? En clair, pourquoi elle ?

Mais il avait décidé qu'Eddy était son responsable.

Inutile de tenter de raisonner un homme hors de lui.

J'avais coupé les ponts. Mais j'ai besoin de lui pour ma Suze.

23/ Datcha

Eddy venait de gagner son pari numéro 2.

Il venait de recevoir par SMS une liste de personnes. Nom, prénom, adresse.

Et hop, copier-coller dans un fichier Excel pour rejoindre la liste des SUV sombres.

Bien sûr, il aurait aimé s'y connaître autant en informatique bureautique que Suzie. Il avait plaisir à imaginer qu'il tenait une bonne excuse pour la revoir une fois encore.

Il laissa un message sur son répondeur. En réfléchissant bien, oui, il aurait dû anticiper et s'attendre à ce qu'elle ne décroche pas en découvrant son numéro.

Mais il fut assez agréablement surpris en entendant une heure plus tard son toc-toc de connivence à la porte de son appartement. Il se précipita pour ouvrir.

Suze : Garde tes distances, salaud. Je suis juste ici uniquement pour te donner un cours sur les tableaux croisés dynamiques.

Il la laissa s'installer devant l'ordinateur et resta à une distance honnête.

Elle ouvrit les deux fichiers et les fusionna dans deux feuilles du tableur.

Elle appela l'assistant de mise en page des données et paramétra les cellules de début et de fin.

Enfin, la concordance s'afficha.

Il restait trois noms.

Suze se leva : Il te reste trois adresses. Ça ira, c'est dans tes cordes ? Je repars, lâcha-t-elle en fermant la porte.

24/ 3 Datcha

Comment trouver la bonne ? La seule voie possible n'était pas difficile à imaginer. Du fait de son statut de détective privé, il devrait organiser une surveillance en planque, peut-être une filature, et sans doute une visite du domaine dans les règles de l'art pour faire un état des lieux officieux.

Il allait procéder par ordre alphabétique. Cette méthode en valait bien une autre.

Ce jour, il allait se garer non loin de l'adresse numéro 1, et surveiller les allées et venues.

Pendant son attente, Eddy utilisait sa clé 4 Go pour faire des recherches sur Internet, voire contacter des amis, ou pseudo-amis.

Il était déjà sûr qu'une femme était à l'intérieur, ayant perçu au matin des rideaux d'entrouvrir et une femme grande et fine, avec de la lingerie translucide, une femme excitante et blonde. Elle téléphonait. Le mal du siècle.

Qu'il est pénible d'attendre. Mais si cela pouvait aider la communauté, alors, il prendrait son mal en patience. Il entendit son ventre gargouiller. Hors de question de se faire livrer une pizza en pleine rue.

À 22 heures, il sortit son matériel du parfait Yakuza. Il s'habilla de noir, et finit d'enfiler la cagoule assortie. Il pénétra dans la propriété (nous étions curieusement dans le nouveau quartier). N'ayant entendu aucun aboiement durant la journée, il avait fait le pari qu'aucun chien n'avait dû rester enfermé dans la maison. Il marchait à pas de loup vers le double garage. Maintenant, il suffisait de forcer la serrure.

Il était patient, laissant ses deux mains s'activer lentement, mais correctement pour crocheter cette serrure. Et enfin, le clic libérateur.

Il ouvrit la porte et fit un pas en avant. Et là, surprise !

Son et lumières en tous sens. Pas bien compliqué de comprendre après coup qu'il fallait désactiver un système d'alarme avant d'ouvrir légalement la porte.

Mais il eut le temps de voir le SUV, et de discerner des impacts de balles.

La soirée n'était pas un échec, à condition de parvenir à quitter la propriété sans recevoir une décharge de chevrotine, au minimum. Il fila ! Même Usain Bolt n'était pas aussi rapide. C'était Flash Eddy le bondissant fuyant la propriété. Il ne fit pas l'erreur de démarrer son véhicule et resta couché à l'arrière. Seule une femme sans reproche appellerait la police.

Elle ne sortit jamais du jardin. Vers 8 heures du matin, il démarra lentement. Comme un honnête citoyen partant au boulot. Il prit la direction sans tarder, mais sans se presser, du commissariat. Dans le but de discuter avec son beauf.

25/ Polizei

Eddy dut faire appeler son beauf à partir de l'accueil pour quémander un entretien. Beaucoup de monde au commissariat ignorait que l'inspecteur avait (lui aussi) un beauf (ça marche dans les deux sens). Surtout qu'Eddy était assez connu des services, pour certains esclandres et sa profession « limite » avec la leur.

Eddy : Écoute, René, je t'apporte le résultat de mon enquête. Il ne m'appartient pas d'interpeller un suspect. J'ai besoin de toi, mais il y a urgence.

Beauf : Mais tu veux quoi à la fin ? Que je renonce à mon travail et au respect des procédures pour aller fouiller une maison sans mandat ?!

Eddy : Je sais que c'est elle. Il y a un SUV criblé de balles dans son garage.

Beauf : Découvert en toute légalité, je suppose ?

Eddy : Bien sûr que non. Mais je n'ai tué personne pour cette information.

Beauf : Aucun procureur ne me suivra.

Eddy : T'es un poulet. Et un poulet qui n'a pas de couilles, c'est un chapon.

Beauf : Pour ta culture, un poulet, c'est quand on ne sait pas encore si ce sera une poule ou un coq ! Et aucun d'entre nous au commissariat ne se laissera castrer sans se défendre.

Eddy : J'ai eu tort. Je te propose : Peux-tu mettre un policier en faction devant cette maison suspecte, qu'il soit visible ou non. On verra quand sortira le SUV. OK ?

Beauf : Je dois pouvoir faire ça. Je donne l'ordre immédiatement.

Eddy : Euh… Merci, René.

26/ Ennemi qui roule…

Eddy comptait sur son beauf pour mettre en œuvre cette surveillance. La Ruscof ne serait pas dupe. Il décida d'apporter un soutien « logistique » à la police pour l'aspect surveillance. Il se fit connaître du policier « puni » en faction. Il lui proposa d'aller chercher une pizza et un cola (on était durant les heures de travail, ne l'oubliez pas). Le premier policier fut relayé à 20 heures. Il fit encore ami-ami, et une seconde pizza permit une conversation plus débridée. Il ne s'en rendait pas compte, mais peut-être s'était-il fait des gens prêts à l'aider à l'intérieur de la forteresse policière, passant presque pour aimable. Eddy n'avait à cet instant pas conscience de l'action de possibles effets positifs de sa tentative d'adoucir ses relations avec la police.

Il y eut un appel à minuit. L'inspecteur souhaitait parler personnellement au détective.

Beauf : Eddy. Il y a eu un problème.

Eddy : Oui ? Lequel, car ici, c'est le calme plat. Je tiens compagnie à ton agent.

Beauf : Eddy, il y a eu une autre attaque ce soir…

Eddy : NON, personne n'est sorti. On n'a rien laissé passer.

Beauf : Le SUV n'avait aucune marque.

Eddy : Qui est la fille ?
Beauf : Eddy… C'est Suzie. Elle est à l'hôpital.

Eddy coupa la communication, et s'effondra en larmes.
Son nouvel ami était un peu éteint. Il proposa de l'amener au poste.

Eddy : Ma copine s'est fait percuter par un SUV. Cette connasse de Russe est coupable. Alors, tu vas rester ici et je me fous que tu sois relevé ou non.
Agent : Je le ferai, détective Eddy. Sauf remplaçant, je ne quitterai pas les lieux. Partez sans crainte.

La guerre froide renaissait de ses cendres.

27/ …N'amasse pas mousse

Eddy parcourut les quelques kilomètres entre le quartier Renard et l'hôpital un peu trop rapidement au goût de tous. Il n'était pas perçu comme quelqu'un de très poli ce soir, et le mot « amabilité » était à nouveau banni de son vocabulaire.
La chambre de Suzette était à côté de celle de Kawaii, toujours dans le coma.
Les docteurs et les infirmières grouillaient. Il avait été relégué au fond de la chambre, surveillé par une certaine infirmière de sa connaissance, avec interdiction de se manifester.

Suze était, elle, bardée de tubes avec des liquides de couleur circulant à l'intérieur.
Putain, ce qu'il pouvait ronger son frein.
De loin, elle semblait bouger, mais l'agitation des blouses blanches autour de son lit le faisait sacrément flipper.
Après un interminable temps, tout le corps médical quitta enfin la chambre.
Il restait seul avec son infirmière préférée. Caroline était le nom indiqué sur le badge de sa blouse.
Il eut la permission de rapprocher sa chaise du lit de la patiente et

de lui tenir une main pour la caresser. Toujours sous la vigilance de l'infirmière douairière.

Il calquait sa respiration avec la sienne. Il tentait une symbiose cérébrale. Il était perdu sans elle.

Il restait ainsi à onduler la tête pendant une heure, sans que l'infirmière perde patience, à aucun moment de son étroite surveillance.

Eddy cogitait. Il avait été fautif. S'il trouvait sa faute plutôt que s'appesantir sur sa peine, peut-être pourrait-il progresser? Il passa en mode moine thibétain silencieux, se focalisant sur sa chérie.

Au bout d'un certain temps, il put se concentrer sur des pistes et des hypothèses, et formuler des plans d'action.

Eddy ne comprenait pas ce nouveau SUV, alors qu'à quatre-vingt-dix-neuf pour cent le SUV abîmé ne pouvait pas sortir de la propriété. Il avait été une nouvelle fois berné. Il devait vérifier deux autres maisons, tout en gardant sous surveillance la première.

Pouvait-il demander un service supplémentaire à son beauf?

28/ Une défaite peut-elle se transformer en victoire?

Eddy retourna au commissariat, quasi la queue entre les jambes. Il commençait presque à avoir ses entrées. Un agent lui apporta même un café dans le bureau de l'inspecteur.

Beauf : Je ne suis pas au service d'Eddy, mais au service de l'État et de la ville. Tu sais ce qu'il en coûte pour une surveillance vingt-quatre heures sur vingt-quatre d'une honnête citoyenne? C'est quatre personnes en fait que tu mobilises et monopolises. Et maintenant, tu reviens vers moi avec quoi? Le commissariat doit être entièrement à ton service?

Eddy : J'aimerais bien, mais j'ai compris les règles. Je dégrossis et tu légalises à la fin.

Beauf : Si seulement c'était aussi simple. Je maintiens une surveillance SANS AUCUNE SUSPISCION.

À qui j'envoie la facture? Au détective Eddy... histoire qu'il croule sous les dettes?

Eddy : MOI, j'avance sur l'enquête et, s'il te plaît, Suzette ne se négocie pas.

Beauf : Suzie n'est pas là pour l'instant pour te limiter dans tes excès. Alors, prends un peu sur toi et prouve-lui que tu l'aimes.

Eddy : J'ai commis une erreur. Il n'y a pas un SUV, mais sans doute au moins trois. Je te demande de placer sous surveillance deux maisons de plus. Euh, s'il te plaît.

Beauf : Ben voyons, et qui va s'occuper de verbaliser pour ramener bêtement des rentrées d'argent pour l'État ?

Eddy : OK, OK, je critiquerai moins à l'avenir certaines de vos activités.

Beauf : Tu connais nos effectifs et tu veux qu'on les mette toutes au service de tes amies ? Je dis quoi au commissaire et au maire ? Priorité PUTE ?

Eddy qui serrait les poings rageusement : Je ne dirai PLUS jamais que tu t'es vendu au diable. Mais va redire à SUZE un prochain dimanche ce que tu viens de dire. Alors, s'il te plaît, mets ces deux autres maisons sous surveillance vraiment discrète… pendant quarante-huit heures, je demande le max d'*Escortes* sur le terrain dans ce quartier pour les prochains jours. S'il te plaît, dépasse tes limites.

Il partit fâché, mais pas la conscience tranquille. Mettre quelqu'un en porte-à-faux, ce n'était pas cool.

29/ Tout le monde sous surveillance

Eddy ne pouvait pas être sûr de son faux connard de beau-frère pour lequel il commençait trop à avoir de l'amitié. Après une non-nuit de sommeil, ou une nuit de non-sommeil, il fit le tour des trois maisons russes et reconnut intérieurement que le beauf s'était démené. Toutes étaient surveillées. Il réunit toute la communauté à son appart, enfin, les plus belles, toutes. Pas assez de chaises, pas assez de Coca light. Il était aidé dans son mental par la présence de Suzette profondément ancrée dans son cœur pour expliquer le plan APPÂT & ENTRAIDE. Un max de filles pour forcer la faction russe à attaquer, et un autre max à servir de

« bouclier humain » en surveillance active.

Action-réaction.
Deux filles au minimum surveilleraient celle qui se ferait consommer par un vrai client. Surveillance en restant à l'intérieur des voitures, et toujours rester en contact avec le quartier général « Eddy ».
Déjà deux filles sur le carreau, et aucune protection policière… on ne pouvait pas tout demander au beauf.

Eddy pilotait tout par mobile. Et aucune fille n'avait l'autorisation de traverser la rue de son rendez-vous sans avoir bien regardé à droite et à gauche.
Mais Eddy conservait une carte secrète dans sa manche…

23 h 30 : un SUV quitta une maison subitement, la maison identifiée comme le numéro 2, pour les besoins de l'enquête du détective Eddy.
Il ne fut pas suivi, au cas où il opèrerait un demi-tour. Mais l'information fut largement diffusée sur les réseaux sociaux définis préalablement.

Lorsque vraisemblablement l'adresse probable de l'agression fut progressivement définie, l'étau se resserrait et les voitures d'Eddy et de René la coincèrent.

Ce SUV tenta bien de forcer les petits fétus de paille constitués par une seule voiture de part et d'autre de la rue. Mais la pugnacité des conducteurs fut plus forte que le SUV.
L'inspecteur procéda à l'arrestation de la femme au SUV, même si vous l'avez compris, il y avait en fait trois femmes avec trois SUV.

30/ Belote, rebelote et dix de der.

Eddy préféra dormir à l'hôpital, même si leurs fauteuils n'étaient pas en tête du classement du mobilier de confort urbain.
Il se fit ensuite tout petit dans la chambre de Suzie. Il entendait sa respiration lointaine plus que sereine, comme si bêtement

il pourrait exister à nouveau un lien entre elle et lui, mais il se satisfaisait déjà d'une voie d'espérance.

Eddy ne dormit pas beaucoup. Son beauf non plus.

Tous les agents de police de faction auprès des maisons particulières rédigèrent leur procès-verbal de «plancton». Ils veillèrent à se relire mutuellement pour éviter les vices de forme. Eddy avait gagné en popularité.

Au petit matin, les documents avaient été reçus par l'inspecteur et le commissaire, mis un peu devant le fait accompli.

Trois séduisantes Russes arrivistes qui voulaient s'infiltrer et prendre possession d'un quartier de la ville. D'abord, la prostitution, et puis quoi encore après ?

Au moins avec la «production locale», on était plus en sécurité.

Une affaire sans commissaire, sans retentissement dans les journaux locaux.

Et fallait-il vraiment en faire l'écho ?

C'est pour cela qu'il n'y eut aucun gros titre dans les journaux, la police aime aussi cela : résoudre des affaires sans les scandaleux journaleux.

Eddy laissa son beauf tirer la couverture à lui en interne, confortant aussi par là son opinion que les fonctionnaires de la police ne sont bons qu'à verbaliser le CON citoyen, mais pas seulement, sorte de petit bémol à la suite de l'aide précieuse de son beauf.

31/ Tapis

Premier dimanche du mois. Il ne passerait pas à l'hôpital, l'hôpital par son infirmière Caroline le lui avait déconseillé. Et cause déprime dépressive, puis le cœur amoché, il se rendrait directement à la dînette familiale que sa mère organisait une fois par mois. Il avait hâte de sa poule au riz, mais sans sa crêpe Suzette, ce serait tristouille.

Il trouva une place pour se garer et surprise, son beauf, éternellement en retard, était déjà stationné. Il sonna pour la forme et entra.

La table était mise comme d'habitude pour cinq. Il eut un coup de « Calgon ». Personne n'avait averti Man de l'absence de Suze. Les larmes perlèrent. Il embrassa sa sœur qui devait supporter au quotidien le René Flicounet qui se la pétait.

Il embrassa particulièrement sa maman, car il reportait sa tendresse Suzette sur un autre être cher.

À 13 heures, même si la télévision n'était pas allumée, c'était le signal pour débuter le repas. Que personne ne s'inquiète, l'apéritif avait été garni. C'est une des choses que René prenait à sa charge sans aucun problème. Un peu plus que 0,5 gramme d'alcool dans le sang, et il n'était pas le dernier à montrer l'exemple.

Une table de cinq avec une chaise vide. Eddy déprimait encore.
Eddy, en pointant du doigt une des assiettes : Man, Suze ne viendra pas aujourd'hui.
Man : Mais que racontes-tu encore comme idiotie ? Un déjeuner sans ta Suzie, c'est comme un repas sans famille.
Eddy : Je t'assure, elle ne viendra pas.

On entendit des sons pas si loin du salon.

Suze : Et pourquoi je ne viendrais pas, Eddy ?

Suzie avançait sur une chaise roulante. Elle lançait des sourires à la cantonade.

Eddy : Mais Suzette, ils ont dit du repos !
Suze : Ils ont menti… sur idée de René.
Eddy : Celui-là…

Suze : Tsss, Eddy... ou sinon...

René : Le « celui-là », tu vas devoir le respecter.

Eddy et René se serrèrent la main, avec une esquisse de sourire.

Suze : Eddy, tu ne me demandes pas des nouvelles de Kawaii ?

Eddy, qui se composa sans se forcer un visage triste : C'est une belle personne. Si j'étais croyant, je prierais pour elle, mais je ne peux que lui envoyer mes ondes positives.

Suze : Tu t'en sors bien... Elle aussi est sortie d'affaire... mais sa convalescence sera plus longue.

Eddy : Merci. On ne t'a jamais dit que tu avais des traits asiatiques...

Man : « Qu'à waille » ? Mais ça ne veut rien dire ?

Suze : C'est une Japonaise et nous sommes collègues de travail.

Man d'un air un peu dépité : Et pourquoi Eddy s'intéresserait à cette Japonaise alors qu'il a sa Suze ici ? Eddy, tu vas attendre encore longtemps pour officialiser ta relation avec ma bru ?

Eddy : On va voir, tout n'est pas aussi simple que tu peux le penser.

Man : Je ne pense pas, j'agis... sinon je serais encore vieille fille en ce moment.

Eddy : Je demanderais bien à Suze, mais...

Man à Suze : SUZE ? Il veut dire quoi, mon fils ? Il n'est pas assez bien pour toi ?

Suze ne se laissant pas prendre au piège : Les hommes immatures disent beaucoup de conneries pour fuir leurs responsabilités. Eddy est un homme courageux pour le combat, mais pour les annonces de sentiments... la Saint-Glinglin est un meilleur investissement, madame Man.

Man : Eddy, veux-tu que je te déshérite ?

Eddy : Man, Suze est la meilleure chose qui me soit arrivée, mais rien n'est jamais simple.

Man : Bien, Eddy. Eh bien, simplifie.

Eddy regarda Suze dans les yeux, mais difficile d'avancer sur cette voie du fait de leur VRAIE situation. Avec un peu de chance, sa mère serait plus cool dans un mois.

Eddy : Et si on avait quelque chose de bon dans l'assiette ? Pour une fois… sinon je te dénonce sur les sites Internet.

Enquête N° 5

Meurtre à l'église

1/ Plaisir sulfureux à l'église

Le père Francis passa une partie de son après-midi à prier. Il était dans son église. Comme tout homme, ou tout bon samaritain, en dehors des messes, il était aussi un pécheur. Le père Francis était depuis deux ans prêtre et curé dans ce diocèse.
Il quitta son église qu'il ne fermait jamais à clé, maison de Dieu oblige.

Vers 19 heures, il quitta son lieu de travail pour son chez lui, au presbytère. Il aimait cette demeure atypique à demi enterrée. Une fraîcheur permanente. Il adorait son poêle. C'était un outil indispensable pour vivre sous la surface de la Terre. Et ce dernier diffusait une timide chaleur qui s'insinuait amicalement à fleur de peau. Tout le contraire du froid pénétrant du profond hiver ou du brouillard enveloppant. Il se plaisait dans cet appartement en sous-sol. Il avait même transformé un petit cagibi en chapelle personnelle.

Aussitôt arrivé, le père Francis se changea en civil. Même pour un prêtre, cela pouvait être important de prononcer cette marque de séparation. Il alluma un cierge. Il se mit à genoux et pria pour ce qu'il allait commettre bientôt. Il attendait que la cloche d'appel liée à la porte du presbytère tintinnabule pour commettre son forfait. Puisse Dieu lui accorder sa clémence.
Dieu est Amour.

Il priait encore quand la clochette retentit. Libération et anéantissement. Il était victime et donc acteur. Il monta les marches du seul accès à son antre. Son cœur palpitait comme pour une salsa. Il ouvrit. Chaque fois, il s'attendait à voir la police intervenir pour le stopper dans sa perversion.

Mais, comme à chaque fois, la jeune fille avait répondu à son rendez-vous et, bien que la tenue ne soit pas religieuse et qu'elle eût l'air de se demander ce qu'elle faisait ici, il rassurait toujours la jeune fille et l'invitait à descendre l'escalier, et s'installer plus au chaud. Il était effectivement l'homme qui lui avait donné rendez-vous. Certaines préféraient être payées en haut de l'escalier, et il s'y appliquait.

C'est tellement choquant qu'un prêtre téléphonât à une *Escorte*?

Elle, Blue Lagoon, s'amusa avec l'écho pour faire claquer ses talons sur chaque marche de l'escalier. En «bas», le salon chaleureux avec son poêle central. Elle s'imaginait déjà forniquer. En fait, il lui présenta la salle de bain à laquelle il avait ajouté un autre jeu de serviette et gant, et lui indiqua le savon et accessoires. Il lui laissa sa chambre pour se changer et indiqua que l'acte charnel aurait lieu dans le salon. Le rituel de l'*Escorte* pour se «purifier» ou se laver débuta, et elle se changea (et ôta ses vêtements dans la chambre du prêtre).

Elle se présenta en belle tenue sexy dans le salon. Son client fit un signe de croix et marmonna quelques paroles en latin, du style : «*Pulchra mulier, parce mihi deus meus, amo peccatum*» (belle femme, pardonnez-moi mon Dieu, je vais pécher par amour). Les flammes du poêle ne pouvaient pas passer pour celles de l'enfer, donc nous assisterons à un acte d'amour pur.

Après les faits, en sueur, l'homme nu recouvrit sa partenaire d'une grande couverture et ils discutèrent post-coït. Après quelques minutes, il prononça ces paroles : «*In nomine patris et filii et spiritus sancti. Amen.*» (Au nom du père, du fils et du Saint-Esprit. Amen). Contre toute attente, il s'agissait d'une confession partagée, suivie d'une absolution.

2/ Mort sulfureuse à l'église

Il attendait depuis quelques heures dans la réserve à bois. Il tenait contre lui cette petite peinture format A5. Une petite toile représentant une femme nue, de dos. Mais le voleur pensait sûrement qu'elle avait quelque valeur. Il avait reconnu la signature. Il l'avait découverte par hasard. Il la désirait maintenant. Et le désir peut être source d'envie. Et l'envie peut se transformer en besoin de dévorer ! Et donc l'envie finit toujours par te dévorer de l'intérieur ! Il lui fallait cette peinture, quelqu'en soit le prix. Son prix potentiel le récompenserait de ses quelques heures de larcin. Il dut assister à l'acte charnel entre deux êtres consentants, prenant son mal en patience. Après…

Elle alla se laver et puis entra dans la chambre pour se rhabiller. Le curé occupa la chambre après elle. Il y eut un bruit, mais le prêtre n'y fit pas attention.
À son retour, le salon était comme avant, sauf que la femme sur le canapé, la tête pendouillant et le sang gouttant. Une fille morte, une fille abattue, une fille perdue perdant son sang. Il se précipita et découvrit son cadavre avec une plaie profonde sur le crâne. Passé les prières religieuses, il était seul. Il se souvenait d'un téléphone d'une personne qui l'avait aidé par un récent passé. Il le composa.

3/ Appel en détresse

22 heures.

Prêtre : Bonsoir, je souhaite parler avec la personne qui se prénomme « Paradis d'un Soir ».
Suze : Oui ? Que voulez-vous comme prestation ?
Prêtre : C'est un peu délicat. Je connais une certaine Suze et j'ai besoin d'elle.
Suze : Qui êtes-vous ? En fait, je suis Suze.
Francis : C'est Francis… le père Francis, et j'ai un gros problème.
Suze : Père Francis, que puis-je pour vous ?
Francis : Mademoiselle Suze, je suis dans la merde la plus complète. Votre collègue est décédée, et je serai sans doute accusé.
Suze : Qui est mort ?

Francis : Blue Lagoon, mais ce n'est pas moi !

Suze encaissant le choc douloureusement : Oh, mon Dieu, Blue Lagoon.

Francis se répétant : Mais ce n'est pas moi !

Suze : Qui alors ?

Francis : Je me changeais… euh après notre contrat. Et quelqu'un a dû lui fracasser le crâne et s'est sauvé.

Suze : Francis, tu ne bouges pas et tu attends mon arrivée… avec un ami efficace. Une heure s'il te plaît. Ne touche à rien.

4/ Entrée traditionnelle

23 heures.

Elle sonnait pour le principe ou juste pour le préparer au réveil, car il en fallait plus que cela. Elle avait les clés et s'en servit comme si elle y séjournait la moitié de son temps libre. Inutile d'allumer la lumière, son instinct et ses réflexes la menèrent sans hésitation à une porte dite de chambre. Elle ouvrit la porte et enfin il y eut une réaction.

Eddy : Suzette, je suis heureux de te voir. Maintenant, je peux me rendormir ?

Suze : Eddy, euh, j'ai ENCORE besoin de toi…

Eddy : Et je suppose que je ne peux pas reprendre mon rêve où je l'avais laissé ?

Suze : Ben, j'ai besoin de toi.

Eddy : Je veux un whisky et…

Suze : Tu plonges ta tête dans une bassine d'eau glacée et après je décide !

Eddy : Si tu le dis.

5/ Suze sait parler

Suze : Eddy, j'ai besoin de toi.

Eddy : Jusque-là, j'avais suivi… quoique.

Suze : Eddy, je souhaite que tu aides un de mes amis.

Eddy : Pas de problème, un épagneul breton ou un setter irlandais ?

Suze : Irlandais, je ne sais pas, mais c'est un prêtre.

Eddy : Pas d'accord pour un mariage forcé en pleine nuit, beauté.

Suze : Eddy, tu es réveillé ?

Eddy : Moins qu'hier et plus que demain.

Eddy reçut en pleine joue une belle claque qui résonnera encore longtemps dans sa tête. Si elle résonnait comme cela, c'est peut-être parce que ladite tête était composée à quatre-vingt-dix pour cent de vide.

Suze : Eddy, tu es réveillé ?

Eddy : Suzie. Je n'ai rien fait pour mériter ça ! Tu veux que je te la rende ?

Suze : Tiens, mon Eddy, ton whisky.

Eddy : Suzie, tu es à moitié pardonnée.

Suze : Eddy, j'ai un ami qui a besoin de ton aide.

Eddy : Vas-y raconte.

Suze : Je te raconterai les détails en voiture. On y va.

6/ Dieu et Eddy

En se garant près du presbytère, Eddy eut la révélation… Suze n'avait tout bonnement pas menti.

Ils descendirent et elle ouvrit la lourde porte du presbytère, comme si elle était déjà venue. Eddy stocka cette information. Elle resservirait. Suze se fit connaître. Après les marches, on débouchait dans un chaleureux petit cocon souterrain. Le seul problème était que sur le confortable canapé était allongée une fille.

Eddy : Putain de Dieu. Suze, c'est Blue Lagoon.

Suze : Oui, je sais.

Suze tenta d'essuyer une larme, puis une autre.

Suze, la voix chevrotante, articula : Eddy, je te présente le père Francis.

Blue Lagoon ÉTAIT une fille indépendante qui louait son corps. Comme Suze, comme tant d'autres qui constituaient ce que Suzie nommait la « communauté ».

Eddy : Mais enfin, Suze, que faisait Blue Lagoon ici, enfin je veux dire… là, avec… lui ?
Suze : J'ai tenté de te le dire sur le trajet. Le père Francis a payé Blue Lagoon. Tu veux un dessin plus explicite ?
Eddy : Mais c'est un curé !
Suze : Cela aussi, je te l'ai dit.

Eddy était consterné et se laissa tomber sur le divan, juste à côté du corps.

Eddy, en regardant enfin le père Francis : Vous l'avez tuée avant ou après ?
Suze : Mais tu es barge, mon Eddy ! Si je t'ai amené ici, c'est parce que Francis n'est pour rien dans ce meurtre. Il a payé pour profiter un peu de Blue Lagoon, et c'est tout. C'est un autre qui l'a tuée ! Tu vas te mettre à comprendre. Oui ? Ou je t'en recolle une sur l'autre joue !

Eddy fourra sa tête entre ses mains. Il tentait de comprendre pourquoi le monde ne tournait plus rond.

Francis : Monsieur Eddy, un petit whisky peut-être ?
Eddy : Vous avez cela ? Avec plaisir… euh… mon père.

Le verre en main, Eddy tentait de reprendre pied sur un bateau chancelant et de s'adapter au tangage. Comme il dit… tout fout le camp. Puis la mécanique détective se rappela à lui, et Eddy redevint le plus fin des limiers.

Eddy : Père Francis, dites-moi avec vos mots comment vous vous rappelez le déroulement des faits. Restez bref sur l'objet du…

désir.

Pendant une demi-heure, Père Francis raconta son histoire. De « il montait l'escalier et tournait la lourde clé médiévale pour laisser entrer le petit chaperon ~~rouge~~ bleu » jusque « Il découvrit le corps en même temps qu'il entendit quelqu'un claquer la porte en quittant précipitamment le presbytère ».

Eddy : Père Francis, vous allez appeler la police. Suze, rentre à l'appart, je demanderai à mes confrères de me ramener. Suze, aucune discussion. Je suis passé en mode « professionnel ».

7/ Dieu, Eddy et la police

À 2 heures du matin, un inspecteur et quatre policiers, dont deux de la police scientifique, prirent à leur tour l'escalier du presbytère. Eddy et Francis débattaient. Le sujet de la conversation ? Dieu seul le sait.

Inspecteur : Quand on parle du diable, on en voit la queue !
Eddy à Père Francis : Ne le prenez pas pour vous, c'est une marque d'affection pour moi. Et c'est juste mon beauf.
Francis : Messieurs, bienvenue dans la maison de Dieu.
Beauf : Mon père, merci, mais je ne suis pas forcément heureux de découvrir ce que je vois.
Eddy à Père Francis : Ne le prenez pas pour vous, c'est comme cela qu'il parle de moi.

L'inspecteur donna l'ordre à ses hommes de procéder à l'examen du corps et au relevé des empreintes.

Francis : Monsieur l'inspecteur, je suppose que vous souhaitez me questionner. Peut-on faire connaissance ici et je répondrai à toutes vos questions.
Beauf : Cela me va, pendant que mon équipe œuvre. (En tournant la tête vers Eddy) Et lui ?
Père Francis : Une sorte d'aide extérieure, car je vais en avoir

175

besoin… non ?

Beauf à Eddy : Alors, tu n'es plus fouille-merde, mais avocat… promotion dans le même domaine.

Eddy à Père Francis : Ne le prenez pas pour vous, c'est mon beauf, et il m'adore.

Père Francis aux deux : Qui est Abel et qui est Caïn ?

Les trois hommes s'installèrent à une petite table avec trois chaises confortables.

Père Francis : Écoutez, voyez ce lieu comme un F3 en sous-sol. Eh oui, je l'ai aménagé chaleureusement, et non de façon spartiate ou austère.

Beauf : Il n'y a pas que le mobilier qui n'est pas austère.

Eddy : Père Francis, je vous présente… Mon beauf, inspecteur, si, si.

Père Francis : Je suis prêtre dans cette paroisse depuis deux ans. Oui, je vis pour aider les brebis égarées. Je vis dans la société et donc dans le siècle. Et j'ai beaucoup appris de votre société de consommation. J'ai cédé à la tentation.

Beauf : Était-ce la première fois ?

Père Francis : Monsieur l'inspecteur, ma vie privée ne concerne que moi, mon évêque et Dieu.

Beauf : Je mène une enquête pour meurtre.

Eddy : Tu vois, René, c'est là où tu fais fausse route. Tu cherches à comprendre comment le père Francis a procédé, et pourquoi, alors que tu devrais prendre du recul et penser à la présomption d'innocence. Relève les indices et enquête avec ce qu'on nomme dans le milieu des détectives le « libre arbitre ». Le droit à réfléchir.

Père Francis : Monsieur l'inspecteur. Je sais que je vais finir la nuit en cellule et que ma vie cléricale est sur une mauvaise pente. Mais autant j'ai eu du plaisir avec cette femme, autant je suis un homme d'amour. Gardez votre humour à deux balles pour vous. Monsieur Eddy sera mon défenseur et nouvel enquêteur.

Eddy à René : Normalement, c'est le moment où tu lui cites ses droits, que tu lui passes les menottes aux poignets, car c'est un multi récidiviste dangereux à souhait, et où le panier à salade sera son dernier moyen de locomotion. Amen.

Beauf : Eddy, ferme ta gueule. Je serai humain avec le prisonnier et rigoureux avec l'enquête.

Eddy, un peu ému : Je l'accompagne au commissariat et prendrai le petit déj avec lui pour commencer mes recherches.

Fin de la scène.

8/ En cellule

La sœur d'Eddy avait eu le malheur de se mettre en ménage avec un flic. René était un bon gars, mais un peu terre-à-terre, comme ses confrères (parfois en un mot, parfois en deux). Alors que lui, Eddy, s'investissait dans son boulot, et au détour d'un mauvais coin de rue, il était tombé sur la belle Suzie. Et une alchimie s'était opérée. Depuis, elle cohabitait parfois dans son lit. Son métier n'aidait pas à se stabiliser et à fonder une famille.

Il n'avait pas dormi de la nuit, mais il n'était pas le seul. Vers 9 heures, un agent lui apporta deux cafés et deux croissants. Il le remercia chaudement. Depuis une récente affaire passée, il s'était fait quelques copains dans le propre commissariat de son beauf, d'où cet exceptionnel régime de faveur.

Les deux hommes étaient en cellule, mais un seul pouvait en sortir.

Eddy : Père Francis, comment une autre personne aurait pu entrer dans votre presbytère ?

Père Francis : Il n'y a qu'une seule porte d'entrée et de sortie, et elle est en haut de l'escalier. Toutes les pièces sont enterrées et aveugles. La porte est toujours fermée quand je n'y suis pas. Il n'y a pas de double de la clé. Vous l'avez vue. Elle est de belle taille et date de l'époque médiévale. De plus, elle est en permanence au bout d'une chaîne à mon cou et tient compagnie à mon crucifix.

Eddy : En clair, tout vous incrimine, et je vais avoir du pain sur la planche. J'ai bien compris la porte, mais pas comment la franchir, et je ne vois pas encore le mobile.

En partant, le père Francis fit un signe de croix en direction d'Eddy, en signe de protection divine. Père Francis en aurait besoin, et ça ne pourrait pas faire de mal à Eddy, qui était et est une belle personne.

9/ Suze sur le grill

Un agent proposa de ramener Eddy chez lui, car sa ronde ne passait pas très loin. Sa patrouille le déposa au pied de son immeuble. Eddy était depuis quelque temps toujours aussi surpris des gestes de sympathie de pas mal de membres du commissariat.

Il préféra taper à sa porte plutôt que sortir son propre jeu de clés. Elle ouvrit. Il grogna et alla directos à la chambre pour rattraper sa nuit blanche.

À 18 heures, il était à table, à dîner avec sa Suzette d'amour. Lui à peine réveillé. Elle était tout apprêtée pour son client du soir. Au moins, ses yeux se régalaient de son décolleté.

Suze : Alors, Eddy, tu fais dans la gymnastique oculaire ?

Eddy : Je suppose que les mains baladeuses ne sont pas appréciées ni autorisées avant ton taf.

Suze : Même propres, ce dont je doute, je ne te conseille pas d'essayer.

Eddy : Bon, il ne me reste plus qu'à prendre mon mal en patience.

Suze : Eddy, tu es mon amour. Mais j'ai une profession atypique. Sans doute la seule que je ne saurai jamais faire. Mais dans mon cœur, il y a un seul homme et il est beau et fort comme toi. Car c'est toi.

Eddy : Parle-moi de TON père Francis.

Peut-être avait-il appuyé un peu trop agressivement sur le « ton ».

Suze sursauta puis se calma et répondit : Ça a été un client. C'est moi qui l'ai présenté à Blue Lagoon et aussi à Green Lantern.

Eddy : Ouais… n'empêche qu'il a ton 06 dans ses favoris et c'est toi qu'il appelle…

Suze : Cela reste un homme.

178

Eddy : Tu l'aimes ?

Suze interloquée : Mais enfin non ! C'est toi que j'aime. Lui, c'est un homme de Dieu, pas un homme à femmes.

Eddy : J'ai besoin de le connaître mieux que cela, si tu veux que je l'aide. Car avec Beauf, il est sacrément mal barré.

Suze : René est un mec bien. Il fait le même boulot que toi, mais lui a des règles rigides.

Eddy : Revenons sur ton client religieux.

Suze lui lança un regard noir, mais ouvrit aussi la bouche pour répondre à ses questions : Francis est un prêtre. Mais c'est aussi un homme. Il a besoin d'une femme au lit. Comme tout mâle. Il faut que cela sorte, juste pour une raison d'hygiène sexuelle. Pas plus, pas moins. Il nous aime au sens biblique, mais aucune d'entre nous au sens sentimental.

Eddy : Pourquoi c'est toi qu'il a appelée ?

Suze : Ça, c'est plus compliqué.

Eddy montra son impatience en jouant avec ses doigts sur la table. Il n'avait pas touché à son verre de whisky.

Suze : Je suis la première call-girl qu'il a contactée. J'ai découvert son antre et sa tendresse. Il avait bien plus besoin d'amour à offrir que de besoin de sexe… un peu comme toi. À la fin, on a parlé et il m'a confessée.

Eddy : Et… ?

Suze était au bord des larmes, mais le bourreau des cœurs appuyait là où ça fait mal : J'ai passé la main à une autre. Il te ressemblait trop.

Eddy : Tu l'aimes donc ?

Suze : Mais non, pourquoi dis-tu cela ? C'est plutôt que c'est un chic type. Et ça peut émouvoir.

Eddy : Nous y voilà.

Suze : Eddy. Mon grand connard d'Eddy. Ce père Francis m'a ouvert les yeux. Pour nous, les *Escortes*, les hommes sont des fournisseurs de billets et nous, on leur offre en échange notre corps. Avec lui, ça a été un moment d'amour. Je suis fidèle, je l'ai branché sur une autre. OK ?

Eddy : OK, ma douce. Ne fricote plus avec des hommes d'amour, juste des hommes bourrés de fric.

Suze : Et si un millionnaire tombait amoureux de moi ? Je lui dis quoi ?

Eddy : Il vaut quelque chose au lit ?

Suze : Je ne sais pas, c'est une supposition.

Eddy : S'il est riche et performant, alors j'accepte de te revendre.

Suze : Espèce de salaud !

Eddy : Suze, je crois en toi et après la petite discussion que j'ai eue avec ton curé, je le crois aussi.

Suze, sobrement une larme à l'œil : Merci mon héros.

10/ Eddy va à Dieu

Eddy se gara à côté d'une voiture de police. Il chercha à entrer dans le presbytère. « *Entrée interdite aux personnes non autorisées.* » Il se permit d'emprunter les marches. Après tout, nul n'est censé savoir lire. C'est au bas qu'il fut clairement stoppé. Il montra sa plaque, mais l'agent n'était pas convaincu. Il commença à baragouiner un argumentaire sorti de derrière les fagots. Les flics sont de bonnes poires, mais pas des compotes tout de même. Et puis de loin, un autre agent.

Agent : Franck, laisse-le passer, je me porte garant pour lui.

Ainsi, Eddy pénétra dans le saint des saints. Encore une fois, il hocha la tête et leva la main pour remercier l'agent... à qui il avait tenu compagnie une soirée et durant laquelle il avait appris qu'une voiture avait foncé et renversé sa Suze dans le but de l'assassiner, purement et simplement. Depuis, il s'était fait quelques potes au commissariat. Il se promenait dans les différentes pièces en respectant les barrières policières. Il prenait pas mal de photos. Il causait avec certains agents pour avoir des informations non officielles. Il quitta les lieux après avoir signé une décharge pour les photos.

11/ Eddy retourne en prison

Eddy avait dorénavant un macaron pour se garer sur le parking de la… police. Ce qu'il fit. Il alla demander une audience pour passer du temps avec le père Francis. Il appréciait d'être dans la même cellule. Juste pour parler d'égal à égal. Il demanda deux chaises pour « parlementer » et les obtint. Eddy et Francis pouvaient enfin échanger.

Eddy : Mon père, y a-t-il quelque chose à voler dans votre sous-sol ?

Père Francis : J'ai récupéré la déco de mon prédécesseur. Je n'ai pas de formation artistico-financière. Quant à moi, comme vous le savez, ce n'est pas par-là que partent mes maigres économies personnelles. Vos amies ne sont pas si bon marché.

Eddy : Avez-vous un coffre ?

Père Francis : Ni pour moi ni pour ma paroisse.

Eddy : La paroisse, donc je suppose l'église. A-t-elle des biens de valeur ?

Père Francis : Sans doute, mais là encore, je ne suis pas un spécialiste.

Eddy : Y a-t-il un catalogue des produits de valeurs ecclésiastiques ?

Père Francis : Prenez rendez-vous avec mon évêque, responsable du diocèse.

Eddy : Père Francis, je vais maintenant faire mon gros lourd, pour enquêter sur votre passé avec mes amies.

Père Francis : Je suppose qu'aux mêmes questions, venant de vous, j'y répondrai avec moins de réticences.

Eddy : Hum, depuis quand fréquentez-vous ce genre de femmes ?

Père Francis : Je me suis installé ici il y a deux ans. J'ai cédé à la tentation au bout de trois mois.

Eddy : Avant de parler du présent. Comment faisiez-vous avant… ?

Père Francis indisposé : Je m'abstenais totalement.

Eddy : Pourquoi cette liberté maintenant ?

Père Francis : Parce que vous n'êtes pas un flic, je vais vous confier cela. L'évêque est relativement ouvert et, selon les confessions, il conseille judicieusement. Il m'a recommandé de faire ce qu'il fallait pour que ma tête aille mieux. Et que c'était pour lui une condition *sine qua non* pour assurer la fonction que Dieu me prêtait.

Eddy : Votre position sur la pédophilie des prêtres ?

Père Francis : OPPOSÉ, et mon évêque aussi.

Eddy : Votre position sur le mariage des prêtres ?

Père Francis : Le mariage, je ne sais pas, mais l'autorisation d'une vie «commune» avec une femme. Comme cela était accepté au Moyen-Âge, oui. Il y a des problèmes, mais chacun à son niveau peut proposer ou suggérer une solution.

Eddy : Je veux connaître tous vos rendez-vous galants. Date, qui, tarif.

Père Francis : Vous pensez que j'ai eu combien de relations, monsieur Eddy ?

Eddy : Si c'est avec MA Suze, c'est déjà une de trop.

Père Francis fronça les sourcils : Disons une fois par trimestre. Et seulement une fois avec «Paradis d'un Soir». Ensuite, elle n'a pas désiré continuer et m'a présenté deux de ses collègues. Je ne connais pas la cause de son «retrait». Nous sommes restés en très bons termes, pour des raisons spirituelles. Mais cela vous importe peu.

Eddy : Pouvez-vous être plus précis en date et fille ?

Père Francis : La toute première, oui, ce fut mademoiselle Suze. Ensuite, j'ai alterné entre Blue Lagoon et Green Lantern. J'économise de manière progressive et rationnelle. Donc, une fois mademoiselle Suze, même si cela vous chagrine, trois fois Blue Lagoon et deux fois Green Lantern.

Eddy : Des préférées ?

Père Francis : Suze était trop sentimentale. Green Lantern m'a comblé, rapport à mes besoins.

Eddy : Père Francis… Comment doit ou devrait se comporter un prêtre «normal» ?

Père Francis : Sujet de philo en quatre heures, mais je vais vous donner la correction courte. Il doit en toutes circonstances se comporter comme un homme de Dieu. Il doit respecter la dignité de l'enfant, la dignité de la femme et celle du représentant de Dieu. Ce sont des indications, mais elles répondent aux questions que vous n'avez pas posées.

Eddy : Merci, mon père... si tous les religieux étaient comme vous.

Père Francis : Merci et merci aussi à mademoiselle Suze qui a bien choisi son « homme » au sens large du terme. Je vous bénis de tout mon amour.

12/ Eddy et les filles

Eddy était entre ciel et enfer... Il vouait un culte sans nom à sa Suzette, mais pas à ceux qui tentaient de s'approcher d'elle. Ils avaient organisé une réunion pour parler entre eux de la défunte. Suze, Eddy, Green Lantern. Blue Lagoon, présente dans les cœurs, Blue lagoon serait la grande absente. La soirée chez Eddy serait light et peut-être sobre. On y but du thé avec des petits gâteaux.

Eddy : On a un client en prison. J'ai besoin de vous deux pour vérifier certains points de son emploi du temps.

Green Lantern, combien de fois es-tu allé voir le père Francis à son presbytère ?

Green Lantern : Il m'a appelée il y a environ un an. Le jour précisément, faudrait que je retourne chez moi voir mes agendas papier. Il a téléphoné et s'est recommandé de Suze. J'y suis allée. Il a déverrouillé la porte et nous sommes descendus dans une sorte de salon-cave. Il m'a payée. Ensuite, j'ai ôté mes vêtements et... Je dois continuer là aussi ?

Eddy : Euh, non, une autre fois. Avançons et raconte-moi le « après ».

Green Lantern : Je me suis rhabillée, et il m'a raccompagnée et a refermé derrière moi.

Eddy : Merci beaucoup. Le second rencard...

Green Lantern : ... Il s'est déroulé pareil que le premier. Mais à la fin, enfin après, il m'a proposé de me confesser, et j'ai accepté.

Eddy : Suze, à ton tour.

Suze : Mais enfin, ça date d'il y a un an et demi. Il y a prescription !

Eddy : Je vérifie les dires de TON prêtre afin de vérifier s'il m'a dit des cracks. Il pue l'innocence, mais après tout il a l'habit qui va avec. Je veux pouvoir enquêter en étant convaincu de sa version.

Suze : Il y a un an et demi, j'ai reçu un coup de fil. Il m'a prévenue qu'il était homme de Dieu et m'a demandé si cela posait un quelconque problème.

Eddy : Et ça en posait ?

Suze : Pas à cette époque. J'ai procédé comme Green Lantern. Cela se sentait que pour lui c'était la première fois. J'ai été patiente et il a été très tendre. Un homme de Dieu donne beaucoup d'amour autour de lui. Mais quelquefois, il avait besoin d'en recevoir. À la fin, on a beaucoup parlé. Il m'a aussi confessée.

Eddy : Pas d'autres rendez-vous ?

Suze : Non, rien qui vaille la peine d'être jeté en pâture à un détective jaloux.

Eddy : J'avais besoin d'être sûr.

Suze : Et tu l'es maintenant ?

Eddy : Suffisamment.

13/ Eddy retourne en taule

Eddy : Mon père, je bute sur le mobile. Est-ce que quelqu'un pourrait vous en vouloir ? Un paroissien qui aurait surpris une fille entrer chez vous ?

Père Francis : Cela m'étonnerait. J'ai l'habitude de recevoir toutes sortes de personnes. Des fois, cela rassure. Donc aussi des femmes. Et je ne passe pas pour une menace. Et je reçois aussi les associations caritatives autour d'un thé.

Eddy : Je vais vous montrer des photos, et vous allez me dire ce qui a disparu. Un genre de jeu des sept différences.

Eddy sortit son petit appareil-photo et parcourut celles qu'il avait prises lorsqu'il y avait la police. Il avait scrupuleusement photographié tous les murs de toutes les pièces. Cela les occupa pendant deux bonnes heures. Père Francis ne pouvait pas ne pas commenter les photos. Eddy avait l'impression d'avoir toujours vécu dans un presbytère.

Père Francis : Là, sur le buffet. Il manque une peinture. Vous voyez?

Eddy : Ben pas vraiment.

Père Francis : Ah oui, c'est vrai. Il y avait un petit tableau. Une huile de petite taille qui représente un buste de femme nue de dos.

Eddy : Auriez-vous chez vous des photos où il pourrait y avoir ce tableau par hasard?

Père Francis : C'est dans le domaine du possible.

Eddy : Dites-moi où et j'irai.

14/ Le presbytère

Eddy passa voir son pote en la personne de son beauf.

Beauf : Salut, Eddy. J'ai presque cru que je devais te louer la cellule à côté du prêtre, tellement on te voit en ce moment. Alors, tu n'es plus athée?

Eddy : Salut, René. Il est innocent.

Beauf : Et tu le prouveras, je sais. Je connais ce refrain.

Eddy : Puis-je emprunter la clé du presbytère?

Beauf : Je n'ai pas le droit de mettre des bâtons dans les roues de l'enquêteur officiel.

Il prit un formulaire, le remplit, le signa et le tendit à Eddy.

Beauf : Ça m'embêterait de conserver un curé ici. Il fait tache. Alors, réussis ton enquête.

Eddy ouvrit la porte du presbytère. Il alluma l'ordinateur qui était encore plus antédiluvien que le sien. Pourvu qu'il n'ait pas besoin d'appeler à l'aide sa Suze, car il n'était pas à l'aise avec les ordis. Il utilisait la souris pour lancer l'explorateur de fichiers. Il y avait même un répertoire avec son historique de sermons. Il trouva enfin le bon répertoire. Et dut ouvrir toutes les photos. Encore une fois, il replongeait dans la vie cléricale de son client. Eddy passait en revue des centaines de photos, mais ne s'attardait que sur les photos d'intérieur. La recherche fut longue et fastidieuse.

Mais concluante. Sur la photo, Père Francis tenait une flûte de champagne. L'autre main posée sur le buffet. C'était sans doute une petite fête comme une pendaison de crémaillère. Il copia la photo et éteignit l'ordinateur.

15/ Au commissariat

Eddy : René, où en es-tu de l'analyse du corps, s'il te plaît ?
Beauf : Rapport consenti.
Eddy : La cause de la mort, pas celle de sa présence au domicile du suspect.
Beauf : Tout porte à croire qu'elle était au mauvais endroit au mauvais moment.
Eddy : C'est-à-dire ?
Beauf : Une forme de balle perdue. Le meurtrier a utilisé un objet contondant. Il a frappé la victime et s'est enfui.
Eddy : Quel objet ?
Beauf : La coupe inter diocèse de marathon 2010.
Eddy : Les empreintes ?
Beauf : La coupe a été nettoyée avant d'avoir été reposée.
Eddy : Comment savoir alors que c'est l'arme du crime ?
Beauf : Les empreintes sont effacées, pas les traces de sang.
Eddy : Et les relevés d'empreintes dans le cocon de notre prêtre ?
Beauf : On dirait que toute la ville y a laissé sa marque. Sunset boulevard n'a qu'à bien se tenir.
Eddy : Moi j'ai du nouveau. J'ai peut-être le mobile.

Eddy montra sur son téléphone la photo du buffet.

Beauf : C'est léger, mais au moins c'est une piste et tu as une photo. Je prends l'action à mon tour et te tiens informé.

16/ Google est mon ami

Eddy sollicita Suzette pour des recherches informatiques.

Si Suzie m'a appris une chose en informatique, c'est que quand on ne sait pas, il faut dicter sa question à un moteur de recherche, genre Google. Et Suzette m'a aussi pour l'occasion montré Google Images. Elle était derrière et contre moi (j'aimais sentir la pression de ses seins contre mon dos), elle copia l'image et demanda à Internet de la rechercher. Je ne savais même pas que c'était possible. Ma Suze est géniale. L'idée venait de moi, mais j'avais une sacrée bonne assistante. On commença par agrandir l'image afin de rechercher où était la signature du peintre.

Ensuite, Suzie utilisa la fonction « rogner » pour isoler quelques lettres assemblées, ainsi que ce qui semblait pouvoir être une année. Puis, Suzette copia l'image-résultat dans le moteur de recherche pictural. La recherche tournait, car le sablier tournait et se retournait. La recherche aboutit. Il s'agissait d'une œuvre du peintre Artémisia Lomi Gentileschi (née le 8 juillet 1593 à Rome, morte à Naples vers 1652), peintre italien, fille du peintre maniériste toscan, Horace Gentileschi (1563-1639).

Suze et Eddy étaient totalement soufflés, si et seulement si la toile était authentique. Ils parcoururent son œuvre. Nulle mention de cette huile. Suze était fière d'avoir apporté son aide au patrimoine de l'humanité. Eddy était fier d'avoir fait un pas en avant dans l'enquête. Un petit pas pour l'Homme, un grand pas pour Dieu.

17/ Revendeur peu scrupuleux cherche tableau volé à écouler

L'inspecteur remuait ciel et terre pour dénicher l'huile manquante. Eddy remuait terre et enfer pour faire le tour des revendeurs. Chacun son réseau. Eddy présentait à chaque receleur la photo agrandie de la peinture. Que du négatif en retour. Néanmoins, il y avait des « non » qui ne signifiaient pas autre chose que « oui ». Eddy retourna voir le receleur qu'il avait dans le collimateur.

Receleur : Je vous ai déjà tout dit.
Eddy : Oui, je sais, mais je n'ai sans doute pas dû utiliser le bon ton, ou le bon code linguistique.

Receleur : Vous n'avez pas de mandat et donc aucune autorisation.

Eddy : Oui, mais c'est peut-être mieux. Pesez le pour et le contre, s'il vous plaît.

Receleur : Bon, juste quelques questions alors.

Eddy : Bien. Merci. Je vous montre à nouveau la peinture recherchée.

Cette fois-ci, l'homme regarda plus attentivement l'huile, comme s'il faisait semblant d'en faire trop.

Receleur : Ben non, belle œuvre. Je vous souhaite de la retrouver.

Eddy : Merci, sauf que tu réponds à côté de la plaque.

Receleur : Écoutez, la toile ne me dit rien du tout.

Eddy : Si tu veux. Mais je ne suis pas venu sans rien. Sais-tu que j'ai retrouvé certaines de tes ventes aux États-Unis et que cela rime avec pillage de patrimoine historique. Et il paraît que c'est passible de prison. Je ne suis pas juriste, mais toi, tu dois connaître ce que tu encours quand tu braves la loi, c'est-à-dire tous les jours.

Receleur : Quelles œuvres ?

Eddy : Le Henri Bellchose, sans jeu de mots. Œuvre inconnue vendue à un musée privé à Houston. Le Jean Fouquet. Œuvre inconnue vendue à un musée privé à Boston. Je continue ?

Receleur : La vente était légale.

Eddy : Il existe une loi française. Toute œuvre considérée comme faisant partie du patrimoine culturel et historique français ne peut quitter le territoire français (vendue ou prêtée) sans l'autorisation explicite du ministère de la Culture. Mais il y a une lacune au ministère. Personne ne peut tout gérer. Et puis, ils attendent aussi pas mal de l'esprit chauviniste, et les délations qui vont avec.

Receleur : Il est possible que je l'aie vu récemment, ce tableau. Mais je ne l'ai pas acquis.

Eddy : Il est vrai, ce mensonge ?

Receleur : Écoutez, que voulez-vous au juste ?

Eddy : Un nom, une description, un historique.

Eddy reprenait la posture de son héros. Concentré, sûr de lui, concis et convaincant.

Receleur : Il est venu avec quasi la même photo, pas le vrai tableau. J'ai fait une offre honnête, et il semblait intéressé.

Eddy : Décris-le.

Receleur : Quelconque.

Eddy : Ce n'était pas sa première visite ?

Receleur : Non, mais pas un habitué non plus.

Eddy : Lui as-tu déjà acheté quelque chose ?

Receleur : Ça se pourrait.

Eddy : Écoute, je perds patience. Je veux les dates de ses visites et ce qu'il te présentait. Je veux la liste de tes achats, du quoi et du prix que je suppose naturellement en cash. Je repasse demain. Sinon, j'informe la police et le ministère de la Culture.

Receleur : Mouais…

Le lendemain, Eddy se représenta, et on sentait que l'amitié n'était pas ce qu'ils ne partageraient ni au présent ni au futur.

Eddy : Bonjour.

Receleur : Bonjour.

Eddy : Vous participez ou faites-vous de l'obstruction ?

Receleur : J'ai la liste.

Eddy : Merci, nous allons la parcourir.

Receleur : Sans doute.

Eddy regardait la liste manuscrite avec les dates. Cela faisait des années que cela perdurait.

D'une certaine façon, cela servirait au dossier Francis.

Eddy : Il me manque des informations. Quand vous ratez une « vente », vous savez néanmoins qui a remporté l'enchère ? J'ai besoin de connaître votre collègue gagnant.

Receleur : Pas cool. Et déontologiquement, vous me mettez en porte-à-faux.

Eddy : OK, même moi je peux comprendre. Mais vous me devez une description du gus.

Receleur : Un grand homme fin, cheveux courts, habits passe-partout. Et systématiquement un crucifix en épinglette.

18/ À confesse

Suzie se présenta au commissariat et demanda l'inspecteur. René la reçut tout de suite. Elle demanda à voir le père Francis... pour se confesser ? Même emprisonné, il demeurait son confesseur. L'inspecteur ne s'attendait pas à ce genre de désagréments et fut soulagé de n'avoir à céder que cela à sa belle-sœur par pseudo-alliance. On laissa Suze entrer dans la cellule du prêtre Francis, suspect numéro 1 dans le meurtre d'une fille de joie. Suzie attendit que le père Francis finisse ses prières. Un homme de Dieu, c'est avant tout un prieur. Enfin, Père Francis et Suzette se firent face.

Suze : Bonjour mon père.
Père Francis : Bonjour Suze.

Il se leva et ils se firent la bise.

Suze : Francis, Eddy est diaboliquement jaloux.
Père Francis : Si vous lui avez dit la vérité, il doit comprendre et vous aimer encore plus.
Suze : Francis, il y a des vérités qu'un homme a beaucoup de mal à entendre.
Père Francis : Pourtant, c'est un homme bon. Je l'ai senti au plus profond de mon âme.
Suze : Eddy est mon homme.
Père Francis : Alors, prouvez-le-lui.
Suze : Francis, on est bien en confession ?
Père Francis : Oui, Suze. Et Dieu t'écoute aussi.
Suze : Francis, j'ai des sentiments pour un autre que mon Eddy.
Père Francis : Ce serait une erreur.
Suze : Que dois-je faire si ce n'est pas une erreur ?
Père Francis : Cessez de voir l'autre, car Eddy est TON idéal.

Suze pleurait quand le père Francis l'expulsa hors de sa cellule. Il n'était pas dupe et n'avait pas envisagé cette situation.

19/ Ave diocèse

Eddy demanda une audience à l'évêque en charge du diocèse et de ses paroisses, Monseigneur de La Tour. Eddy eut son entretien. Il y alla sur son trente et un. Suze voulait l'accompagner... pas sûr que ce fût une bonne idée. Il déclina la proposition. Au petit matin, à 7 heures, il se présentait à l'édifice et fut rapidement redirigé vers les appartements de l'évêque.

Eddy, les yeux baissés : Monseigneur, merci pour votre réponse positive pour un entretien avec un banal détective privé.
Monseigneur : Je suis à votre disposition.
Eddy : Monseigneur, j'ai besoin d'informations sur un de vos prêtres. Le père Francis en particulier.
Monseigneur : J'ai appris les déboires de mon prêtre. C'est moi il y a deux ans qui l'ai en quelque sorte recruté. Donc, je le crois innocent de ce crime.
Eddy : Monseigneur, le père Francis est mon client, et je crois aussi en son innocence. Mais si ce n'est lui, c'est donc quelqu'un d'autre.
Monseigneur : Ce n'est pas faux. En quoi puis-je vous être utile, monsieur le détective ?
Eddy : Monseigneur, Père Francis a attendu d'être affecté à vous pour faire le commerce de la chair avec une prostituée. Sans vous indisposer, y êtes-vous pour quelque chose ?
Monseigneur : Oui.
Eddy : Monseigneur, Père Francis n'a que des louanges pour vous. Mais si vous pouviez développer.
Monseigneur : Depuis trop d'années, l'Église est attaquée sur trop de fronts. Un particulièrement : la pédophilie. Je demeure écœuré et je prie jour et nuit, non pas pour les prêtres, mais pour les victimes et leurs familles. J'ai réuni mes curés. Une forme de séminaire. Je ne pose pas de questions à mes collaborateurs. Mais je refuse que la doctrine divine ne soit pas respectée. L'enfance doit rester sacrée. J'ai laissé entendre que je serai ouvert à toute proposition de dérivatifs, selon les envies de chacun.
Eddy : Monseigneur, ai-je bien entendu ?
Monseigneur : Monsieur le détective, je crois bien que OUI.

Eddy : Monseigneur. Quelle sanction minimale attend le père Francis… en supposant que je l'innocente.

Monseigneur : À moins que je subisse une pression, il conserve ma confiance. Ensuite, on gérera les paroissiens un peu trop coincés. Comme tout média. Si cela ne passe pas, il devra sauter.

Eddy : Monseigneur. Merci… pour lui.

Monseigneur : Il a ma confiance et mon amour divin.

20/ Diocèse volé

Eddy reprit rendez-vous avec monseigneur l'évêque. Le contact avait été initialisé. Eddy pensait qu'il avait suffisamment confiance pour son second rendez-vous.

Monseigneur : Monsieur le détective. Je suis heureux de vous revoir.

Eddy : Monseigneur, moi aussi. J'ai un autre sujet de discussion à vous soumettre.

Monseigneur : Plus rien ne me surprend, venant de vous.

Eddy : Je pense avoir compris la cause du problème. Et pourquoi Père Francis a été volé d'un objet.

Monseigneur : Enfin un mobile, développez.

Eddy : Une peinture historique qui pourrait valoir une petite fortune a été dérobée et, somme toute, somme exorbitante aussi, est très sans doute la raison de ce meurtre et de ces vols récurrents cléricaux.

Monseigneur : Monsieur le détective. Oui, il y a une perte financière dans le patrimoine clérical, et ce serait une bénédiction d'y mettre fin.

Eddy : Monseigneur, j'ai besoin de connaître :

1/ Ce que vous estimez être votre patrimoine.

2/ Ce qui vous a été volé.

Monseigneur : J'acquiesce.

Eddy : Merci de me fournir, s'il vous plaît, les fichiers tableurs afin que j'enquête et que j'innocente le père Francis et accessoirement que je mette fin à la fuite financière de votre diocèse.

Monseigneur : Toute vérité n'est pas bonne à dire.

Eddy : Monseigneur, mon objectif premier est la libération d'un homme, de Dieu ou non.

Monseigneur : Tout homme est bon, sauf avis contraire.

21/ Receleur

Eddy retourna chez son receleur préféré.

Eddy : Bonjour.

Receleur : Bonjour, que me vaut ce plaisir ?

Eddy : Reconnaissez-vous notre vendeur dans la liste de ces photos ?

Receleur : Ils pourraient tous être votre homme.

Eddy : Allons, un peu plus de discernement.

Receleur : Reconnaissez tout de même qu'ils se ressemblent tous.

Eddy : Oui, j'avoue. Mais aidez-moi et en quelque sorte faites deux piles : « Possible » et « Improbable ».

Eddy mit une croix sur chacune des photos « Possible ».

Eddy : Merci.

Receleur : Pas de quoi. Et refermez la porte en sortant.

22/ Père Francis

Pour Eddy, c'était devenu une routine. Il se présentait, on le fouillait, et la police confisquait temporairement son arme à feu. Il signait une décharge et se faisait accompagner et était surveillé par un policier durant son entretien avec un suspect.

Eddy : Bonjour, mon père.

Père Francis : Bonjour, Eddy.

Eddy : J'ai progressé.

Père Francis : Sans aucun doute, car je passe mon temps à prier pour vous.

Eddy : Ah, c'est pour ça alors.

Père Francis : Non, je prie pour Eddy et Suze.

Eddy proposa au Père Francis de parcourir les photos des autres prêtres de la pile des « Possible ».

Eddy : S'il vous plaît. Je considère ces personnes cléricales comme suspectes. Pouvez-vous être verbeux et non vertueux sur eux et me les décrire spirituellement.

Le père Francis regardait les quelques photos et reconnut ses confrères de cure et de confession. Il ne voyait en eux que des collègues amoureux de la foi. Néanmoins, il parla en toute honnêteté.

Eddy : Père Francis, supposons que c'est l'un de ses prêtres, qui a tué Blue Lagoon. Au lieu de voir l'amour partout, réfléchissez comme un enquêteur. Il y a une brebis galeuse quelque part chez vous. Alors, voyez plus loin que Dieu, et que pourrait-on reprocher à chacun d'entre eux. S'il vous plaît. C'est à contre-courant de vos pratiques, mais on ne vit pas au Paradis.

Père Francis : Ce n'est pas du tout mon mode de réflexion. Oui, j'ai tendance à voir un autre monde par trop idéalisé. Mais vous avez raison. Je trouve que certains de mes pairs ont des défauts, même si nous avons tous Dieu en commun.

Eddy : Je vous mets en quelque sorte au supplice. S'il vous plaît, comportez-vous en humain et non en homme de Dieu. Soyez mesquin dans vos analyses.

Père Francis : Père Benoît est radin, et je le suspecte de ne pas redonner tout l'argent promis à l'évêché et donc de se réserver plus que le strict nécessaire. Père Alban est raciste, et il a eu des problèmes avec des paroissiens. Père Bruno, que je surnomme Frère Tuck, a un penchant certain pour l'alcool, comme moi pour les filles. Père Serge n'aurait pas aimé mes pratiques. Trop rigide et droit dans ses bottes. On sait tous où l'extrémisme peut mener.

Eddy : Finalement, l'Église ne serait que le reflet de la société humaine.

Père Francis : Je plussoie. Amen.

23/ Et les filles

Eddy attendait dans son propre appartement. Il avait invité sa Suze et Green Lantern. Suzie avait ses entrées. Green Lantern devrait sonner. Les gens normaux organisent des repas entre amis le soir. Mais métier oblige, dans ce genre de milieu, ce serait plutôt le midi. Donc, le trio prit place à table.

Eddy : Écoutez, les filles, je progresse. Mais j'ai besoin d'un petit coup de pouce. Et je n'ai pas beaucoup d'assistantes dévouées. Voici les photos des confrères de Père Francis. Je souhaite que vous occupiez vos temps libres à surveiller les suspects. Assister aux messes, discuter avec les paroissiens. Logent-ils dans le presbytère ou ailleurs ? Il y a quatre prêtres suspects. Vous en prenez deux chacune où vous demandez à deux collègues de confiance de vous aider… Moi aussi, j'aimais Blue Lagoon.

Suzie avait les yeux rougis et le regard vide.

Green Lantern : Il y aura deux autres filles. Je m'en porte garante. Et je préviendrai mes consœurs du danger. Mais, Eddy, on fera le boulot, pour Blue, aussi pour TOI et pour nous toutes.
Eddy : Suze est sur la touche, peux-tu prévoir une autre fille ? S'il te plaît, pour Blue ?
Green Lantern : OUI, promis. Je préfère partir. Je te tiens informé rapidement.

Eddy et Suze étaient désormais seuls. Suzie avait comme une fuite d'eau salée qui sortait de ses yeux. Il devait encore et encore servir de mouchoir éponge. Elle devait avoir autant de flotte dans son corps que lui de sang (5 litres).

Suzie : Je rentre.
Eddy : Un peu facile, mais tu connais le chemin de la sortie.

24/ Et les prêtres

Eddy passa les prochains jours à visiter les paroisses. Il priait et apprenait les lieux. Eddy avait confié un travail de fourmi à ses travailleuses nocturnes, qui rognaient sur leurs heures de repos « légales » pour l'aider. Lui partagea son temps entre la cellule du père Francis et ses repérages autour des églises et presbytères. Il croisait parfois une figure de connaissance. Un petit signe de la main, et il continuait son petit bonhomme de chemin.

25/ Eddy et Francis

Eddy : Bonjour, mon père.
Père Francis : À vous voir tous les jours, cela va jaser…
Eddy : Suzie s'éloigne. Et je pense que vous n'avez pas la conscience tranquille.
Père Francis : Suze traverse une période de doute. Elle a tort.
Eddy : Elle en aime un autre, et je suspecte que ce soit un curé.
Père Francis : Je suis aussi embêté que vous. Car elle se fourvoie. Je ne la désire pas.
Eddy : Elle est en permanence en pleurs.
Père Francis : Je crains qu'elle n'ait fait une fixette sur moi.
Eddy : Mais putain, je l'aime.
Père Francis : Elle aussi. Mais elle est passablement perdue. Permettez-moi de vous expliquer. Hélas, ce n'est pas un cas unique. Eddy, Suze pratique une activité où elle doit donner pas mal d'amour et ne reçoit que de l'argent. Elle se discrédite elle-même, car la société est contre elle. Et je l'ai appelée. Un homme de Dieu qui était aussi perdu. On a échangé beaucoup de tendresse. Mais elle y a vu autre chose, comme une forme de projection. Connaissait-elle beaucoup d'hommes qui la respectaient ? À ma connaissance, nous sommes les deux seuls. Eddy, elle est perdue en ce moment. Nous deux seuls savons qui elle est et qui elle doit aimer de tout son cœur.
Eddy : Et vous ? Vous pourriez aimer une femme ?
Père Francis : Non, pas sur cette Terre. Je suis marié avec la religion. Mais j'ai des besoins terrestres, ou terre-à-terre si vous

préférez.

Eddy : Père, je n'aimerais pas la perdre.

Père Francis : Vous êtes un couple formidable. Simplement, elle l'a un peu oublié.

26/ Eddy échange avec René

Eddy passa au commissariat faire un point avec son beauf inspecteur.

Eddy : René. Je souhaite te tenir informé de mon enquête. Et je suis dans une impasse, peut-être auras-tu une idée.

Beauf : Assieds-toi.

Eddy le mit au parfum pour ses soupçons.

Eddy : Peux-tu trouver les coordonnées bancaires de quatre curés ?

Beauf : Légalement ou non ?

Eddy : Moi perso, je m'en fous. Si la seule solution est illégale, tu me donnes la solution et je trouverais bien quelqu'un dans mes relations à qui demander.

Beauf : Constitutionnellement, je peux le faire, juste à condition de remplir des formulaires.

Eddy : Et pour leurs relevés bancaires ?

Beauf : Je ne fais pas dans les miracles. Mais attendons d'avoir les banques. Y en a peut-être un ou deux où on a un correspondant ?

Eddy : Avec un peu de chance, je fournis les contacts pour les autres ?

Un rayon de soleil traversa la brume nuageuse et un double sourire de connivence apparut sur les deux visages au même moment. Amen.

27/ Green Lantern est radieuse

Green Lantern était devant l'appartement du détective.

Eddy : Green ? Mais entre, on sera plus à l'aise pour discuter.
Green Lantern : Tu m'as dit de passer te donner des nouvelles, mais garde tes mains baladeuses éloignées de mon corps.

Eddy se contenta de regarder le menu, comme trop souvent. Eddy lui proposa à boire. Il se tenait compagnie avec un whisky, mais à dose modérée.

Eddy : Green, merci d'avance.
Green Lantern : On a fait comme convenu. Voici le résumé.

Elle lui passa quatre feuilles griffonnées à la main. Il parvint à traduire le tout. Il se concentra et passa quelques minutes à assimiler les informations. Il avait les noms complets des prêtres, la description de l'église, les heures des messes, leur lieu d'habitation et même des remarques sur leurs tics ou impressions des *girls*.

Eddy, la larme à l'œil : Merci Green.
Green Lantern : Aussi, Eddy, il faut que vous vous remettiez ensemble, toi et Suzie.

28/ Eddy et René

L'enquête avait progressé au niveau de la police et l'inspecteur tint à en informer son beauf. Il donna quelques feuilles imprimées, avec des logos de banque à Eddy, et ils en discutèrent ensemble.

Beauf : Tiens, j'en ai trois sur quatre. J'ai demandé l'historique, mais sans procédure légale, on ne m'offre pas plus que six mois. Mais je suppose que c'est le dernier relevé bancaire manquant qu'il te faut ?

L'inspecteur indiquait par là qu'il avait réussi à obtenir les coordonnées bancaires de trois des curés, et les relevés sur six mois. Plus devrait passer par une procédure administrative.

Eddy : Merci. La banque du dernier ?
Beauf : Le Crédit républicain.
Eddy : J'aurais préféré La Banque postale. Mais je relève le défi. Merci, Beauf... pour tout.
Beauf : Salut Suze au passage. Dis-lui qu'on ne s'est pas encore mis dessus.
Eddy : Quand je la recroiserai...

Pas sûr que les dernières paroles, prononcées tout bas, aient été entendues.

29/ Eddy et Green Lantern

Green était vraiment très belle, mais pas son type. Il voulait sa princesse. Il avait acheté des sodas zéro et du thé glacé. Il fréquentait vraiment des personnes bizarres ces derniers temps. Green Lantern carburait à l'Ice Tea, lui au pur malt.

Green Lantern : Eddy, avant que tu commences, il n'y aura rien entre nous. Je ne suis pas consentante, et bien que tu sois un des rares mâles que chacune de nous fréquente, jamais je ne ferai cela à Suze. Tiens-le-toi pour dit.
Eddy : Wow... Green. Confidences pour confidences. Suze n'a jamais quitté mon cœur. Alors, je prends mon mal en patience.

Un peu plus tard, à la même table.

Eddy : Connais-tu la banque Le Crédit républicain ? Ils ont une agence au centre-ville.
Green Lantern : C'est possible... tu prépares un hold-up ?
Eddy : Non, pas du tout. Je cherche à savoir si une personne de la communauté aurait une relation assez suivie avec du personnel assez haut placé dans cette banque.

Green Lantern : Je ne comprends rien à tout ça. Tu cherches quoi au juste, Eddy ?

Eddy : Je veux un contact à l'intérieur, que je puisse un peu faire chanter, pour la bonne cause.

Green Lantern : Tu sais que nos clients ne paient pas en chèque ni en carte bleue ?

Eddy : Je pensais plutôt à des confessions sur l'oreiller, histoire de se faire mousser.

Green Lantern : Ah, alors, tu étais sérieux.

Eddy : Tu peux contacter la communauté et tu pourrais me donner une réponse pour quand ?

30/ Eddy et Francis

Eddy travailla comme souvent son réseau et alla voir son client.

Eddy : Bonjour, mon père.

Père Francis : Bonjour, Eddy. Je n'ai plus de nouvelles ni de vous ni de Suze. Alors, je prie.

Eddy : J'étais sur des pistes. Elles sont intéressantes pour le moment. J'attends encore une information avant d'y croire vraiment.

Père Francis : Vous ne souhaitez pas en dire plus.

Eddy : Vous avez votre secret professionnel. Je suppose que j'ai le droit aussi de sortir cet argument. Seriez-vous aussi psychologue à vos heures perdues ?

Père Francis : Je ne raccommode pas les cœurs brisés.

Eddy : Alors, vous ne pouvez rien pour moi.

Père Francis : Mais je peux corriger la vision qu'une certaine personne a de moi. Lui ouvrir les yeux. Ensuite… *Alea jacta est.*

Eddy : Merci. Et ça coûte moins cher qu'une séance de psy.

Père Francis bénit Eddy lorsqu'il quitta la cellule. En quittant le commissariat, Eddy vit pour la première fois une boîte avec indiqué « Les orphelins de la Police ». Eddy ouvrit son portefeuille et glissa un billet dans la fente. Les policiers firent comme s'ils n'avaient rien vu, mais Eddy commençait à être assez populaire dans ce commissariat.

31/ Green Lantern et Le Crédit républicain

Green Lantern : Eddy, Blue sera enterrée demain. Sa famille souhaiterait une cérémonie religieuse... Mais le curé de sa paroisse y a mis un veto catégorique.

Eddy : Je vais intercéder avec l'inspecteur et l'évêque. Ce sera peut-être un peu improvisé, mais je vais tout mettre en œuvre. Green, et pour Le Crédit républicain ?

Green Lantern : Mata Hari a un client récurrent.

Eddy : Super ! Donne-moi son nom.

Green Lantern : Doucement, bébé. Il est réglo, lui. Mata Hari ne veut pas de bisbilles et elle a un peu le béguin pour lui.

Eddy : Et je fais quoi de mon cureton ?

Green Lantern : Tu gères les dommages collatéraux ?

Eddy : OK, OK. Je te propose. Je le fais chanter. Mais jamais je n'exécuterai aucune de mes menaces.

Green Lantern : Et la position de Mata Hari dans tout cela ?

Eddy : Je vais en appeler à ton sens civique. Tu veux un meurtrier en prison ou en liberté ? Et puis, peut-être qu'un jour, il aura des envies de sexe... et ça pourrait tomber sur toi. Mais rassure-toi, j'enquêterai.

Green Lantern : Tu étais plus marrant quand tu étais avec Suzie.

Eddy : Je sais...

32/ Eddy au diocèse

Il n'y avait pas de temps à perdre. Eddy entra dans les locaux de l'évêché, et demanda le plus poliment possible à voir en urgence Monseigneur. Naturellement, on lui répondit qu'il était occupé. Il insista pour que le vicaire secrétaire l'appelle et lui demande une exception exceptionnelle. L'évêque fit cette exception et reçut Eddy. Le vicaire allait devoir chambouler l'emploi du temps de ministre de l'Évêque et passer sa journée à décommander et à reprogrammer.

Évêque : Monsieur Eddy. Merci pour votre interruption. J'allais presque m'endormir à l'énoncé de leurs doléances.

Eddy : Pour une fois que je suis utile à quelqu'un. Ne vous leurrez pas, je suis hélas convaincu que votre secrétaire va vous reprogrammer cette réunion. Votre chemin de croix, je suppose.

Évêque : Un truc comme cela. Que puis-je pour vous ?

Eddy : Une requête, monseigneur.

Eddy expliqua la situation pour l'enterrement de Blue Lagoon.

Évêque : Je ne peux ordonner à mon prêtre de célébrer cette cérémonie. Je tente de laisser un libre arbitre et de ne pas m'immiscer dans les affaires paroissiennes. Désolé, monsieur Eddy.

Eddy : Monseigneur. Un de vos prêtres fait obstruction au deuil d'une famille sous prétexte que c'était une *Escorte girl*. Donc, il a le pouvoir sur son église et sa paroisse ?

Évêque : Oui, et je ne mettrai pas ma tête en balance de mon prêtre. Chacun a un pouvoir. Le mien n'est pas de prendre le leur. Sinon à quoi serviraient-ils ? Ce ne sont pas mes pions, mais mes agents. Désolé.

Eddy : Le cimetière municipal n'est pas sur la zone géographique de la même paroisse. Monseigneur, autorisez-vous une forme de bénédiction religieuse lors de la cérémonie laïque de l'enterrement ?

Évêque : Belle suggestion. Mais je pense que pas un de mes prêtres acceptera.

Eddy : J'en connais un qui dira oui. Me donnez-vous votre autorisation et votre bénédiction ?

Évêque : Oui, avec plaisir et avec amour.

C'était la première fois qu'Eddy se faisait bénir par un Monseigneur. Et ce fut une joie indescriptible.

33/ Eddy au Crédit républicain

Eddy n'avait pas placé ses petites économies à cette banque. Il faisait confiance à une des plus vieilles banques françaises : La Banque postale. Pour cette fois, il avait demandé un rendez-vous avec le conseiller financier du Crédit républicain. Il était nerveux. Il fut reçu par un charmant jeune homme d'environ quarante ans. *Dress code financial…*

Eddy : Monsieur Truquet, bonjour. Je viens pour une affaire un peu délicate.

Monsieur Truquet : Voyons, ce n'est si terrible de changer de banque.

Eddy : Monsieur Truquet, je me dois de vous dire toute la vérité…

Eddy passa une heure à expliquer son besoin. Obtenir les relevés bancaires d'un prêtre. Monsieur Truquet passa de la fureur à d'autres comportements, et Eddy ne se connaissait pas ses qualités de dialogue. À la fin, ils purent entamer un échange constructif.

Eddy : Monsieur Truquet. Je souhaite avoir l'historique bancaire d'un de vos clients. Pour vous convaincre, voici mes explications. Je suspecte cette personne d'avoir des revenus autres, mais de les placer partiellement ou totalement à sa banque.

Monsieur Truquet : Mais je ne peux pas vous fournir ce que vous me demandez.

Eddy : Oui, sauf que techniquement non, vous pouvez, simplement vous n'avez pas envie.

Monsieur Truquet : Monsieur Eddy, je pense que nous sommes parvenus à l'échéance de notre entretien.

Eddy : Monsieur Truquet, dans ma profession, je fais aussi des filatures. Souvent, des femmes me demandent des preuves de l'infidélité de leur mari. Pour leur fidélité, c'est plus rare.

Monsieur Truquet : Mais n'avez pas le droit !

Eddy : Je ne demande qu'une simple chose que vous pouvez faire et qui est en votre pouvoir. Je vous oublierai dès demain.

Monsieur Truquet : Vous savez que vous êtes un salaud.

Eddy : Si cela vous intéresse, oui, j'irai vomir, mais j'ai besoin de ces relevés.

Monsieur Truquet tapa sur son clavier et quelques feuillets s'imprimèrent.

Monsieur Truquet : Maintenant, dégagez. Je suppose que j'ai un divorce à gérer.

Eddy : J'ai menti. Je ne connais pas votre femme. J'ai parié.

Monsieur Truquet : Aimez-vous votre femme ?

Eddy quitta cette banque et espérait n'y jamais revenir. Il serrait quelques feuilles dans sa main. Reverrait-il Mata Hari ?

34/ Et le tableur

Eddy convoqua Suze pour qu'elle l'aide. Elle était aussi une experte en bureautique. Mais elle était distante comme rarement.

Eddy : Suze, MA Suze, j'ai des données que seule toi peux m'aider à comprendre.

Suze : Oui, quoi, en fait ?

Eddy : J'ai une liste d'objets volés au diocèse. J'ai aussi la liste des relevés bancaires de chacun de ses prêtres. Mais j'ai des problèmes avec ton concept.

Suze : Des tableaux croisés dynamiques.

Eddy : Oui, Pupuce. Oui, ma « Plume d'Amour ».

Suze : Ta gueule !

Suze mixa les données sans se soucier de son Eddy. Cela faisait trois ans qu'ils vivaient ensemble. Il était peut-être temps de faire un bilan.

Suze : Voilà, tu as ton bilan financier. Date des forfaits, gains estimés, et naturellement versement sur les comptes en banque, selon TES sources.

Eddy : Merci. Tu passes me voir quand tu veux.

Suze : Pour le moment, je ne veux pas. Salut.

35/ Eddy et René

Eddy passa assez tard au commissariat pour un point d'avancement avec son beauf.

Eddy : René, tu es bien inspecteur ?

Beauf : Eddy, va droit au but, je voudrais rejoindre ta sœur pour une rare soirée en tête à tête.

Eddy : Quelle est la procédure pour une autorisation de sortie d'un suspect temporairement ?

Beauf : Quarante-huit heures à l'avance.

Eddy : Non, René, c'est demain matin !

Beauf : Qu'est-ce qui est demain matin ?

Eddy : L'enterrement de Blue, la victime. Sa famille souhaite un éloge religieux. S'il te plaît, René, laisse le père Francis y aller. S'il te plaît. C'était une fille bien à mon sens, croyante, au moins autant que Marie-Madeleine.

36/ Enterrement de Blue

Ce matin, il ne pleuvait pas. Mais la brume était présente et enveloppait les tombes. Il y avait la famille de Blue Lagoon. Il y avait quelques filles de la « communauté » aussi discrètes que possible, pour ne pas jeter l'opprobre sur la cérémonie terminale.

Les personnes attendaient à côté du... trou. Le véhicule mortuaire approcha et se gara pour faciliter son déchargement. Un barnum avait été installé. Le cercueil fut posé non loin. Une personne en habit clérical s'avança et prit la parole.

Père Francis : Messieurs-Dames, je suis prêtre. Je vais juste lui administrer les saints sacrements pour ce dernier voyage. Certaines personnes de sa famille l'ont demandé, et c'est aussi mon souhait, d'homme, de prêtre et... d'ami de la victime.

Père Francis procéda sans aucune intervention ou interruption.

37/ Père Francis et Paradis d'un Soir

Sur demande d'Eddy, René avait demandé à Suze de passer au commissariat. Suzette se présenta à 10 heures. Elle avait aussi besoin de dormir. Elle demanda si Eddy serait là. Elle était contente de la réponse négative. On la mena auprès du père Francis. Bon gré mal gré, elle accepta la chaise pour être en face à face avec Francis.

Suze : Bonjour, Francis.
Père Francis : Bonjour « Paradis d'un Soir ».
Suze : Ouais, tu fais un concours avec Eddy pour savoir qui sera le plus lourd… ?
Père Francis : « Paradis d'un Soir », j'ai survécu avec plaisir à ce soir paradisiaque. Maintenant, tu dois faire la part des choses. On a échangé pas mal de choses, et surtout, on a communié. Suze, tu es victime d'un transfert émotionnel.
Suze : Et puis quoi encore ? Je sais qui j'aime.
Père Francis : Et c'est qui ?
Suze : Je ne sais pas, je sais plus trop.
Père Francis : Je t'ai convoquée pour cette conversation, Suze…
Suze : Eddy est un super héros.
Père Francis : Alors, la messe est dite.
Suze : J'ai de la tendresse pour un autre super héros.
Père Francis : Oui, je me doute. Mais il est pris… avec une sorte de super Dieu.
Suze : Pourquoi êtes-vous si inatteignable alors que vous devez diffuser un message d'amour ?
Père Francis : Suze, oui, je diffuse des messages d'amour, y compris avec les filles de joie que je paie.
Suze : Vous n'êtes pas comme les autres.
Père Francis : Bien sûr que non ! Je suis un homme de Dieu.
Suze : Trop facile.
Père Francis : Je passe mon temps à rassurer mes paroissiens. À les cajoler. Mais je donne, je donne et je dois le reconnaître, je flanche aussi.
Suze : Non, pas vous. Je ne vous vois pas comme cela.
Père Francis : Suze, vous êtes une femme de Dieu. Une de ces personnes qui font que la vie vaut la peine d'être vécue.
Suze : Mais je ne suis pas une bonne fille.
Père Francis : Une fille légère, de joie, de mauvaise vie. Les critères sociaux sont cruels et préfèrent cracher que d'articuler. Suze, ce n'est pas votre activité qui détermine votre beauté

intérieure. Votre âme irradie.

Suze : Vous me flattez, mais je ne suis rien pour vous.

Père Francis : Suze, apprenez la prière. Vous y verrez plus clair. Je ne suis qu'un guide et vous regarderez le guide au lieu de profiter du paysage.

Suze : Et maintenant ?

Père Francis : Passez un peu de temps à penser à vous, un peu comme le yoga, si vous voulez.

38/ Le numéro 4

Eddy et Green Lantern étaient devant un PC et faisaient des regroupements tableurs. Ils faisaient les mêmes manipulations qu'avec Suze. La procédure était simple. Comparer les mouvements des relevés avec les disparitions établies par l'évêque.

Eddy : Bingo!

Green Lantern sursauta. Mais fort heureusement, aucune main ne la caressait. C'est ce qu'elle détestait le plus. Que les hommes se croient tout permis. Eddy aurait pu être comme cela. Mais non, et en souriant, elle imagina que peut-être elle l'aurait désiré... mais dans d'autres circonstances.

Eddy : Regarde, Green. Regarde la correspondance. Il n'y a pas photo. S'il te plaît, sois ma Suze et mettons cela noir sur blanc pour l'inspecteur.

Green était comme un Suzie bis. Eddy était étonné de la voir maîtriser le logiciel. Il irait voir l'inspecteur avec ce faisceau de preuves. Mais avant, il avait une autre idée.

39/ Père Serge convoqué au diocèse

Le Père Serge se présentait en soutane. Il fut introduit dans l'appartement de Monseigneur.

Monseigneur : Prenez place, Père Serge. J'ai eu vent de certaines déformations dans la force cléricale.

Père Serge : Mais, Monseigneur, le décès de cette prostituée n'a pas eu lieu sur ma paroisse, mais celle de Père Francis. De plus, il est en prison.

Monseigneur : Père Serge, non, non, vous n'y êtes pas. Il s'agit de détournement d'argent du culte.

Père Serge : Mais je n'ai jamais conservé d'argent. J'ai toujours payé ma dîme avec plaisir.

Monseigneur : En fait, je parle de certaines disparitions de trésors religieux de notre diocèse. Les œuvres n'étaient pas toujours expertisées. J'ai mené mon enquête et j'ai obtenu un droit de regard sur vos relevés bancaires.

Père Serge : Vous avez le droit de faire cela ?

Un homme de Dieu ne peut pas mentir, aussi joua-t-il sa carte.

Monseigneur : Père Francis, voici les liens entre les œuvres disparues et des virements sur votre compte.

Père Serge : J'ai reçu des dons par testament.

Monseigneur : Donc, la comptabilité le prouvera. Et aussi, on ne doit pas mentir. Pas plus les hommes que nous.

Père Serge : Je n'ai rien fait de répréhensible contre le diocèse.

Monseigneur : Je vais vous relever de vos fonctions cléricales. Il y aura une enquête qui se basera sur les éléments que je vous montre. Préparez votre défense. J'espère que vous n'avez que cela sur votre conscience. L'entretien est terminé.

Père Serge quitta le bureau. Monseigneur poussa une tenture et invita Eddy à s'asseoir sur le même fauteuil qui peu avant avait supporté le poids du père Serge.

Eddy : Monseigneur, vous avez été parfait.

Monseigneur : Mais vous n'avez rien appris.

Eddy : Détrompez-vous. Son comportement et sa gestuelle faciale ont changé lorsque vous avez laissé entendre qu'il pourrait avoir fait encore autre chose.

Monseigneur : Quoi, vous l'avez profilé ? Bravo !

Eddy et Monseigneur continuèrent de discutailler. Monseigneur se fit rappeler à l'ordre pour un prochain rendez-vous. Eddy le quitta.

40/ Beauf avec mandat de perquisition

Beauf : Non, je ne le ferai pas.
Eddy : Mais c'est lui le coupable.
Beauf : J'ai un meurtre à résoudre. Rien à voir avec des détournements d'œuvres d'art.
Eddy : Mais c'est lui, le double coupable.
Beauf : Possible, mais tu m'apportes qu'un faisceau de preuves sur le vol.
Eddy : Ne fais pas ton primate.
Beauf : Toi, tu sais parler aux flics.
Eddy : Le Clergé lance une enquête interne. Tu peux te baser sur ça pour demander un mandat pour aider l'évêché ?
Beauf : Tu sais de mieux en mieux parler aux flics. Apporte-moi une demande officielle de l'Église et je te jure, je l'appuierai.

Eddy revint quatre heures plus tard avec le sésame demandé. Il était allé en urgence voir le diocèse et tapa du poing sur la table du secrétaire vicaire. Même Monseigneur entendait la dispute d'où il était. Il demanda à son secrétaire de revoir son agenda du jour et il reçut Eddy.

Beauf : Si mon supérieur signe, la perquisition aura lieu demain.
Eddy : À demain, alors.

41/ Engueulade Eddy/Beauf

Réunion post-perquisition.

Beauf : Eh bien, voilà. Chou blanc. Maintenant, je dois rendre des comptes.
Eddy : Vous avez dû louper un truc.

Beauf : Ou alors, le cureton est plus malin qu'un certain détective.

Eddy : Qu'est-ce que vous avez fouillé ?

Beauf : Comme convenu, le presbytère.

Eddy : Et l'église, ça n'a rien donné ?

Beauf : Uniquement le presbytère.

Eddy : Mais la lettre de l'évêché précisait « lieux de culte et d'habitation ».

Beauf : Mais le mandat précisait uniquement le lieu d'habitation.

42/ Effraction d'une église

Green Lantern et Eddy se garèrent à deux cents mètres de l'église. À 2 heures du matin, lorsque les honnêtes gens dorment ou ronflent, c'est selon, ils étaient en tenue de camouflage, c'est-à-dire le plus sombre possible. Eddy emporta quelques ustensiles qui pourraient servir, comme son arme, en priant intérieurement ne pas avoir à s'en servir.

Devant la porte de l'église, Green Lantern tapota sur l'épaule du détective.

Green Lantern : Eddy, et si on passait par-derrière ? C'est ce qu'ils font dans les films.

Eddy : Prends ton mal en patience, le boulot d'abord.

Il se prit une bonne claque derrière la tête.

Green Lantern : Connard, je parlais de l'église.

Eddy tout penaud : Excuse, bonne idée.

À l'arrière de l'église, une porte moderne et fermée à clé. Eddy leva le doigt pour mimer l'homme qui a une idée providentielle.

Eddy : L'église est la maison de Dieu. Elle doit être toujours ouverte pour accueillir le fidèle et ses soucis.

Green Lantern : Et s'il y a un système d'alarme ?

Eddy : Qui ne tente rien n'a rien.

Ils se représentèrent à la porte principale.

Green Lantern : Et maintenant ?
Eddy : On tente notre chance.

Eddy poussa la lourde porte en chêne. Alléluia. Ils entrèrent.

Green Lantern : Et pour le système d'alarme ?
Eddy : Il existe deux sortes de systèmes. Ceux qui sonnent immédiatement et ceux reliés à un centre de sécurité. Si tu vois des loupiotes qui clignotent vers le plafond, alors on est peut-être dans la merde.
Green Lantern : Parfois, ça fiche les jetons de t'accompagner.
Eddy : Tu aimes les frissons ?
Green Lantern : Eddy, je ne chasse pas sur les propriétés de Suze. Alors, bosse et passe moins de temps à draguer, somme toute maladroitement.

Eddy et Green Lantern fouillèrent l'autel et les meubles cléricaux aux alentours.

43/ Convocation

Dans la nuit, Eddy envoya un SMS à son beauf.
« *Sois présent à la messe de 11 heures du père Serge. Viens accompagné.* »

Beauf lut le message à 6 h 30 à son réveil. *Pourvu qu'Eddy n'ait pas encore fait une connerie.* Mais il irait.

10 h 45 : Les fidèles, assez nombreux pour un jour de semaine, entrèrent et remplirent les bancs.
Eddy y était avec Green Lantern. Eddy reconnut quelques policiers en civil. L'inspecteur arriva à 11 heures pile. Père Serge débuta la messe. Eddy ne comptait plus le nombre de fois où il

dut se lever ou s'asseoir. L'inspecteur regardait plus souvent sa montre qu'un dealer tourne la tête pour vérifier s'il voit la queue d'un poulet dans son champ de vision.

Au moment de l'eucharistie. Le père Serge souleva l'hostie, et la mangea religieusement. Puis, il brandit le calice empli du vin de messe. À ce moment, il eut des difficultés à soulever le calice et eut le réflexe de forcer. Il eut le calice, mais en même temps, des choses tombèrent de sous l'autel, du côté des spectateurs. Il s'agissait d'un paquet de papier kraft, avec des liasses de billets. Le père Serge ne pouvait pas voir la scène, uniquement les regards de ses ouailles. Il quitta sa place et se rapprocha. L'inspecteur eut un bon réflexe. Il empoigna le prêtre avant que ce dernier ne pollue la scène de crime. Les autres policiers sortirent leur plaque et tinrent à distance les badauds.

Inspecteur : Messieurs-Dames. La messe est dite, et finie. Rentrez chez vous. J'emmène Père Serge au poste. Allez, circulez.

Entre le dire et le faire, il fallut encore une demi-heure, et le prêtre entra dans une voiture de police banalisée sous bonne *Escorte...* (*girl*).

44/ Entretien policier (1)

L'inspecteur isola le père Serge dans la cellule d'interrogatoire. En attendant l'arrivée d'un avocat, René s'occupa uniquement des questions relatives à l'état civil.

Inspecteur : Père Serge, comment expliquez-vous ces liasses de billets ?
Avocat : Excusez-moi, Inspecteur, mais quelles sont les charges contre mon client ?
Inspecteur : Pillage du patrimoine national.
Avocat : Preuves ou présomptions ?
Inspecteur : Si ce sont des présomptions, ce ne sont pas des présomptions d'innocence. Pour le moment, au lieu de tourner autour du pot, expliquez-moi les coïncidences de comptabilité

avec les vols, et naturellement ces liasses de billets.

Avocat : Vol ? Il n'y a jamais eu dépôt de plainte par le clergé.

Inspecteur : Mais il n'y a pas prescription de date. C'est en cours de régularisation par l'évêché.

L'avocat fit grise mine.

Avocat : Pour les billets, il s'agit sans doute d'une machination.

Inspecteur : Avec les empreintes de Père Serge sur le kraft et les billets ? Vous tentez un coup perdant à tous les coups.

Il semblait que l'avocat était à court d'arguments… qui se tiennent.

Avocat : Puis-je discuter avec mon client ?

Inspecteur : Bien sûr, tirez sur la bobinette quand vous serez prêts.

45/ Entretien policier (2)

Avocat : Nous avons échangé afin de clarifier les faits et vous les exposer.

Inspecteur : Exposez, exposez.

Avocat : Mon client reconnaît une partie des faits. Mais pour la dernière accusation, la plus grave, ce n'était pas lui. Mais sans doute l'œuvre du père Francis. Reprochez ce qu'il faut à la bonne personne, mais ne lui mettez pas tout sur le dos.

Inspecteur : Certes, je comprends la stratégie de votre client. Vol, OUI. Meurtre, NON. Pouvez-vous m'expliquer comment cela se serait-il déroulé ?

Avocat : Je ne connais pas tous les détails, mais Père Serge attendait à l'extérieur du presbytère que le père Francis lui donnât le tableau. Ce sera sa version.

46/ Suze et Francis

Suzie avait une mine horrible. Pas sûr que ses derniers clients aient été follement satisfaits des prestations « offertes ». Elle fut admise dans la cellule de Père Francis. Chaque pièce de la prison provisoire était isolée des autres phoniquement et visuellement. Bien sûr, il ne convenait pas de crier non plus. Suzie était en pleurs, comme trop souvent ces derniers jours.

Père Francis : Pôv' Suze, dans quel état t'es-tu mise ?

Suze : Je ne peux pas vous oublier.

Père Francis : Ne m'oubliez surtout pas, mais je suis un homme de foi. J'ai couché avec DES femmes. Mais c'est parce que mon activité nécessite de diffuser beaucoup d'amour et certaines fois, j'ai besoin d'en recevoir à mon tour.

Suze : J'ai l'impression de vous aimer.

Père Francis : Mais vous m'aimez, et ce n'est pas une illusion. Je ne suis pas comme tous vos clients traditionnels et vous vous fourvoyez, Suze. Revenez sur Terre, et ne vous enflammez plus. Vous traversez une passe sentimentalo-dépressive.

Suze : J'ouvrirai quand les yeux ?

Père Francis : Le plus tôt possible, je suis plutôt dans une position délicate. Et ne laissez pas partir Eddy. S'il vous plaît, Suze.

Suze : Vous croyez que je vais m'en sortir ?

Père Francis : Je prie pour vous deux. Vous avez la bonne personne. Pour vous toute seule.

47/ Un entrefilet dans les journaux

« *Rififi à l'église. Deux curés vont s'affronter dans un procès (sorte de match de boxe à huis clos et dans un tribunal). Deux pères vont devoir s'expliquer au tribunal pour une double accusation de meurtre et de vol.* »

Heureusement, le quotidien local avait écrit autant de bêtises que de sottises. Il n'y était pas fait mention de la profession de la morte. *Merci, Beauf.* En clair et en bref, un article qui satisferait les lecteurs et ne porterait aucun préjudice à la police. On aime les journalistes comme cela.

48/ Le diocèse s'en mêle

Monseigneur l'évêque se présenta au commissariat de bon matin et demanda audience avec l'inspecteur responsable de la double enquête. Il fut naturellement introduit immédiatement et sans tarder dans le bureau de l'inspecteur.

Inspecteur : Monseigneur, prenez place.

Monseigneur : Inspecteur, vous détenez deux de mes prêtres chez vous. Il me semble que cela fait au moins un de trop ?

Inspecteur : Deux enquêtes sont en cours. Une pour meurtre qui n'avance pas et l'autre, pour vol de biens de l'évêché, qui est presque bouclée.

Monseigneur : Taratata… Je viens plaider en faveur de Père Francis. Pour certaines dates de vol, il n'était pas ici, mais en déplacement en formation ecclésiastique. Je peux le prouver.

Inspecteur : Monseigneur, ce dossier est presque clos. Mais on n'avance guère pour le meurtre. Chacun des deux prêtres rejette la faute sur l'autre. Et Père Francis n'aura pas la faveur des juges, puisqu'il a invité la demoiselle dans son antre.

Monseigneur : Faudrait aussi que vous bossiez un peu, monsieur l'inspecteur. J'innocente l'un, trouvez les preuves pour incriminer l'autre. Je ne peux pas fournir tous les miracles.

Inspecteur : Non, bien sûr.

49/ Négociation Père Serge et Inspecteur

Une fois encore, l'avocat de Père Serge demanda à voir l'inspecteur, après des discussions avec son client.

Avocat : Mon client ne souhaite plus de procès.

Inspecteur : C'est son choix. Mais l'action en justice est lancée.

Avocat : Il accepte de prendre sur lui l'intégralité de la responsabilité des vols.

Inspecteur : Bien.

Avocat : Mais pour cela, il doit préalablement être dédouané d'une présomption de meurtre sur cette prostituée.

Inspecteur : Elle se prénommait Blue Lagoon, pas prostituée.

Avocat : Donc, mon client reconnaît ses torts, mais est reconnu innocent de meurtre. Ainsi, il assume l'entière responsabilité des vols. OK ?

Inspecteur : Vous aurez ma réponse demain. Père Francis, lui, a totalement collaboré avec la police dès le début de l'enquête. Cela aussi comptera dans le procès. Bonsoir, Maître.

50/ Empreintes de Père Serge dans le cagibi-bûcher

Le lendemain.

Inspecteur : Monsieur l'avocat, votre marché tient-il toujours ?

Avocat : Pour quelques heures seulement. Mon client n'est pas un assassin et il souhaite éviter un procès discriminatoire pour tous, lui, le père Francis et le diocèse. Donc, il assume des fautes pour le bien de tous.

Inspecteur : Votre client est un saint homme. L'Église est pleine de ce genre de personnes.

Avocat : Bien, merci, si nous pouvions passer aux documents officiels de cet accord.

Inspecteur : Vous m'avez mal compris. J'ai la preuve que votre client est le meurtrier de la personne qui a passé une heure de plaisir à libérer Père Francis de certains de ses soucis. En quasi toute tolérance légale.

L'avocat était anéanti.

Inspecteur : Maître, saviez-vous que les hommes de Dieu mentent autant que les hommes de la Terre, voire plus ? Alors, vous allez retourner le voir et lui dire que ce sont ses aveux que nous attendons. La peine sera plus forte en cas de procès. Nous avons reconstitué la chronologie des faits. Votre client est entré dans le presbytère peu après Père Francis aux alentours de 18 h 30. Il comptait partir quand Blue Lagoon est alors arrivée. Ensuite, Père Serge s'est réfugié dans le cagibi-bûcher et dut patienter en entendant pas mal de sons qui devaient l'agacer, rapport à sa rigueur sexuelle. Alors, à la fin, à la longue, lorsqu'il eut une fenêtre de sortie, il prit un objet et l'appliqua manifestement violemment sur cette jeune femme. Il essuya la coupe sur sa soutane. Et partit. C'est le scénario que je présenterai aux jurés. Et vous ?

Avocat : Mais dans votre hypothèse farfelue, comment serait-il entré dans cette forteresse qu'est son presbytère ?

Inspecteur : Moi, j'ai les empreintes digitales de votre client, ce n'est plus à moi de prouver quoi que ce soit, mais à votre tour, monsieur l'avocat.

Avocat : Et vous croyez que cela tiendra lors du procès ?

Inspecteur : Si c'est vous qui le défendez, OUI.

Eddy : Monsieur l'avocat, je souhaiterais vous défendre et apporter un peu de sérénité à cette discussion envenimée.

Avocat : Oui ?

Eddy : Monsieur l'avocat, je pense vous enlever une épine du pied en expliquant comme l'ex-père Serge a réussi par ruse à pénétrer dans l'antre sacré d'un représentant de Dieu sur Terre.

Avocat : Oui ?

Eddy : Monsieur l'avocat, votre client, que vous défendez à merveille, a suivi le père Francis. Le père Francis a ouvert la lourde porte avec sa grosse clé, et a descendu l'escalier. Il savait que la porte se refermait toute seule, car l'alignement des gonds avait été prévu pour ce fonctionnement. Donc, il descendit l'escalier sans se retourner. Le père Serge s'était muni d'un journal de petites annonces de SON quartier, et dès que le père Francis a franchi le seuil, il se précipita contre la poterne et tint le journal à l'endroit où le pêne doit rencontrer son âme sœur. Cet homme coupa court à un accouplement entre la gâche et le pêne. Et empêcha que la porte se referme. Il patienta et entrouvrit cette lourde porte dont les gonds avaient été graissés de l'extérieur récemment pour éviter tout désagrément. Il entra ainsi et alla s'enfermer dans le bûcher, pensant quelques heures que le prêtre aille se coucher et filer à l'anglaise avec son butin. Mais que nenni. Il découvrit assez rapidement le vice de Père Francis, et voulut en rajouter par haine, qui est toujours mauvaise conseillère. Inspecteur, vous trouverez le journal sous cellophane sur votre bureau. Je l'ai trouvé dans une poubelle à côté du parking de l'église, où sans doute votre client l'a jeté à son retour de crime. Je l'ai déposé avant de vous rejoindre pour cet entretien.

Inspecteur : Monsieur l'avocat. Ce détective apporte la pièce maîtresse qui nous permet de passer directement à la case prison, et le procès sera expéditif.

L'avocat, sans un mot, quitta la pièce, sans doute pour raconter sa conduite héroïque face à plus forte partie.

Inspecteur : Je suppose que c'est une petite vengeance personnelle, rapport à ma boulette du mandat de perquisition de l'église…

Eddy : Bien sûr que non, mais je n'aime pas qu'il manque des éléments dans une enquête. Je suis comme cela, professionnel.

On en resta là.

51/ Eddy et Beauf

Au bureau de l'inspecteur, peu après l'épilogue avec l'avocat.

Eddy : René, alors, tout est bien qui finit bien.
Beauf : Je n'aurai pas trouvé d'autres paroles.
Eddy : Je suis heureux des conclusions de l'enquête.
Beauf : Et moi donc, tu m'as vraiment foutu dans la merde avec la perquisition.
Eddy : Si vous aviez lu et réécrit correctement… alors, dis-moi réellement, qui a merdouillé sur le coup ?
Beauf : C'était moi.
Eddy : Bon, ben, l'important est qu'on y soit finalement parvenu. La vérité n'est pas ailleurs, mais le chemin n'est pas toujours une ligne droite.
Beauf : Ouais. Pas fier. Alors, ne t'en vante pas trop.
Eddy : On s'engueule, mais on bosse pas mal ensemble.
Beauf : Casse-toi…
Eddy : …pôv' con.

52/ Suze et Monseigneur

Eddy avait convaincu sa Suzette d'accepter d'aller voir l'évêque. Merci à ce dernier de condescendre à la rencontrer, sur recommandation du détective Eddy.

Monseigneur : Suze, ma chère enfant. Je vous reçois en confession sur demande de Père Francis et du détective Eddy.
Suze : Monseigneur, vous devez avoir d'autres choses à faire.
Monseigneur : Il n'y a rien de plus important qu'une brebis égarée.
Suze : Monseigneur, mon cœur est tiraillé entre deux hommes.
Monseigneur : Plutôt entre un homme et un esprit. Vous avez le droit d'aimer autant d'hommes que vous voulez. Mais avec combien souhaitez-vous passer votre vie ? Père Francis est et restera un réconfort spirituel. Mais votre amoureux est ce détective Eddy, qui a fait un gros cadeau au diocèse, comme j'ai aussi appris qu'il avait aussi aidé votre communauté il y a peu. Alors, belle demoiselle, séchez vos larmes et allez le voir, celui qui vous mérite vraiment.
Suze : Merci, Monseigneur.

Elle fut elle aussi bénie par un évêque. Ça devenait monnaie courante, ou monnaie du pape.

53/ Au diocèse

Il y avait l'évêque et Père Francis. Eddy arriva avec un peu de retard, lui n'avait pas une place de parking réservée. Il passa devant le secrétaire vicaire pour vérifier l'horaire du rendez-vous.

Eddy : J'espère que cela n'a pas chamboulé votre gestion de l'agenda de Monseigneur ?

Avec le sourire hypocrite et sarcastique lié. Dans les appartements de l'évêque, ils purent parler plus librement.

Eddy : Je suis heureux que cela ne se termine pas trop mal, excepté pour cette pauvre Blue Lagoon.

Père Francis se mit en mode prière.

Monseigneur : Le coupable est en prison. Et je ferai une messe pour votre collègue Blue Lagoon. Bien que rien ne la ramènera dans notre monde.

Eddy : Et le père Francis ?

Monseigneur : Pas de procès, s'il n'y a pas de vague médiatique, alors je souhaite le conserver dans mon diocèse. En fait, Père Francis est ou pourrait être un exemple.

Eddy : Pour draguer les femmes mariées ?

Monseigneur : Non, c'est un de mes débats avec mon propre supérieur pour traiter sur le fond certains maux historiques cléricaux.

Eddy : Bon courage, il faudra peut-être plus qu'une génération de religieux combattants pour y parvenir.

Monseigneur : Père Francis a toute ma confiance.

Eddy : Je prierai pour votre croisade, Monseigneur. Je vous bénis à mon tour. Si une bénédiction de détective peut valoir quelque chose.

54/ Eddy, Suze et Francis

Un soir, au presbytère.

Père Francis : Donc, un whisky pur malt, un Coca zéro Pour Suzette et pour moi un thé glacé.

Il revint quelques minutes après, après avoir laissé le temps à ses invités de se mettre à l'aise.

Eddy en posant ses lèvres sur le verre : Je vois que le bon goût fait aussi partie de votre culture.

Père Francis : C'est ma dernière bouteille, mais oui, il me sied.

Eddy : Si vous ne dépensiez pas votre argent dans d'autres folies, vous pourriez avoir une plus belle cave. Je pourrais même vous conseiller.

Suzie : Alors, c'est quoi, cette conversation ? Whisky contre whiskey ?

Père Francis : C'est aussi le prélude à une conversation d'hommes.

Suzie : Et moi, je suis quoi ? La mise de départ au poker ?

Eddy : Ma Suzie, tu es ma princesse. J'ai besoin de toi. Alors, ce soir, on va te jouer, puisque tu hésites entre nous deux.

Père Francis : On avait pensé au strip-poker, mais pas en présence d'un prêtre, donc j'ai refusé.

Eddy : Ma Suze, tu vas être fière de moi, on va te jouer à Pierre Puits Feuille Ciseaux. Génial, non ?

Suze : Francis, je peux avoir un peu d'alcool, je ne me sens pas bien.

Père Francis s'absenta et revint avec un verre assez bien rempli de Martini blanc.

Père Francis : Il ne me reste plus grand-chose. Ça ira ?

Suze : Qu'importe le flacon pourvu qu'on ait l'ivresse.

Eddy : Bon, garde tes bons mots pour le gagnant. Francis, tu es prêt ?

Père Francis : Plus que prêt, prêtre !

Eddy : Suze, il marque un point, tu ne t'ennuieras pas avec lui, mais seulement s'il gagne le gros lot.

Suze : Je ne suis pas un lot ni un enjeu. J'ai eu des doutes. Alors, remballez vos dés et cartes à jouer. Je vais vous annoncer une grande nouvelle.

Eddy et Francis étaient fébriles. Le premier, car il jouait sa vie, le second, car il craignait qu'elle fût assez aveugle pour faire le mauvais choix.

Suze : Vous êtes tous les deux de gros nazes. Rassurez-vous, à égalité. Mais Monseigneur avait raison et m'a ouvert les yeux. Je n'échangerai pas mon baril d'Eddy contre deux barils de Francis. Eddy n'est pas à moi. Il est moi, comme je suis lui.

Eddy en regardant le père Francis : Elle a dit quoi en clair ?

Père Francis : Elle a dit que tu avais perdu. Désolé, Eddy, tu repars avec elle.

Suze roula une belle pelle à son Eddy. Finalement, Francis trouva encore une dernière bouteille de pur malt. Chacun en but et cela délia certaines langues.

Eddy à Suze : J'ai appris ton pseudo.
Suze : Et c'est censé m'impressionner ?
Eddy : Tu es « Paradis d'un Soir », n'est-ce pas ? Suze, je souhaite « Paradis d'une Vie ».
Suze : Eddy, tu es mon amour.
Eddy : Amour d'un soir ou d'une vie ?
Suze : À toi de me le prouver chaque soir…
Père Francis : Je ne souhaite pas entendre la suite de la conversation. Confidences pour confidences, Suze m'a demandé d'être le prêtre qui vous mariera.
Eddy : Mais quel délire ! Il manque l'élément déclencheur… Je ne la demanderai jamais en mariage.

Suze était un peu déçue. Elle attendait tant de son héros.

Père Francis : Les voix de Dieu sont impénétrables…

… La suite au prochain épisode.

L'hôpital

1/ Jour 0 : Maman fait un malaise

Il fallait vivre avec son temps et sa technologie, surtout si elle apportait des avancées utiles à tous et à la santé publique. Maman était munie au poignet d'un de ces dispositifs qui se mettent en branle lorsque la personne qui le porte ne bouge plus. L'appareil détecteur de mouvement, en l'occurrence de l'absence de mouvement, était raccordé par les ondes wifi et téléphoniques à l'hôpital le plus proche.

Ainsi, l'alarme se mit en branle. Entre les loupiotes sur la façade de la maison et les envois sur différents serveurs informatiques, il paraît que le délai d'intervention théorique est de quinze minutes... mais de trente en réalité.

Maman fut admise aux urgences, et elle était déjà sous respirateur artificiel avec un tensiomètre enroulé en permanence à son bras droit en y arrivant, cadeau de l'ambulance. On consulta sa carte magnétique de malade cardiaque (lié à son abonnement de surveillance médicale). On appela le numéro de téléphone indiqué sur sa fiche.

Infirmière : Mademoiselle Dietschy? Je vous informe que nous avons hospitalisé votre mère. L'appareil cardiaque nous a prévenus et nous sommes allés la chercher à son domicile.

Infirmière : Oui, elle est en vie.

Infirmière : Oui, elle va mieux. Nous la gardons sous surveillance.

Infirmière : Oui, elle est consciente.

Infirmière souriante : Oui, nous nous sommes aperçus de son caractère.

Infirmière : Bien, mademoiselle, nous vous attendons, vous et votre famille.

Sur ce, mademoiselle Dietschy téléphona à son homme pour

l'informer.

Sœurette : René, Man a fait une sorte de malaise. Elle est à l'hôpital.
René : J'y vais tout de suite. Quel hôpital ?
Sœurette : Ambroise-Paré.
René : J'y serai dans trente minutes. On s'y retrouve ?

Puis Sœurette appela son frère… Eddy.

Sœurette : Eddy, viens vite à l'hôpital, Man a fait un malaise. René est déjà en route.

2/ Jour 0 : Tous à l'hôpital

Eddy avait eu tout le temps de ruminer son incompréhension pendant le trajet automobile dans les embouteillages pour arriver à l'hôpital. Il demanda son chemin à l'accueil. Il entra dans la chambre de sa maman et y retrouva sa sœur avec son beauf.
Man était souriante, mais on sentait bien que les apparences primaient sur la réalité. Eddy encaissa, et sa colère retomba. Il alla lui faire la bise.

Eddy : Man, ça va ?
Man : Ben oui, renseigne-toi plutôt quand je sors.
Eddy : Je suppose, une fois les examens positifs.
Man : Examens ? J'ai déjà été recalée à mon CAP Boucherie, alors ça promet.
Eddy : Disons plutôt, les résultats des analyses. C'est mieux ?
Man : Je ne suis pas encore sénile.
Eddy : Je te crois, et merci Man.
Man : Tu as toujours été un émotif… et un amoureux. Elle est où, ta copine Suzie ?
Eddy : Elle travaille.
Man : Oui peut-être, mais elle aurait pu venir prendre de mes nouvelles.
Eddy : Elle t'aime beaucoup, Man, ne dis pas cela, s'il te plaît,

cela me peine, MOI.

Man : Elle n'est pas là, et encore moins ici.

Eddy : Elle viendra. Je l'accompagnerai. Man, elle t'aime comme sa propre mère. Tu as de l'importance pour elle.

Man : Elle ne perd rien pour attendre. Mon Eddy, méfie-toi tout de même un peu d'elle.

Eddy : Tant que je suis sûr qu'elle t'aime… Et moi aussi, alors on t'aime, Man.

Man : Oui, j'ai un petit faible pour toi, et je l'apprécie aussi. Tu sais, c'est mon caractère de vouloir être sûre pour mes enfants.

Sœurette regardait souvent sa montre et finalement…

Sœurette : Je dois vous laisser… Je dois aller à un entretien d'embauche.

Tous : Bonne chance / Merde / Tiens-nous au courant !

3/ Jour 0 : Embrouille Eddy/Beauf

Man, fatiguée, finit par somnoler, puis par s'endormir.

Beauf à Eddy : Allez, lâche-toi, tu en as sous la casquette…

Eddy n'aimait pas qu'on le bouscule.

Eddy : Sœurette t'a appelé avant moi.

Beauf : Ah, c'est donc cela.

Eddy : Ouais, je suis le fils de ma mère, mais c'est toi qu'elle appelle avant moi.

Beauf : Oui, elle toute crachée. Cela dit, c'est une preuve d'amour ou de préférence envers moi. Mets cela sur le compte de l'amour, s'il te plaît. Elle aime sa maman, elle m'aime et elle t'aime.

Eddy : Tu viens de donner le tiercé dans l'ordre, je suppose.

Beauf : Moi aussi, je préférerais me défouler sur toi plutôt que de devoir demander une explication à ta sœur.

Eddy : Pile poil. Je me résigne. À toi de te coltiner ma sœur.

Beauf : À moi de me coltiner son frère.

Poignée de main virile entre hommes.

4/ Jour 0 : Explications Eddy-Suze

Eddy retrouva sa douce à son appartement.

Suze : D'après ce que tu viens de me raconter, tu n'as pas fait de connerie ce jour.
Eddy : Voilà, c'est cela même ! Et j'en suis le premier surpris.
Suze : Bon, ta mère, son état, tu en penses quoi ?
Eddy : J'ai fait psycho, pas médecine.
Suze : Et décrypter le langage corporel de ta mère ? On ne me la fait pas, j'ai fait socio, pour mémoire.
Eddy : OK, y compris celui des infirmières, et elles n'étaient pas à l'aise. Elle va naturellement beaucoup moins bien que son sourire de façade ne veut l'indiquer. Je suis de la famille. Je suis partie prenante, du style juge et partie. J'ai peur, juste peur, car je ne connais pas cette science qu'est la médecine.
Suze : Mon Eddy, je t'ai trop demandé, viens contre moi, s'il te plaît.

Eddy adorait ce genre d'ordre. Mais le cœur d'Eddy n'y était pas. Il pleura sur son épaule préférée, celle de sa promise. Même les hommes ont le droit de pleurer, mais jamais de pleurnicher. Sa Suze irait voir la maman d'Eddy demain. Elle devait aussi composer avec son boulot atypique.

5/ Jour 1 : Man se fâche avec Suze

À 10 heures du matin, Miss « Paradis d'un Soir » (zut, plus de masque), accompagnée de son fidèle détective Eddy, se présenta à l'accueil de l'hôpital. Eddy se mit en retrait, il lui semblait avoir reconnu une certaine infirmière Caroline d'une aventure précédente, avec laquelle il eut des mots. Elle aussi fit semblant de ne pas le reconnaître, et les autorisa à se diriger vers la chambre. Le couple Eddy et Suze entra dans la chambre de Man. Elle avait fini son petit déjeuner ainsi que sa toilette et regardait quelques magazines féminins laissés par sa voisine de chambre, partie la veille, les lui léguant, à moins qu'elle ne les ait récupérés dans la poubelle après son départ.

Man : Ah, mes enfants, vous ne m'avez pas oubliée, merci. Mais ! Et votre travail, vous risquez de le perdre à trop gâter une vieille femme ?

Eddy : Tu n'en fais pas un peu trop ? Suze est venue, car tu doutes de son amour vrai. Moi, je l'aime. Maintenant, si tu veux lui demander des comptes…

Suzie : Madame, laissons Eddy de côté. Je n'ai pas pu venir hier, car j'étais moi-même sur une opération urgente. Mais ce matin, j'ai tout mon temps, et je peux même vous faire la lecture.

Man sèchement : Non merci, j'ai mes yeux.

Eddy : Man, tu as toujours apprécié Suze, alors tu joues à quoi ?

Man : J'étais à l'agonie hier. Elle n'est pas venue.

Eddy, indiquant par un geste impérieux à sa Suze de ne pas intervenir : Man, OK, j'ai compris, je vais la répudier. Elle ne mérite pas de faire partie de la famille. Tu as raison, elle n'est pas assez bien pour nous. Laisse-moi juste la raccompagner à son domicile, nous sommes venus à voiture unique. Mademoiselle Suzette, dites adieu à ma maman.

Suze : Madame Dietschy, je n'ai aucune envie de vous faire un long discours. J'aime Eddy. Au revoir.

Eddy et Suze partirent main dans la main lentement vers le chemin de la porte de la chambre.

Man : Eddy, ce n'est pas un peu précipité tout cela… EDDY !

Eddy : Oui Man ?

Man : Je suis fatiguée, très fatiguée. Reviens demain, mes idées seront peut-être plus claires et dans les bonnes cases.

Eddy courroucé : Ce serait bien, en effet. À demain, Mère.

« Mère » au lieu de « Maman ». Le ton était donné. Eddy n'abandonnerait jamais sa Suze.

227

6/ Jour 2 : Inspecteur et indic

Pour une fois, le planton du commissariat laissa entrer une personne à 5 heures du matin discrètement dans le bureau de l'inspecteur.

Inspecteur : Salut, Cavalier 17.
Indic : Bonjour, Inspecteur.

L'inspecteur servit lui-même le café et indiqua la corbeille avec deux croissants.

Indic : Merci. Voici mon rapport. La banlieue pourrait être calme, mais la tentation est forte. Un réseau de drogue est en train de se monter. D'où ma demande urgente d'un point *face to face* avec vous.
Inspecteur : J'ai besoin de plus de précisions, notamment afin de couper le mal à la racine.
Indic : Jusqu'à présent, il était essentiellement question de vol de voitures, et depuis quelque temps d'éviter trop d'incendies de ces mêmes voitures. On ne peut pas être aux ordres des décisions politiques en un quart de seconde. Qu'ils assument un peu, là-haut.
Inspecteur : Je reconnais un certain manque d'inertie ayant possiblement des impacts.
Indic : Laissez-le «possiblement» de côté. On est face à un problème.
Inspecteur : Focalisez-vous sur les pistes de provenance de la drogue. On pourra ainsi aussi couper la tête pensante de l'autre côté.
Indic : OK, je vais tenter.

7/ Jour 2 : Man relativise

Eddy et Suze (quoiqu'en retrait) entrèrent à nouveau à l'hôpital et allèrent directement à la chambre de Man.
Elle était réveillée. Elle passait son temps à appliquer une

pommade sur ses mains, tout en marmonnant une chanson d'antan.

Man : Bonjour, mes enfants.

Eddy : Bonjour, Man.

Suze : Bonjour… Man.

Maman prenant les devants : Il est possible que j'aie un peu dévié hier…

Eddy : Man, moi, ça va, j'ai l'habitude et te connais, mais respecte Suze.

Man à Suze : Je te présente mes excuses. J'ai du mal à accepter qu'on me vole mon Eddy. Comme René n'est pas tout à fait accepté non plus.

Suzie : J'aimerais bien vous dire que si je suis aimée d'Eddy, cela me comble et me suffit, mais j'aimerais aussi croire que vous m'acceptez… Man.

Man : Donc, je clos l'incident ?

Eddy : Ne te fourvoie pas. Suze est MA déesse.

Man : Ouais, enregistrement terminé.

Suze : Man, appelez-moi votre bru, cela me ferait plaisir.

Man : Comme vous y allez, Suzette. Disons que j'accepte que vous courtisiez mon Eddy, mon unique fils.

Suze : Merci.

Man : Eddy, j'ai à te parler en privé… oups, jeu de mots… privé et détective…

Eddy : OK, Man.

8/ Jour 2 : Man raconte une histoire

Suze avait quitté la chambre pour retourner chez Eddy's appartement.

Elle ne chômerait pas ce soir, car elle serait encore en représentation, et ça rapporterait bien.

Man, attirant son fils contre elle : Hier, pendant la nuit, j'ai entendu des propos bizarres. Je sais bien que mes nuits sont emplies de tes enquêtes, et tu sais que j'angoisse beaucoup pour toi. Mais j'ai quelque chose à partager avec toi, et je dois te raconter ce qui s'est passé cette nuit dans ce couloir d'hôpital.

Eddy : Je t'écoute, en tant que fils, mais aussi en tant que détective privé.

Man : Oui merci, mon Eddy… Cette nuit en allant faire pipi, j'ai entendu une conversation… Deux voix masculines :

— On a un problème.

— Lequel ?

— Y a de la demande, faudrait augmenter le volume.

— On ne peut pas plus, on risque d'être découverts.

— Trouve une solution. Si on les lâche, je suis un homme mort. On ne peut pas arrêter.

— Je ne comprends pas.

— On ne se retire pas d'un deal. On est coincés.

— Je vais réfléchir.

— Fais vite, j'ai déjà l'impression d'être en sursis. »

Man avait oublié de dire que sa lumière de salle de bain était allumée et que les hommes s'en aperçurent et s'éloignèrent.

9/ Jour 3 : Accident mortel à l'hôpital

L'inspecteur fut averti à 3 heures du matin. Un SMS Confidentiel-Police.

Il posa un bisou sur le front de la douce Sœurette et commença sa journée plus tôt que prévu, mais cela faisait partie du job. Au moins, à cette heure, ça roulait bien. À 4 heures, il débriefait à l'hôpital.

Inspecteur : Qui a découvert le corps ?

Quelqu'un : Moi, monsieur.

Inspecteur : Qui êtes-vous ?

Quelqu'un : Ben, l'ambulancier, Jérémy, pourquoi cette question ?

Inspecteur : Quand ?

Jérémy : Vers 2 heures… du matin pour être précis comme vous aimez.

Inspecteur : Où ?

Jérémy : Ben là, je pensais qu'il était juste sorti fumer une clope, pas se droguer par intraveineuse.

Inspecteur : Son comportement les dernières minutes... à moins qu'il fût déjà raide par terre à votre arrivée ?

Jérémy : Il est arrivé de l'intérieur, comme quand on prend nos destinations. Il titubait. Il s'est approché de moi, effrayé, comme s'il voulait me confier quelque chose. Je ne suis même pas sûr qu'il se soit mis dans cet état-là tout seul, parce qu'il y avait une lueur de lucidité que je n'ai jamais vue chez un camé.

Inspecteur : L'enquête et l'analyse le détermineront.

Jérémy : Si vous le dites. Je peux repartir en ambulance pour les urgences ?

Inspecteur : Faites, on n'a vraiment rien contre vous.

10/ Jour 3 : Déjeuner avec la communauté

Quartier général : l'appartement d'Eddy, sous-locatrice Suzie.

Depuis quelque temps, il y avait sur un meuble une bougie qu'on allumait quelques minutes en souvenir de Blue Lagoon, de la communauté et tuée... par un prêtre rigoriste. Personne ne souhaitait oublier cette belle personne, et on ne parlait pas uniquement de sa plastique.
Bref...

Il y avait Suzie naturellement, soit « Paradis d'un Soir », mais aussi Mata Hari, Green Lantern, ainsi que Kawaii. Suzie s'était chargée de la logistique alimentaire. Eddy, à part lancer les invits, n'était pas capable de grand-chose. Eddy était comme souvent aux anges. De belles filles, des 90D bien exposés, et une Suzie qui l'aimait et qu'il aimait.

Eddy : Mes amies, prenez place.
Suze : Je déclare officiellement ouvert le banquet dînatoire.

Chacune s'assit. Suzie ne savait pas pourquoi, mais elle avait une dent contre Mata Hari. Une sorte d'intuition féminine. Eddy s'assit en bout de table, Suzie en face.

Eddy : Ce serait pas mal d'avoir une quatrième à table, non ?
Suze : Eddy, je gère, occupe-toi de tes enquêtes, je manage mon quartier, *comprendo stupido* ?
Eddy : Oui, ma douce.
Suze : Eddy a deux informations, et il demande ou plutôt négocie notre aide.
Eddy : Voilà, Suze a tout dit. Donc, point 1, ma maman… (tout le monde a une maman…) a fait une attaque et est dorénavant hospitalisée et sous surveillance cardiaque. Et point 2, y a eu un meurtre cette nuit. Je sais qu'un ambulancier a été refroidi.
Kawaii : Oui, on aime toutes Suze, mais là, tu vas nous demander quoi, mon bel Eddy…
Eddy : J'ai simplement besoin de votre aide. Vous avez des clients chez les praticiens et chez les patients.
Pensez à faire un p'tit crochet vers la chambre de ma maman. Merci, mes filles, je vous adore toutes, dit-il les larmes aux yeux.
Suze serrant son Eddy et lui murmurant à l'oreille : Tu as dit « MES filles ». Fais gaffe à ton vocabulaire, et plus si affinités.
Eddy en lui tapotant le popotin : C'était à prendre sur le ton de la plaisanterie.
Suze : Que jamais j'apprenne que tu as dérapé !
Eddy : Tu ne l'apprendras pas… et pour cause, je suis blanc comme neige.
Suze : Tu sais, je sais mordre jusqu'au sang, et je ne m'arrête JAMAIS au premier sang, donc tu risques de perdre une paire de couilles opérationnelle jusqu'à preuve du contraire.

Et la soirée suivit son cours. Eddy était très bien accepté dans l'entourage de la profession de Suzie. Sans doute le seul homme propre qu'elles n'aient jamais chacune côtoyé. Un grand frère peut-être ? Certaines seraient peut-être tentées d'aller plus loin par reconnaissance. Dans ce métier, où on est rarement soutenu, Eddy aidait ces filles avec amour…

11/ Jour 3 : Eddy et Beauf

L'après-midi, Eddy se rendit à l'hôpital. Il passa une heure avec sa mère puis demanda à voir son beauf, inspecteur de son état. Ce dernier avait demandé à l'intendance de l'hôpital de leur trouver une petite salle pour faire un point.

Inspecteur : Alors, Eddy, que me vaut l'honneur de ta visite ?

Eddy : J'étais venu voir ma maman et j'en profite pour venir saluer l'actuel de ma sœurette.

Inspecteur : Eh bien, ton acte charitable est fini. Je te signe ton carnet d'autographes de boy scout ?

Eddy : Je l'ai oublié. Et tu peux me parler de ton enquête, comme tu le sais, je ne suis pas un journaliste, rien ne filtrera.

Inspecteur : Tu te révèles enfin. Ça n'a pas été trop dur de supporter ta mère aussi longtemps ? Car ton seul et unique but, c'était moi et savoir le max d'info sur le meurtre de cette nuit, n'est-ce pas ?

Eddy : Beauf, tu as raison, maintenant je t'écoute.

Inspecteur, en relisant ses notes dans son calepin : Blablabla, 2 h 30, il s'écroule. On lui fait du bouche-à-bouche, on l'intube, et non, on l'entube. Mais il sera mis dans un coma artificiel avant de passer l'arme à gauche aux alentours de 5 heures du matin, en la présence de la police. Voilà. Pourquoi ?

Eddy : Pourquoi quoi ?

Inspecteur : Pourquoi fourres-tu tes mains dans mon affaire ?

Eddy : Pour t'aider.

Inspecteur : Et pourquoi ton nez s'allonge-t-il ?

Eddy : Je ne mens pas. Tant que ma mère est dans cet hôpital, je ferai en sorte d'être au courant de tout. Simple principe de sécurité.

Eddy remercia son beauf et s'éloigna lentement en secouant la main au-dessus de lui, à la manière de Columbo.

Inspecteur élevant la voix : Dis, beauf, veux-tu suivre les premiers pas de l'enquête dans l'hôpital… tu serais un peu comme mon invité forcé ?

Eddy se retournant : Invitation forcée acceptée, mon beauf préféré.

12/ Jour 3 : Eddy suit l'enquête avec Beauf

Cet après-midi-là, Eddy suivit son beauf comme son ombre. Le mort était en cours d'autopsie. Ambulancier depuis deux ans, Ibrahim Wundi était à ce poste. Il conduisait bien, n'avait quasiment jamais besoin de programmer son GPS. Il connaissait l'Île-de-France comme sa poche. Bien noté, pas de vice connu, mais aimait faire la bringue avec ses collègues. Il habitait dans une HLM, et n'avait aucun casier judiciaire.

Ensuite, ils sont allés vérifier l'emploi du temps. Timing de la journée ou de la nuit. D'après le registre, à la fois informatique et consigné, Ibrahim avait débuté sa journée à 10 heures, et tout était en correspondance.

Inspecteur : Blablabla… Différentes missions jusque 18 heures, puis seconde partie de journée de minuit à 6 heures du matin. Sauf qu'il y a eu cette pause vers 2 h 30 qui n'aurait pas dû se passer de la sorte.
Eddy : Les ambulanciers sont toujours seuls ?
Inspecteur : Oui, sauf si l'opération requiert deux personnes pour le traitement.
Eddy : Peut-on savoir sur combien de missions il était seul ?
Inspecteur : Ce jour-là, toutes.
Eddy : Donc, pour cette pause à 2 h 30, à quelle heure est-il arrivé, qui a réceptionné…
Inspecteur interpellant des hospitaleux : Qui était là cette nuit à 2 h 30 ?
Guguss : Moi et Benoit qui arrivera à 18 heures ce soir.
Eddy : Monsieur, pourriez-vous nous redécrire la scène… une nouvelle fois s'il vous plaît ?
Guguss : Ouais, bien sûr. Alors, comme à son habitude, Ibra arrive en grande pompe, tutatout, tutatout, et se gare ici là en laissant le gyro. Nous, on n'aime pas trop le gyro… Ça fait mal à

nos yeux, euh, même si on n'est pas des mauviettes, mais c'était le seul truc sur lequel on n'était pas d'accord.

Eddy : Donc, il se gare, et vous vous occupez du patient.

Guguss : À 2 h 15, le patient était un homme, la cinquantaine et totalement ivre, voire plus si c'était humainement possible, et même que j'avais de sérieux doutes sur le fait qu'on l'ait amené à temps. Enfin, pour le sauver, je veux dire. Mais j'ai appris plus tard que c'était OK. Ça fait plaisir tout de même.

Eddy : Il descend du véhicule à 2 h 15 et s'engage dans l'hôpital ?

Guguss : Ben oui, voyons. Il a droit à ses quinze minutes de pause entre deux interventions.

Eddy : Donc, il s'est absenté pendant que vous mettiez le patient sur un lit d'hôpital mobile et ensuite, en attendant son retour, vous avez nettoyé l'ambulance avec l'aspirateur, et aussi des lingettes. L'ambulance se devait d'être nickel chrome, n'est-ce pas ?

Guguss : À 2 h 29, j'ai personnellement CLAQUÉ la porte de ma chouchoute. Il ne faut pas qu'ils me l'abîment, vous comprenez. Boulot fini, alors j'ai allumé une cigarette, une vraie, sans filtre.

Eddy : Et à 2 h 30 ?

Guguss : À 2 h 30, oui, Ibra est revenu… mais pas dans son état normal. Il titubait, il suintait, OUI, il transpirait comme un junkie.

Eddy : Et il se tenait le bras ou avait mal quelque part ?

Guguss : Il avait la manche droite de sa chemise remontée.

Eddy : Merci, ah oui, une dernière question… avait-il de bons amis ici ?

Guguss : Pas que je sache, mais il est de souche locale, si vous voyez ce que je veux dire.

13/ Jour 4 : Mère dans le coma

Après une courte nuit matinale, mais très chaude entre Eddy et Suze, ce dernier largement rassasié fila voir sa mère.

Eddy guilleret : Hello, Man, tu reprends goût à la nourriture locale ?

Puis, une infirmière entra en catastrophe dans la chambre.

Infirmière : Monsieur, cette personne est sous perfusion et aussi dans le coma. Je vous prierais d'évacuer cette chambre sans délai !
Eddy : Expliquez-moi d'abord POURQUOI elle est dans le COMA ?
Infirmière : Elle a été trouvée ce matin dans un état nécessitant une telle mise sous surveillance.
Eddy : Et personne n'a pensé bon d'avertir la famille ?
Infirmière : Cela a pu être un oubli dans le feu de l'action.
Eddy : Je veux voir les dossiers.
Infirmière : Adressez-vous à l'accueil, ils centralisent tout.

Ils s'étaient reconnus, mais aucun des deux n'a voulu se remémorer ces souvenirs pénibles.

14/ Jour 4 : Eddy donne des infos à Beauf

Eddy sortit de la chambre, non sans un dernier regard interrogatif vers sa mère alitée. Il se retourna vers l'infirmière.

Eddy : Vous savez où je peux trouver l'inspecteur ?
Infirmière : Parce que j'ai oublié d'appeler la famille ? C'est un peu dur.
Eddy : Non, je l'aide dans son enquête concernant l'ambulancier décédé.
Infirmière : On lui a trouvé un local fermant à clé. Son nouveau pied-à-terre. C'est au premier, à l'aile Ouest, chambre 1001.

Eddy n'allait pas l'embêter en lui demandant de l'orienter, mais il savait dire merci.

Eddy : Merci.
Infirmière : Vous allez au bout du couloir, vous descendez d'un étage par l'escalier et vous prenez le couloir Ouest.

Il avait déjà dit merci, alors il agita la main.

Beauf avait légèrement réorganisé la chambre prêtée. Eddy entra et siffla d'admiration.

Eddy : Wow, presque aussi beau que ton bureau, tu comptes t'installer ici à demeure ?

Inspecteur : Tu n'as pas vu le panneau « Entrée réservée aux personnes accréditées » ?

Eddy : Mais je suis accrédité, veux-tu voir mes cartes ? Ouais, je sais, je baisse question humour.

Inspecteur : Assieds-toi.

Eddy : J'ai des choses à te confesser.

Inspecteur : Si tu me confies ta vie sexuelle, je vais devoir tout raconter à ta sœur.

Eddy : Désolé, Suze a le copyright.

Inspecteur : C'est donc cela, la misère sexuelle ?

Eddy s'assit et fit un lent moulinet de la main pour insinuer que cette remarque ne lui faisait ni chaud ni froid.

Eddy : Avant d'être dans le coma, mère a entendu des trucs.

Inspecteur : Jeanne d'Arc aussi.

Eddy : Hier, Man m'a confié qu'elle avait été le témoin d'une conversation dans le couloir... en se levant la nuit.

Inspecteur : Alors, à table à ton tour.

Eddy : Deux hommes causant *a priori* de trafic de drogue. L'un, le transporteur, indique que le besoin est en train d'exploser et qu'il faut y répondre, sous peine de finir refroidi. Et l'autre gars, le fournisseur interne de l'hôpital, rappelle qu'il n'est pas chaud, car en augmentant la sortie de la drogue, ils passent à la vitesse supérieure, entrant clairement dans le milieu du banditisme, et les peines et les risques ne sont plus les mêmes.

Inspecteur : Pourquoi ne me l'as-tu pas dit avant ?! Tu m'as fait perdre un jour dans mon enquête ! Tu n'apprendras donc jamais !

Eddy : En fait, je l'ai plutôt fait progresser, ton enquête. Et elle devient la mienne à partir du moment où on attaque ma mère, qui n'est pas la tienne. Je ne crois pas un instant à cette histoire de coma.

Inspecteur : Donc, maintenant je vais devoir te supporter.

Eddy : Oui, encore plus que d'habitude.

Inspecteur : Pourvu qu'on s'en sorte.

15/ Jour 4 : Beauf enquête sur l'anesthésiste

Dans le bureau aménagé de l'inspecteur, il était 17 heures, et l'inspecteur René aurait bien aimé retourner voir sa propre douce.

Eddy : Explique-moi comment tu comptes mener ton enquête.

Inspecteur : Je ne sais pas, vérifier les emplois du temps de tout le monde pour limiter les recherches.

Eddy : Comment passer de mille cinq cents personnes à cent personnes ? Tu n'as pas compris ?

Inspecteur, les poings serrés : Non, je n'ai pas compris.

Eddy : Et il y a quoi, à ton avis, dans les perfusions de ma mère ? Du jus de carotte pour bronzer de l'intérieur ? Cherche un anesthésiste, putain de merde. C'est LE point commun. Ma mère sous perf et l'ambulancier empoisonné à la drogue.

Inspecteur qui, depuis, avait ouvert ses poings et visiblement les yeux : Bonne idée. Merci.

Eddy : As-tu la liste des anesthésistes de l'hôpital ? Ceux en fonction les trois nuits qui nous intéressent. La nuit du dialogue intercepté par Man, la nuit de sa mise sous perfusion, et la nuit où l'ambulancier a trépassé.

Inspecteur à un de ses subalternes : Bon, vous pouvez faire cela ? Vous avez trente minutes.

L'inspecteur René se mit la tête dans ses mains et pleura, non officiellement bien sûr. Officiellement, il aimait sa maman. Officiellement, il ne pleurait pas. Eddy fit semblant de ne pas voir. Il le laissa et alla dans le couloir pour suivre plus près l'action de cette enquête délocalisée.

Les pensées de l'inspecteur : Quel con il avait été. Ne pas deviner le lien entre deux affaires était pour lui une faute professionnelle. Il s'en voulait. Il savait aussi que son beauf détective n'utiliserait jamais cette information, ni professionnellement ni personnellement. Il l'appréciait, à part son caractère de cochon, qui valait bien le sien.

L'inspecteur hurla : Où est Bertrand ? Où ? Putain, il ne peut pas juste me rapporter la liste des anesthésistes ? Je n'ai pas demandé ni les âges ni les adresses !

Bertrand en courant : Inspecteur, j'ai tout. J'ai même les âges et les adresses au cas où.

Inspecteur : Et merde, un jusqu'au-boutiste, un ralentisseur d'enquête…

Bertrand : Ça n'a pas été facile, ils sont encore plus administratifs que chez nous… chef.

Inspecteur : Combien d'anesthésistes ?

Bertrand : Je ne sais pas, vous avez le listing.

Inspecteur : Apportez les infos au détective Eddy, qui nous aide. Et courez me chercher les recoupements d'horaires sur les deux incidents.

Bertrand : Oui, Inspecteur.

Inspecteur : Même avec une administration de merde, revenez dans moins de trente minutes.

Bertrand partit précipitamment.
Il revint vingt-neuf minutes plus tard, toujours en courant.

Bertrand : Inspecteur, voici le listing, mais je crois qu'il ne vous plaira pas.

Inspecteur : Quand vous faites votre boulot correctement, qu'importe le résultat. Et je suis certain qu'on en tirera tout de même des conclusions constructives.

Bertrand : Merci, monsieur.

16/ Jour 4 : Eddy et infirmière

Eddy marchait lentement dans le couloir en direction de la chambre de sa mère. Il se fit bousculer, car il ne regardait pas devant lui. Ô non, son infirmière préférée et adorée. À croire qu'il n'y avait qu'une infirmière pour tout l'hôpital. Ou bien l'hôpital devait être situé à côté d'une fabrique de clones. Il choisit la seconde solution.

Eddy : Mademoiselle l'infirmière, excusez, j'avais la tête dans les étoiles.

Infirmière : On dit « Excusez-moi » ou plus poliment « Veuillez m'excuser », mais cela vous passe bien au-dessus.

Eddy : Excusez-moi et passons notre chemin.

Infirmière : Ce n'est pas dans mes intentions.

Il pensa : *Mettez-les-vous où je pense...*

Eddy : Heureux de vous avoir rencontrée.

Infirmière : J'ai entendu votre conversation avec l'inspecteur.

Eddy : Et cela vous donne quel droit ?

Infirmière : Celui de vous pardonner votre muflerie.

Eddy : Excuses acceptées.

Infirmière serrant les poings : Je peux vous aider, mais cela me coûte tellement que je retire mon offre.

Eddy : OK. OK. Veuillez m'excuser, mademoiselle, s'il vous plaît. Il ne faut pas me chatouiller quand ma mère est dans cet état.

Infirmière : Excuses acceptées.

Ils s'installèrent dans une chambre vide pour mieux discuter. Chacun sur une chaise de chaque côté d'un lit.

Infirmière : Je peux vous aider.

Eddy : Pourquoi et pour quoi ?

Infirmière : J'ai omis de téléphoner quand j'ai intubé votre mère. J'accepte de vous aider de l'intérieur. De plus, j'ai vu malgré votre caractère l'amour qui émane de vous pour votre mère et pour vos amies... et j'ai peut-être été moi-même un peu sèche avec vous.

Eddy : J'aurais besoin de connaître le nom et les horaires de la semaine de tous les anesthésistes de l'hôpital

... pour commencer.

Infirmière : Tentez votre chance à l'accueil en tant que second de l'inspecteur. Sinon, je verrai. Je dois retourner à mes inspections.

Eddy : Merci.

Infirmière : Tout le plaisir est pour moi.

Eddy était confus dans son esprit, mais il savait que cette femme l'agaçait et l'agacerait pour longtemps encore.

17/ Jour 4 : Eddy et hôtesse accueil

Eddy, sifflotant, prit l'escalier et se présenta à l'accueil. Il y fut accueilli par le plus beau sourire du service public, donc fermé et haineux.

Eddy : Mademoiselle, je travaille avec l'inspecteur au sujet de l'ambulancier.
Hôtesse : Oui, et donc ?
Eddy : J'ai besoin de données.
Hôtesse : Je ne donne pas de données.
Eddy : J'ai besoin de connaître les emplois du temps des employés de l'hôpital cette nuit, s'il vous plaît, mademoiselle.
Hôtesse : NON, autre demande ?
Eddy : Vous ne m'avez pas compris. Pour les besoins de l'enquête, NOUS, l'inspecteur et moi, avons besoin de ces informations.
Hôtesse : NON, autre demande ?
Eddy : OK, on est dans une impasse. Il vous faut quoi pour obtempérer ?
Hôtesse : Un insigne officiel, une lettre de mon directeur, une personne qui ne ressemble pas à un cliché des années 1950.

Eddy partit… vexé d'avoir perdu et de s'être fait rembarrer pour son look.

Il pensait en cet instant : *Putain, vivement qu'on remplace les pseudo-hôtesses d'accueil par des androïdes, comme cela se fait au Japon, et recasez-moi s'il vous plaît cette ~~salope~~ personne aimable comme une porte de prison, à sa place, guichetière quelque part à un bureau des réclamations.*

Eddy : Ne bougez pas, je reviens.

18/ Jour 4 : Eddy et infirmière

Eddy passa une heure à retrouver sa nouvelle amie infirmière en chef.

Eddy : S'il vous plaît, mademoiselle, j'aurais encore besoin de vous.
Infirmière : De moi ou de mes services ? Et merde, s'il vous plaît, excusez-moi, appelez-moi Caroline…
Eddy : Soit, mademoiselle Caroline, j'aurais éventuellement besoin de vos services.
Infirmière : Je suis à votre écoute, monsieur le détective Eddy. Et cela fait longtemps que je ne suis plus une demoiselle.
Eddy : J'ai reçu un accueil assez glacial justement à l'accueil… Pourriez-vous y remédier ?
Caroline sourit : Oui, on va y retourner ensemble.

Eddy et Caroline redescendirent à l'accueil. La même personne agréable tenait le stand…

Infirmière : Mademoiselle Pons, prenez votre pause, je vais tenir l'accueil quinze minutes.
Hôtesse, yeux noirs et guère sympathiques, mais respectueuse de la hiérarchie : Bien, madame.

Ensuite, Caroline et Eddy se placèrent à son bureau et manipulèrent l'ordinateur.
Un de ces gros trucs avec un écran de trente centimètres de profondeur, comme au millénaire passé, avec une écriture verte sur fond noir.
Comment cette application a-t-elle bien pu faire pour passer le bug de l'an 2000 ?
Caroline s'installa aux commandes.

Infirmière : Donc, vous voulez connaître quoi ?
Eddy : Primo : liste des anesthésistes bossant pour l'hôpital.
Infirmière : C'est parti. Et ensuite ?
Eddy : Vous êtes sûre ? Je peux faire deux demandes ?

Infirmière : Décidez-vous tant que ma bonne humeur dure.

Eddy : Sous ces conditions, donnez-moi les emplois du temps de tous les anesthésistes depuis une semaine.

Infirmière : Vous me laissez cinq minutes, je dois mixer deux logiciels.

Eddy : Je serai patient, et merci.

Eddy tenait en main ses deux listings.

Eddy : Encore merci, Caroline, sincèrement.

Il se retenait pour la bise.

19/ Jour 4 : Eddy et Beauf

Eddy déjeuna d'un sandwich infect, et d'un café issu d'une machine.
Il passa nonchalamment voir son beauf à sa chambre-bureau improvisée.

Eddy : Salut, René, je viens aux *news*.

Inspecteur : Tu n'as pas ta mine de *winner*, comment cela se fait-ce ?

Eddy : Il y a un temps pour gagner la guerre, mais il faut aussi savoir perdre des batailles.

Inspecteur : Philosophe avec cela.

Eddy : Tu me mets au jus ?

Inspecteur : Ce n'est pas encore le beauf-Eddy rampant, mais tu progresses en termes d'humilité.

Eddy : Je t'aide et surtout je le fais pour Man. J'en réfère à ma sœurette ?

Inspecteur, sous la menace : Assieds-toi, je te résume.

Eddy s'assit à califourchon sur une chaise et posa ses bras sur le haut du dossier.

Inspecteur : Merci pour la piste « anesthésiste ».

Eddy : De rien, c'était cadeau.

Inspecteur : Il y a dix anesthésistes travaillant ici. Trois étaient dans le planning de la nuit et tous trois en activité dans des blocs opératoires à l'heure dite.

Eddy : Et merde, faut trouver une autre piste…

Inspecteur : Ta piste était la plus intelligente.

Eddy : Je suis sûr que les deux affaires sont liées.

Inspecteur : Peut-être, mais moi je n'en ai qu'une.

Eddy : Et moi, l'autre. Il va falloir tout reprendre de zéro.

Inspecteur : On a toutes les informations, mais il faut savoir poser les bonnes questions aux bonnes personnes.

Eddy : Y a-t-il des caméras de surveillance ? Dans l'hôpital et autour, style le parking ?

Inspecteur : Je prends l'action.

Eddy : Une surveillance devant la chambre de Man ?

Inspecteur : Impossible, désolé.

Eddy : Alors, je dois m'en occuper.

20/ Jour 4 : Conseil de la communauté étendue

Ce soir-là, la quatrième place qu'Eddy insistait à pourvoir avait une invitée-surprise : Caroline. Les autres : Eddy et Suze, et les trois membres (féminins) des associées de Suze sur le secteur, soit Mata Hari, Green Lantern et Kawaii.

Une tournée de jus de fruit ou autre, ainsi que des petits canapés préparés par la belle de notre unique séducteur Eddy. Eddy fit tinter les flacons dans son verre de whisky généreusement servi par lui-même.

Eddy : Mes demoiselles (n'insistons pas trop sur l'erreur de définition), je souhaite vous présenter une personne que vous avez déjà croisée il y a quelque temps : Caroline, qui a été au chevet de Ma Suzie et de Kawaii, et qui dans MA situation actuelle, s'est proposée de m'aider. Elle sera donc des nôtres ce soir.

Toutes : Bonjour/Bienvenue Caroline.

Caroline : Bonjour, je souhaite simplement savoir si je peux vous aider. J'ai eu des mots avec Eddy et je les regrette. Ma profession me permettra de l'aider de l'intérieur.

Suze : Caroline, connaissez-vous nos professions ?

Caroline : Ben non, c'est sans importance. Mais si vous souhaitez le savoir, je suis infirmière manager.

Suze : Caroline, nous sommes toutes ici des… *Escorte girls…* aussi nommées, mais cela nous vexe, car insultant, des putes. Et Eddy n'est pas mon mac, mais mon amoureux, enfin, quand il se tient à carreau.

Caroline choquée : Oh mon Dieu…

Eddy à Suze : Tu avais besoin de toute cette violence verbale ?

Suze à Eddy : Pour faire confiance, la vérité n'est pas négociable.

Caroline : Monsieur et mesdames. Je suis confuse. Je ne connaissais pas ces « détails ». Je veux aider monsieur Eddy. On peut faire abstraction du reste, s'il vous plaît ?

Suze : On peut.

Caroline : On peut parler des idées et des propositions de solutions… s'il vous plaît ?

Eddy imita les gestes (culture latine et gestuelle) en œuvre pour indiquer la neutralité.

Eddy : Stop, temps mort, les filles, on est constructifs, OK ? TOUTES les filles !

Eddy supervisait le bordel ambiant. Caroline, son invitée, était bousculée par les amies de Suze. Il était intervenu. Cela serait-il suffisant ?

Eddy à Caroline, mais toutes concernées : Caroline, il y a deux affaires sur cet hôpital. L'inspecteur gère l'une. Ma maman est de mon ressort. Et j'ai eu une idée génialissime ou nullissime qui attend votre approbation… ou non.

Caroline, sous le choc : Oui, demandez ?

Eddy : Je pense que les deux affaires sont liées, et que cela met en cause un anesthésiste. Donc, un premier merci pour l'aide de ce jour. J'ai demandé, mais la police ne placera personne devant la porte de la chambre de ma maman. J'ai échangé avec Mata Hari qui est OK avec mon plan, que nous vous proposons maintenant.

Nous allons infiltrer l'hôpital. Mademoiselle Mata Hari doit être hospitalisée assez urgemment. Pouvez-vous la prioriser et la placer dans la chambre de ma mère ?

Mata Hari : J'ai donné mon accord.

Caroline : Je le ferai, c'est dans le domaine du possible.

21/ Jour 5 : Eddy et infirmière

Le matin suivant, une ambulance arriva et en fanfare aux urgences de l'hôpital. Une bien trop belle femme et patiente allongée sur le brancard, portée par les deux ambulanciers, et que tout un chacun aurait bien voulu déshabiller plus que du regard pour la piquouser de partout. À l'accueil, on créa son dossier et on affecta automatiquement son numéro de chambre. Mata Hari, bien que dans un coma artificiel, allait être envoyée dans la même chambre que la maman d'Eddy.

22/ Jour 5 : Suze et Beauf

En début d'après-midi, la famille avait pris l'habitude d'aller voir Man. Eddy et Suze étaient déjà là. Et puis, René débarqua. Avec son flair, il chercha et trouva l'entourloupe. Le second lit était occupé par une connaissance commune. Il ne se rappelait pas tous les pseudos de la profession, mais c'était l'une d'entre elles.

René : Non, mais c'est quoi, ce bordel ? Vous introduisez une fausse patiente ?

Eddy : Pas de surveillance policière. Je t'ai prévenu que je prenais le relais.

René : Je fais le max.

Eddy : Moi, je fais dans l'efficace.

À cet instant, Sœurette entra dans la chambre. Elle se fit percuter par René qui sortait de la pièce sans avoir aucune envie de causer à quiconque.

Sœurette : Bonjour, Eddy, tu lui as dit quoi pour qu'il sorte fâché ?

Eddy : Même pas ses quatre vérités, je me suis arrêté à deux.

Suze : Sœurette, ils sont tous les deux aussi cons l'un que l'autre.

Sœurette : Merci, Suze, ça fait plaisir de rencontrer une graine d'intelligence dans cette foutue famille.

Eddy : Hé, les filles, je suis ici ! Pas tout à fait transparent. *Capito ?*

Suze : Tu la fermes, POINT, et ne m'oblige pas à te traiter de CONNARD.

Eddy ne moufta pas.
Sœurette riait sous cape.

23/ Jour 6 : Ambulancier bis

Ce matin-là, une personne se présenta à une entrée inhabituelle : les ambulances, donc les urgences, et demanda à voir une autre personne.
À 8 heures, il y eut une conversation entre deux personnes. Une interne, une externe.

Interne : Qui êtes-vous ?

Externe : Je peux remplacer la roue manquante.

Interne : Monsieur la roue de secours, je repose la question… et vos relations avec la roue précédente ?

Externe : C'est mon cousin.

Interne : Et les conditions du deal ?

Externe : Moi, je livre.

Interne : Vous êtes accepté par les destinataires ?

Externe : Je suis de leur clan.

Interne : Je n'augmenterai pas les volumes livrés mensuellement.

Externe : Je suis un transporteur.

Interne : Eh bien, rappelez-le à votre clan.

Externe : Je suis un transporteur.

Interne : Eh bien, transportez cette information, merde.

Externe : Je le ferai.

En voix off : *Merde et con, jusqu'où suis-je embourbé...*

24/ Jour 6 : Conseil communauté et infirmière

Presque comme l'autre jour, trois *Escortes*, une infirmière et Eddy.

Mata Hari, absente pour une excellente raison, conservait son rôle et donc sa place à l'hôpital à veiller sur Man. Maintenant que Caroline savait pour les *Escortes*, elle avait des scrupules sur ses intimes préjugés.

Eddy : Salut la compagnie. Mata Hari est en place. Caroline veille sur elle comme sur sa propre couvée. Et mon beauf progresse à la vitesse d'un TGV à l'arrêt.

Caroline : Bonsoir, mes... dames. Je supervise et manage mes infirmières et... l'arrivée factice de votre amie. Elle a reçu de ma part un biper directement branché sur le mien et naturellement elle a mes numéros professionnel et personnel... que même le détective ne connaîtra jamais, m'a-t-on conseillé...

Eddy : Les filles, on arrête de rigoler. Il y a Mata Hari et ma maman en danger.

Kawaii : On peut aller voir Mata et Man chaque jour en faisant un roulement ?

Eddy : Oui, on continue la surveillance rapprochée.

Green Lantern : Et l'enquête ?

Eddy : Celle sur ma mère n'existe pas, c'est juste mon intuition. Bon, les filles, y a-t-il d'autres questions ?

Suze : Oui, moi, qui protège Mata Hari ?

Le silence a toujours été pesant.
Et, bien souvent, les questions pénibles ne trouvent pas de réponse.

25/ Jour 7 : Martine de la compta

L'hôpital n'était pas uniquement composé du seul personnel médical. Il fallait aussi de l'administratif. Il y avait un service

« Comptabilité ». Et à ce service, Martine, dite La Toulousaine. Une bien belle personne brunette du Sud, un accent ensoleillé, des gestes délicats, des yeux gourmands et une attitude patiente et souriante. Une belle personne, voire très belle.

Elle était totalement absorbée par ses tableurs (Excel, pour ne pas les nommer) quand subitement une personne connue entra dans son bureau. Le bel anesthésiste. Ils avaient sympathisé il y avait quelques mois et elle s'était laissé séduire, platoniquement s'entend. Il y avait une certaine différence d'âge, et elle ne savait pas s'il fallait s'en contenter ou forcer le destin.

Devant ses yeux béats (ou ébahis), le bel étalon parla.

Anesthésiste : J'aurais besoin qu'on augmente les chiffres.

Martine : Vous voulez dire « les nombres » ? Un chiffre signifie de 0 à 9, mais ce que vous demandez, ce sont des nombres.

Anesthésiste, un tantinet agacé : Si vous voulez. On peut ou on ne peut pas ?

Martine avait toujours cet accent toulousain chantonnant qui affichait le spectre des couleurs chaudes à la vision. Quant à l'ouïe, l'écouter, c'était entendre le chant des cigales ou des grillons.

Martine : Ben, monsieur, je fais le maximum, mais le maximum n'est pas élastique.

Anesthésiste : De combien pourrions-nous augmenter le NOMBRE ?

Martine : Je ne comprends déjà pas pourquoi je fais… cela. C'est illégal.

Anesthésiste : Allons, allons, grâce à vous, nous pouvons aider des SDF à se sevrer progressivement dans mon association.

Martine courageuse : Vous êtes un homme bon… Y a-t-il une madame ?

Anesthésiste évasif : Non, pas que je sache. Je me donne totalement à l'hôpital.

Martine : Et à votre association ?

Anesthésiste évasif : Oui, c'est cela même.

Martine se lâcha : Donc, vous pourriez m'inviter…

Anesthésiste évasif : Oui, c'est un plaisir de travailler avec de belles personnes au sein de l'hôpital.
Martine remise à sa place : Ah…

26/ Jour 7 : Eddy et Sœurette à l'hôpital

Eddy et Sœurette en tête à tête avec Man. Le coma n'aura pas raison d'elle ! Man 1-0 Coma !

Eddy : Bonjour Man, comment vas-tu, mieux qu'hier aujourd'hui ?
Man : Je sors quand ?
Eddy : Ben, quand tu seras guérie.
Man : J'ai quoi comme maladie ?
Sœurette : Maman ! Tu as fait une attaque, tu dois te reposer et le résultat de tes examens t'indiqueront quand sortir. Cela ne peut pas être plus simple !
Man : Ah oui, quitte à me reposer, je serai mieux à MA maison à regarder l'herbe pousser.
Eddy : Tu es impossible.
Man : Et ça n'ira pas en s'arrangeant, vu mon âge.
Eddy : Man. Tu vas arrêter tes conneries. Je t'ai écoutée l'autre jour.
Man : Hein, quoi ?
Eddy : Man. Je t'ai affecté mon meilleur agent pour veiller sur toi. Tu es en danger de mort, et cela ne me fait pas plaisir. Maintenant, j'ai assez de lièvres à courir sans te compter dans la course. Je bosse. Alors, tu te tiens peinarde, tu lis tes magazines à la con et tu nous laisses œuvrer, moi et mon équipe. Je n'ai aucune envie d'hériter d'une misère avant l'heure. POINT et je clos la discussion.

Et il partit.

Man à Sœurette : Il était sérieux, là ?
Sœurette : Disons qu'il n'a pas l'habitude de plaisanter avec la santé de sa maman.
Man : Donc, je dois me faire toute petite ?

Sœurette : Plus petite qu'une souris, ce serait possible ?

Man : Avec ce qu'on bouffe de dégueulasse ici, pas de souci.

Sœurette câlinant la maman : Lui et moi, on a besoin de vous.

Man : Eh ben, dites-le clairement que vous m'aimez, MERDE.

Sœurette : Méritez-le un peu plus souvent.

Et elle aussi déguerpit.

27/ Jour 7 : Martine de la compta

Eddy et son beauf se présentèrent au bureau de mademoiselle Martine de la compta. Heureusement, ce dernier n'était pas en open space. Eddy, l'inspecteur et Martine s'enfermèrent.

Inspecteur : Mademoiselle Martine, nous avons des questions sur la tenue de la comptabilité.

Martine, avec son accent chaud et sincère : Monsieur l'inspecteur, je suis toute à vous… (Souhaitant rattraper sa bourde) Enfin, professionnellement s'entend.

Inspecteur : Comment faire correspondre la quantité de produit comptabilisé et celle utilisée ?

Martine, nerveuse : Ben, je ne sais pas…

Eddy : Mademoiselle Martine, sur quoi vous basez-vous pour établir cette comptabilité s'il vous plaît.

Martine : Sur le cumul des demandes des anesthésistes.

Eddy : Pouvez-vous nous fournir les documents de cette année, mois par mois, nous ferons avec vous un check, une vérification avec concordance, si vous préférez.

Martine : Bien, messieurs.

Inspecteur : On se revoit demain pour un point, mademoiselle… avec les documents adéquats naturellement.

28/ Jour 7 : Eddy et la sacrée infirmière

Eddy : Bonjour Caroline.

Caroline : Monsieur… Bonjour, Eddy.

Eddy : On peut se faire un point-là, j'ai l'impression que… j'en ai besoin, et que c'est aussi le bon moment.

Caroline : J'ai dû mettre une infirmière de nuit dans la confidence, mais j'ai toute confiance en elle, et pas seulement car il s'agit de ma nièce… mais cela aide.

Eddy : Quelle surveillance la nuit ?

Caroline : Je me suis permis une action individuelle. Ma nièce passe au minimum une fois toutes les quinze minutes, et tâte le pouls de votre mère.

Eddy : Merci.

Caroline : J'ai préféré ne rien lui dire sur votre autre ange gardien féminin.

Eddy : Vous n'appréciez pas Maha Hari ?

Caroline : Je suis catholique pratiquante, et j'ai du mal à accepter cette « profession ».

Eddy : Si elles professent, c'est qu'il y a des clients.

Caroline : Je me doute, et aussi je doute du monde. Je me concentre sur le petit îlot de mon hôpital.

Eddy : Je peux vous fournir la liste des médecins d'ici qui ont recours à ce commerce ici-bas… ma sœur.

Caroline : Oh mon Dieu non.

Eddy : Humm… selon les statistiques de ma chère Suze, environ vingt-cinq pour cent du personnel hospitalier, mais soixante-quinze pour cent chez les médecins… font appel souvent à leurs services. Quand vous croisez un médecin, il est aux trois quarts infidèle à sa femme.

Caroline : Oh mon Dieu non. Les médecins célibataires aussi ?

Eddy : Euh, je crois que Suze ne les a pas dans ses stats.

Caroline : C'est heureux, eux sont pardonnables…

Eddy en faisant le signe de croix : Amen.

Eddy la quitta, son moral au plus bas…

29/ Jour 7 : Martine de la compta

Eddy alla consulter son beauf, à propos de la comptable en chef.

Eddy : Tu la sens comment ?

Beauf : J'ai honte de le dire, mais honnête.

Eddy : Et belle aussi.

Beauf : Je suis un homme casé.

Eddy : Avec ma sœur, je sais.

Beauf : Et toi ?

Eddy refusa de répondre directement : J'ai une question existentielle.

Inspecteur : Je ne puis rien pour vous, pauvre pécheur.

Eddy : Sans déc. ! Alors, tu n'es même pas curieux ?

Inspecteur : Avec toi, c'est source de boulot.

Eddy : Bon, s'il n'y a aucun problème de compta, cela signifie que le problème, c'est la compta ?

Inspecteur : Avec une telle tête d'ange ?

Eddy : Les anges déchus, c'est monnaie courante… tiens, comme Lucifer.

Inspecteur : L'un des sept archanges, je sais.

Eddy : Bon, je veux dire que je ne pense pas qu'elle trempe dans le deal. Elle s'est visiblement fait manipuler.

Inspecteur : Une pôv' Toulousaine perdue en région parisienne ?

Eddy : La Toulousaine n'est pas pauvre, elle place ses économies à la Caisse d'épargne.

Inspecteur : Ah oui, quand même…

Eddy : Il faut lui demander la quantité de produit commandée depuis un ou deux ans. Je suis sûr qu'elle a augmenté le nombre… sans que quiconque puisse vérifier.

Inspecteur un peu largué : Soit.

30/ Jour 8 : René et la comptable

Le lendemain, l'inspecteur et Eddy se réunirent à nouveau avec Martine de la compta.

Inspecteur : Mademoiselle Martine, vous êtes venue avec des documents ?

Martine : Ah ben oui. Vous avez demandé les commandes des produits dangereux de la section Anesthésie, alors je suis venue avec.

Inspecteur : Merci. Préalablement, sortez-moi l'historique de commande de ces produits depuis deux ans. S'il vous plaît, mademoiselle Martine.

Martine nerveuse : Je ne suis pas venue avec mon ordinateur et donc je n'ai pas imprimé votre demande.

Inspecteur : Eh bien, je vous accompagne à votre bureau. Vous le sortirez sous mes yeux, mademoiselle.

Au bureau de Martine de la compta.

Inspecteur : Bon alors, il est où, ce tableau Excel…

Martine : Il est récalcitrant. Vous demandez des trucs vieux. Il est plus performant sur le mois courant.

Inspecteur : Je veux ce document.

Martine : Je crois que j'ai compris, monsieur l'inspecteur !

En son for intérieur elle pensait : *Même la plus belle fille du monde ne peut offrir que ce qu'elle a.*
(Comprend qui peut.)

Inspecteur : Mademoiselle Martine, calmos, nous allons prendre notre temps, mais je VEUX ce document.

Martine anxieuse : Oui, je crois que je pense que j'ai compris, monsieur l'inspecteur.

Après un temps conséquent, le document sortit de l'imprimante. Martine et l'inspecteur l'examinèrent (le document).

Inspecteur : Vous pourriez m'expliquer l'explosion des commandes depuis six mois.

Martine : Ah ben ça… Oui, c'est un pic.

Inspecteur : Un pic depuis six mois, pas un pic d'un mois.

Martine : Oui, il faut que j'analyse.

Inspecteur : Depuis combien de temps est-ce de votre responsabilité ?

Martine : J'ai été embauchée il y a vingt-quatre mois.

Inspecteur : Donc, vous êtes la bonne personne pour analyser ce document.

Martine : Oui, bien sûr.

Inspecteur : Suis-je le seul à m'être rendu compte que les commandes ont été multipliées par vingt ?

Martine : Ah oui…

Inspecteur : Vous pourriez transformer le « AH OUI » en quelque chose de plus concret ?

Martine : Le tableur indique une augmentation de commandes. Mais nous ne sommes pas en déficit.

Inspecteur : Mademoiselle Martine, je veux connaître l'explication de cette augmentation de commande.

Martine : Voyez le responsable. Moi, je globalise.

Inspecteur : OK. Sortez-moi les demandes de commandes par le service Anesthésie, s'il vous plaît.

Martine : Là maintenant ?

Inspecteur : Vous avez globalisé les commandes à partir de demandes de différents services. Je veux voir les demandes du département Anesthésie. S'il vous plaît, très rapidement.

Martine : Ah… Mais elles sont sous format papier… Ça va prendre un peu de temps.

L'inspecteur aurait besoin de cours supplémentaires en maîtrise de soi.

Inspecteur : Demain sans faute.

31/ Jour 8 : Eddy, Suze et infirmière

Dans la chambre d'hôpital de Man.

Caroline : Faisons vite, je ne chôme pas, s'il vous plaît.

Suze : Merci pour votre implication.

Caroline : C'est tout naturel, je suis même heureuse de l'avoir fait.

La mère d'Eddy dormait à poings fermés.

Caroline : C'est une sacrée bonne femme.

Suze : C'est ma mère de cœur et elle peut être assez chiante.

À côté l'autre lit ouvrait un œil.

Caroline : Merci à Mata Hari aussi.

Suze : Dure de nous accepter ?

Caroline : Oui, assez difficile.

Suze : Vous imaginez un monde sans nous ?

Caroline : Je ne sais pas… mais je l'aurais souhaité.

Suze : On vit du vice. Mais on vit aussi de la réalité. Et on arrondit les angles.

Caroline : Je n'aime pas juger mes sœurs…

Suze : Et elles ne vous jugent pas, elles. Elles bossent. Et sincèrement, elles méritent très largement leurs appointements.

32/ Jour 9 : Communauté

4 heures du mat, rendez-vous chez Eddy. Les filles… certaines encore en tenue de travail assez provocante, et Suze. Certains décolletés étaient indécents, mais jamais assez pour les yeux d'Eddy…

Eddy : Bienvenue à l'appart, prenez vos aises.

Suze à Eddy : Tu t'autorises une familiarité, genre une main au cul, tu peux compter ta dentition avant et après. Tu connais les soustractions ?

Eddy à Suze : Plaisanterie, ma toute belle, plaisanterie. Range tes pistolets, je serai sage comme une image.

Suze : Les filles, café, s'il vous plaît.

Eddy reluquait des yeux, mais gardait ses mains loin des viennoiseries. Il se savait sous surveillance rapprochée.

Suze : Les filles, on fait le point. La priorité : la mère d'Eddy. Je vous écoute.

Green Lantern : J'ai un rencard ce soir dans le quartier de l'ambulancier. Je me suis bradée. J'espère le faire parler.

Eddy : Merci, Green.

Kawaii : J'aime tout le monde ici, mais à part aller voir la maman d'Eddy, je me sens totalement inutile.

Eddy : Tu fais partie du plan. Merci pour tout.

Suze : Je vais parler pour Mata Hari. Elle se repose et n'a aucun rapport sexuel, je lui ai interdit de faire tomber sa couverture, au propre et au figuré. Elle veille et surveille la maman d'Eddy. C'est pour elle une question d'honneur.

Eddy : Je vous remercie toutes au nom de ma maman et aussi en mon nom. Suze a de la chance d'avoir su si bien s'entourer.

Suze et Eddy se câlinèrent buccalement devant toutes.

33/ Jour 9 : Green Lantern à l'hôpital

Au matin, Green se présenta à l'appartement. Mais inoccupé. Alors, elle fila au commissariat et demanda explicitement à être entendue par l'inspecteur.

Inspecteur : Mademoiselle Green Lantern, que puis-je pour mon beauf ?

Green Lantern : J'ai enquêté dans le quartier sur l'affaire.

Inspecteur : Qu'est-ce qu'Eddy vous envoie me dire ?

Green Lantern : Que vous êtes un gros empêcheur de tourner en rond, mais vous le saviez déjà.

Inspecteur : Vous n'avez pas sa prestance. S'il vous plaît, restez à votre place.

Green Lantern : J'ai des informations.

Inspecteur : Bien, je suis tout ouïe.

Green Lantern : Je sais qu'un trafic de drogue se monte. Ils envisagent de passer à la vitesse supérieure.

Inspecteur : D'autres infos que j'ignorerais ?

Green Lantern : Ils vont changer de livreur pour donner suite à un décès.

Inspecteur : Ça, c'est de l'info. Des noms peut-être ?

Green Lantern : Prochaine livraison demain soir, double dose.

Si la police faisait son boulot…

Inspecteur : Demain soir, où ?

Green Lantern : Le square à côté de l'école maternelle.

Inspecteur : Merci, et changez de client, le vôtre n'est pas clean.

Green Lantern : Pourquoi, vous en connaissez des clean ?

34/ Jour 10 : Repas de famille sans Man

Sans Man, ce n'était pas pareil, voire différent. Sœurette tentait d'assurer même maladroitement le concept de préparation d'un repas à la cuisine. Le traditionnel repas mensuel de famille était mal engagé. Suze décida d'aller aider et prit finalement totalement les choses en main, mais elle angoissait d'avoir dû laisser les deux mâles dominants seuls dans une pièce pleine de bibelots fragiles.

On a tous plaint René de supporter la cuisine de Sœurette. Mais nous l'avons tous félicité pour la même raison, y compris Sœurette.
Pour le café et le cognac, René assura… Cela réchauffa l'atmosphère.

Depuis que Suzie était avec Eddy, elle ne prenait plus de client le premier dimanche de chaque mois, et tant pis pour les finances du couple.

35/ Jour 10 : Dimanche soir… près d'une maternelle

Eddy et René étaient en planque près de la maternelle. Ils y étaient venus après le repas familial. Comme les voitures banalisées de la police commençaient à être connues (et toujours de marque française !), Suze accepta de prêter sa voiture et prit à la place la Clio bas de gamme de la police, temporairement. De l'autre côté du square, deux policiers en haut d'une résidence, sur le toit plat. Et deux autres dans une camionnette garée à côté d'une pizzeria qui faisait de bonnes affaires (la pizzeria).

Les six personnes officiant étaient en liaison téléphonique, et attendaient.

Vers 22 heures, ils entendirent les bruits d'une sirène. Pompiers? Ambulance? Collègues? Il fallait rester en planque et ne pas aller les aider. Et puis, les sirènes se firent plus proches, jusqu'à aller se garer en double file devant la pizzeria. Le gyrophare tournant, mais plus de bruit. Un ambulancier en sortit et alla à l'intérieur de la pizzeria. Il en ressortit une minute plus tard, avec un emballage pizza giga encore toute fumante.

Avec son habit de l'hôpital, il remonta dans l'ambulance et démarra pied au plancher en remettant la sirène à fond. Le silence fut le bienvenu.

Eddy : René, tu sais que ce sont eux. Pourquoi n'as-tu rien fait pour les coincer?

Inspecteur : Tout a été filmé. Et ce sont des preuves, car nous avons un huissier de justice sous un costume de flic. Et aussi, nous allons mettre cette pizzeria sous étroite surveillance. Merci à Green, s'il te plaît.

Eddy : Ce n'est pas toi qui donnerais de ton corps pour faire progresser une enquête!

Inspecteur : Je te raccompagne.

Il avait du mal à faire sortir d'autres mots de sa gorge. Oui, Eddy était putainement efficace avec son réseau.

36/ Jour 11 : Lundi, Eddy, Beauf et indic

Lundi matin au commissariat, réunion secrète entre Eddy, l'inspecteur et son indic.

Indic : Qui c'est, celui-là?

Inspecteur : Mon beauf.

Indic : Sérieusement?!

Eddy : Je suis effectivement son beauf et j'apporte une aide en sous-main sur certaines affaires. Je suis détective. Et il est possible, voire probable, que votre affaire ait des implications sur la santé de ma maman hospitalisée.

Indic : Je ne comprends rien. Si votre mètre se shoote, c'est une victime ou au pire un dommage collatéral. Pas de quoi y mêler un privé !

Inspecteur : C'est un peu plus compliqué. On pense qu'elle a entendu les fournisseurs au sein de l'hôpital et que ces derniers ont tenté de la supprimer. Donc, oui, je l'ai invité.

Indic : Encore heureux qu'il n'était pas là hier pour foutre en l'air l'opération.

Eddy : C'est con, j'y étais… mais je ne vous y ai pas vu, VOUS.

Inspecteur : Bon, ça suffit. Je peux avoir les informations avant que le café refroidisse ?

Indic : Puisque vous avez tout vu, vous voulez savoir quoi de plus ?

Inspecteur : La marchandise est entrée dans la boutique. Ils font juste le transport ou plus ?

Indic : Juste le transport. C'était la première livraison aussi importante.

Inspecteur : Et ensuite ?

Indic : Ça part en atelier et là, reconditionnement et revente sous le manteau à l'unité.

Inspecteur : Focalisez-vous là-dessus. Et trouvez-moi l'organigramme des dealers.

Indic : Bien.

37/ Jour 11 : Nouveau contrôle du stock

À l'hôpital, Eddy suivait toujours l'inspecteur comme son ombre. Ce jour, ce serait analyse des pièces comptables, avec Martine de la compta, cette chouette fille du Sud grâce à qui le soleil était si bien représenté en Île-de-France.

Martine : Entrez et asseyez-vous. Donc, j'ai effectué les recherches que vous m'avez demandée.

Inspecteur : Merci bien, mademoiselle, d'avoir passé une partie de votre temps à aider la police.

Martine : C'est tout naturel.

Eddy : Je voulais vous remercier au nom de ma mère qui est dans le coma à la suite d'une agression pour la faire taire.

Martine qui ne simulait pas : Oh mon dieu, ils ont fait ça !

Peu de temps après, ils étaient tous trois autour d'une table dans une petite salle de réunion.

Martine l'organisée, Martine la méticuleuse, Martine la posée, Martine qui prenait toutes les questions de tout le monde et soulageait chacun d'une partie de son travail sans jamais négliger le sien. Martine sans qui l'hôpital ne tournerait pas aussi rond.

Martine avec ses classeurs colorés et son ordinateur portable, Eddy et René avec leurs calepins. Il s'agissait de revenir sur les achats de produits dopants/anesthésiants dont l'hôpital faisait une consommation quotidienne.

Sa présentation et moult factures étaient comme une chanson qui endormait le policier et le détective. Ils commençaient à dodeliner de la tête. Elle s'en rendit compte et leur proposa une pause-café. Ensuite, ils épluchèrent plus efficacement les documents, et Martine ne put pas expliquer toutes les anomalies de quantité depuis environ six mois.

Deux heures après, ils abandonnèrent Martine au bord des larmes. Ils savaient que c'était plus dû à l'annonce du coma de la mère d'Eddy. Elle assumerait peut-être même à la place d'un ou d'une autre les malversations comptables.

38/ Jour 12 : Martine mise en garde à vue

Le lendemain matin, deux policiers arrivèrent et interpellèrent Martine pour la mettre en « garde à vue ». Elle partit en larmes, mais non menottée et ses collègues de travail maudirent la police et ses manières de nazis, car elle était très appréciée. Elle en jupe classe et ses baskets, elle dut suivre ses tortionnaires la tête basse, un la précédent, l'autre la suivant. On ne sait jamais, s'il lui prenait l'envie de s'enfuir.

La stratégie de l'inspecteur : qu'elle mijote dans la cage à oiseaux.

39/ Jour 12 : Info dealer de Green Lantern

Green Lantern eut un autre rendez-vous galant payant, mais encore bradé, car le but était l'infiltration. Elle pratiqua professionnellement et tenta de faire parler son client, sans en avoir l'air. Elle simula la personne qui consommait de temps à autre pour lancer la conversation. Elle obtint des informations. Il voulait passer pour un homme viril et un caïd et donna les informations attendues juste pour la frime.

Le nouvel ambulancier était le nouveau transporteur.

40/ Jour 12 : Eddy et infirmière

Eddy était allé voir sa nouvelle meilleure amie : Caroline.

À l'instant même où Suze quittait l'appartement, lui faisait de même en ayant l'impression de commettre un adultère. Il se pointa à 21 heures à l'hôpital. Il demanda à faire appeler Caroline par l'hôtesse d'accueil.

Dix minutes après, elle arriva, dans sa tenue… euh d'infirmière, mais infirmière en chef.

Ils se firent la bise, comme dans une famille.

Eddy et Caroline s'enfermèrent dans un petit bureau, tant pis pour le haussement d'épaules réprobateur de l'hôtesse d'accueil.

Eddy : Merci Caroline.

Caroline : Hors de question que mon hôpital devienne une nouvelle plaque tournante de la drogue.

Eddy : Nous avons eu un entretien avec une personne en charge de la gestion comptable des produits anesthésiants.

Caroline : Ah oui, Martine, que vous avez embarquée comme un paquet de linge sale.

Eddy gêné : Caroline, il y a un intrus dans l'hôpital. J'ai ma petite idée et je sollicite ton aide.

Caroline : Tu étais plus à l'aise quand tu étais entouré de tes pom-pom girls.

Eddy intérieurement : *Elle ne va pas faire sa Suzie! Une, cela suffit.*

Eddy : Même pas peur. Bon, mon but très ciblé est d'avoir l'emploi du temps, non pas des belles comptables, mais de tous les anesthésistes.
Caroline : Cela ne vous a pas déjà été fourni ?
Eddy : Si, mais je vous demande les relevés à la base. Tu sais, le listing des pointages informatiques.
Caroline : Mais ce serait bien plus simple de passer par un autre logiciel.
Eddy : Plus facile, mais je suis convaincu qu'on peut y apporter des corrections.
Caroline : Ben oui, naturellement, y a les heures de roulage et de travail.
Eddy : Exactement. Peut-on aller aux basiques, Caroline ?
Caroline : J'ai déjà commencé… Eddy.

Caroline lança le software qui présentait sans ambages et en un simple listing toutes les entrées-sorties recensées par les bornes de l'hôpital. Mais avec quelques astuces dignes de Suzette, un export Excel et un tri par identifiant et date, saupoudrage d'un filtre sur le statut/profil de l'utilisateur. En prenant le profil AN (pour anesthésiste), Eddy eut sa liste et discuta avec Caroline.

Deux fois, Caroline s'absenta pour aller chercher des cafés, et Eddy était gêné d'être servi par l'infirmière en chef. S'il l'avait su, un an auparavant. Un nom ressortait… celui d'un anesthésiste transféré d'un autre hôpital il y avait un peu plus de six mois.
Eddy appela tout de suite l'inspecteur. L'urgence primait.

Eddy : René, j'ai le nom du fournisseur.
Inspecteur : On parle bien de la même chose ?
Eddy : Oui, putain, et ça craint, alors tu sors du lit, tu arrêtes ce que tu étais en train de faire et ON finit l'affaire ensemble.
Inspecteur : Je suis toujours opérationnel !
Eddy : C'est important, on peut lancer quelque chose, enfin TU peux, s'il te plaît ?

Inspecteur : Je te rappelle sous peu.

Après un autre contact téléphonique pour faire le point, et René, convaincu par Eddy, prit une des plus importantes prises de risque de sa carrière et contacta son supérieur hiérarchique, soit son commissaire…

L'inspecteur avait convaincu sa hiérarchie de contacter la préfecture. Un Skype sécurisé fut organisé tout de suite, comme quoi parfois on ne perd pas de temps chez les fonctionnaires. L'inspecteur étala les faits et présenta des esquisses de plans d'action. Ce n'était pas satisfaisant pour le préfet, mais il donna son accord, car le commissaire en chef avait toute confiance en son inspecteur… et qu'il s'était payé une *Escorte* qui l'attendait dans son lit.

41/ Jour 13 : Gyrophare et arrestation

Le plan avait été validé au plus haut niveau de la hiérarchie. L'inspecteur fut nommé le grand pilote, poste de responsabilité à double tranchant. Dix voitures avec vingt policiers furent envoyées à la poursuite d'une pauvre ambulance avec un gyrophare. La poursuite dura, mais la quantité vaut plus que la connaissance adverse du terrain.

Après une course-poursuite à l'américaine dans les rues de la ville, l'ambulance se retrouva coincée, faite et refaite. L'action stratégique suivante mise en place par les policiers fut de couper le son de la sirène. Même eux saturaient. Le conducteur et l'ambulancier changèrent de véhicule utilitaire. D'ambulance à panier à salade.

Au commissariat, l'ambulancier fut envoyé tout de suite dans la salle d'interrogatoire. Un avocat commis d'office et pas des plus réveillés attendait, la bouche baveuse de s'être plusieurs fois endormi en attendant.

L'inspecteur, pas rasé selon les canons de la gendarmerie, était présent et comptait bien mener les débats.

Inspecteur : Ambulancier ?

Ambulancier : Oui, inspecteur.

Inspecteur : Depuis longtemps ?

Ambulancier : Depuis quelques jours… le décès du précédent, je suppose.

Inspecteur : La délivrance… la livraison de drogue de l'hôpital à la pizzeria faisait partie de votre job complémentaire ?

Ambulancier : Oui, mais comment saviez-vous pour la pizzeria ?

Inspecteur : Vous êtes un intermédiaire. Oui, mais entre qui et qui ?

Ambulancier : Je suis débutant, mais j'aimerais avoir une bonne d'espérance de vie.

Inspecteur : Qui vous livrait la drogue à l'intérieur de l'hôpital ?

Ambulancier : Y aura une remise de peine ?

Inspecteur : La règle, c'est : Vous communiquez des informations ou non, et le juge évaluera la balance.

Ambulancier : OK, alors, oui, mon travail était de prendre la marchandise de l'anesthésiste et de la livrer à la pizzeria.

Inspecteur : Le nom de l'anesthésiste ?

Ambulancier : Sur le badge, « Gonquerard ».

Inspecteur : Et vidéo, photo et autre ?

Ambulancier : Ouais, p't-être sur mon mobile… j'ai droit à trois minutes ?

Inspecteur : Je vous en prie, mon cher.

Avocat : Et cela sera mis sur le compte de mon client.

L'ambulancier montra sur son mobile une courte vidéo qui donna satisfaction à l'inspecteur.

Inspecteur : Clé USB, et vous aurez ma clémence, mais surtout celle du jury.

Avocat : C'est ce que je disais, mon client est innocent.

Inspecteur : Innocent, mon… Allez, on lance l'acte 2.

42/ Jour 14 : Hôpital sous surveillance

L'inspecteur avait eu l'exceptionnel privilège de pouvoir réquisitionner les forces du département et non simplement de la ville. Aidé de son fidèle conseiller en communication, le détective Eddy, il fomenta un plan diabolique pour coincer l'anesthésiste mafieux.

On déploya un cordon de policiers autour de l'hôpital. Seules les urgences étaient ouvertes, mais il fallait montrer patte blanche. L'inspecteur resta à l'extérieur pour orchestrer l'opération. Eddy avait été temporairement assermenté. Il pénétra dans l'hôpital avec, sous sa responsabilité, un groupe de policiers d'élite, genre SWAT.

Chacun d'entre eux avait mémorisé le plan de l'hôpital et visualisé le portrait-robot de l'anesthésiste urgentiste. On simula une alerte incendie localisée à une aile du bâtiment. Chaque infirmière était en réseau biper avec l'infirmière en chef, qui n'était autre que Caroline. Le rôle second des infirmières était de repérer tous les anesthésistes sans exception et d'envoyer l'information à Caroline qui la relayait à Eddy et qui parcourait les couloirs pour les appréhender un par un.

Eddy à René : Beauf, on a attrapé certains anesthésistes qu'on s'est chargé d'*Escorte*r vers le panier à salade aux urgences. On te les envoie tous, Dieu fera le tri parmi les siens.

René : Entendu. De mon côté, j'ai envoyé des voitures interpeller à leur domicile ceux en repos.

43/ Jour 14 : Réunion communauté et infirmière

L'inspecteur dut batailler avec le maire pour laisser passer une voiture contenant des civils. Il était difficile d'expliquer à monsieur le maire qu'un groupe d'*Escortes* professionnelles venait aider un groupe d'infirmières… Il ne manquait plus qu'un groupe de bonnes sœurs.

Inspecteur, préférant surfer sur la vague : Monsieur le maire, ce sont des infirmières d'autres hôpitaux venus renforcer l'équipe le temps de l'opération.

Monsieur le maire : Eh bien, putain, on a fourni un sacré effort sur la qualité, c'est peut-être pour cela qu'on a trop de clients dans nos hôpitaux.

Inspecteur : Vous êtes très perspicace, monsieur le maire.

Monsieur le maire : Oui j'aime à l'être.

La Twingo contenant Suze, Kawaii, et Green Lantern se gara aux urgences… et ces sacrées drôles de dames descendirent de leur carrosse, et firent leur petit effet en «pénétrant» aux urgences. Et elles étaient suivies des yeux polissons des policiers, plus nombreux que pour une starlette au Festival de Cannes.

Suze : Allez, les filles, ce n'est pas un film publicitaire pour vos miches. On a une femme à sauver et un méchant à mettre sous les verrous.

Elles furent accueillies par Miss Caroline, chef infirmière.

Kawaii à Green Lantern : Tu crois que cela m'irait, le costume d'infirmière ?

Green Lantern : C'est un tantinet vulgaire, donc, oui, tu y seras tout à ton aise.

À l'intérieur, réunion dans la salle informatique à côté de l'accueil d'urgence (qui est différent de l'accueil public). Il y avait Caroline, nos trois amies de la communauté et Eddy.

La réunion était sans cesse interrompue. Eddy gérait ses gars et son beauf. Caroline gérait son troupeau d'infirmières. Les trois *Escortes* commencèrent à tapoter des ongles sur la table. Caroline et Eddy n'étaient pas dupes.

Eddy à Caroline : Je coupe et tu coupes, OK ?

Caroline : OK.

Ensuite, ils purent tous/toutes se plonger sur l'outil informatique du système de badgeage et recouper avec celui des employés.

267

Caroline : Voici les anesthésistes en activité et pour chacun, son planning. Je l'ai déjà épluché avec Eddy.

Suze : Vous voulez dire qu'on ne sait pas vraiment qui on cherche ?

Eddy : Ne sois pas négative. On va coincer ce salaud.

Eddy : Kawaii et Green, on vous absout de cette corvée. Allez protéger ma maman et Mata Hari. Je sens le rififi remonter à la surface de la soupe.

Kawaii à l'érotique oreille d'Eddy : J'ai un pistolet… j'ai fait un peu de tir…

Et elle lui colla un bisou oreille pour l'empêcher de réagir…

Eddy : Bon, Suze, tu veux aller avec elles ?

Suze : Je suis plus utile ici, n'est-ce pas, Caroline ?

Caroline : Mademoiselle Suze, je ne suis pas dangereuse pour vous. Alors, ON se bouge le cul pour la santé publique, OUI ou NON ?

Eddy : Voilà oui, on va faire comme cela.

Caroline à Suze : On va devoir se reconnecter, que ce soit Eddy ou moi… Nos ouailles sont perdues sans nous.

Suze en son for intérieur : *Toi, tu ne perds rien pour attendre.*
Pensait-elle à Caro ou à Eddy ?

Eddy : Suze, tu seras notre manager ici en cette place. Tu coordonnes, tu centralises, et surtout, tu me trouves dans ce putain de logiciel comment trouver cet autre putain d'anesthésiste assassin ! C'est ton destin.

Eddy et Caroline restèrent néanmoins dans la pièce en laissant les ordinateurs sans mot de passe à disposition de Suzie aux doigts de fée… sur un clavier. Eux étaient plus téléphonie pour une fois.

44/ Jour 14 : Hôpital Fort Alamo

Les deux filles (Green et Kawaii) parcouraient les couloirs et escaliers pour rejoindre la chambre de Man. Green menait la danse, Kawaii la suivait, la main sur un instrument prohibé, mais mortel, son arme à feu.

Elles arrivèrent à bon port. Elles entrèrent à la manière du GIGN, mais sans tirer, le pistolet de Kawaii n'avait pas de munition… Mais cela ficha une sacrée frousse à Mata Hari. Maman dormait et ronflait en même temps. Les trois *Escortes* se préparèrent à un assaut en règle, non de leur propre personne, mais de ce lieu sacré qu'était la chambre de Man, toujours dans un coma épisodique.

Les deux filles placèrent le lit de Mata contre la porte de la chambre.

Puis, Mata Hari fut mise au courant des dernières nouvelles.

45/ Jour 14 : Hôpital Fort Alamo

À partir de son nouveau quartier général, Eddy pilotait son équipe de choc. Petit à petit, sa collection d'anesthésistes arrêtés s'agrandissait. Pendant ce temps, l'inspecteur avait maille à partir avec la presse régionale et la présence du maire. Et Caroline administrait son cheptel d'infirmières.

Caroline à Eddy : Il faut maintenant s'occuper des blocs chirurgicaux.

Eddy : Hein ? C'est quoi ?

Caroline : C'est un endroit où les anesthésistes officient. C'est leur atelier. Chaque intervention durant en moyenne une heure, c'est maintenant que nous devons intervenir.

Eddy : (À son équipe) Eddy à Team. On se dépêche de coincer le max d'anesthésistes en sortie de blocs, donc je vous veux tous dans le secteur « BL02 » *ASAP*, au plus vite, mieux si possible. Y a urgence, les gars. (À Caroline) On a loupé un truc, ou quoi ?

Caroline : On s'est focalisé sur les emplois du temps, sans vous former sur la nature du boulot.

Red 1 à Eddy : Monsieur Eddy, on y est, deux minutes avant la *deadline*.

Eddy : Je vous aime… façon de parler. Tous doivent être arrêtés. Sans exception. Ensuite seulement, on décidera des exceptions.

Ne vous fiez à personne. Embarquez tout le monde… je tente d'arriver dans les temps.

46/ Jour 14 : Fin de l'intervention

Au même moment, le GIGN version SWAT investissait le bloc BL02, duquel le personnel sortait. Certaines personnes quittant le bloc furent plaquées. Mais une fois que chaque policier du GIGN avait en sa garde une personne, et que tout semblait sous contrôle, un homme en blouse blanche sortit en furie du bloc. Seul problème… Il tenait une personne à sa poigne. Et une seringue près du cou de son otage et avançait dans le but de forcer la barrière humaine et policière.

Red 1 : (À ses hommes) Barrage. (À Eddy) Eddy, je crois qu'on a trouvé le chaînon manquant.
Eddy : Ne prenez aucun risque.
Red 1 : On connaît notre boulot. Il n'y aura pas de Bloody Mary. (À l'homme à la seringue) Rendez-vous.
Anesthésiste : Pourriez-vous vous écarter, s'il vous plaît, j'ai une ambulance à prendre.
Eddy à Red 1 : Je ne sais pas ce que vous en pensez, mais on ne va pas le taquiner, n'est-ce pas ?
Red 1 à tous : L'équipe, contre les murs ! On laisse passer le cow-boy.

L'anesthésiste passa entre deux rangées d'honneur. Il tenait un patient fébrilement et dangereusement. Red 1 n'envoya aucun signe d'attaque à ses gars. Il passa de la marche au trot. Team GIGN tentait de le suivre à distance. L'homme accélérait. Red 1 freina son équipe. Il fallait savoir le suivre sans le perdre certes, mais aussi sans l'inciter à faire une connerie.

47/ Jour 14 : Hôpital Fort Alamo

Comment s'en sortir quand on est perpétuellement poursuivi par les hommes du GIGN à dix mètres ? Il ralentit, se laissa rattraper à cinq mètres. Il se retourna brusquement.

Il envoya à l'aveugle une volée de fléchettes à ses poursuivants. Des fléchettes chirurgicales, gorgées de liquide… de quel liquide au fait ?

Red 1 demanda à son équipe un périmètre de sécurité de vingt mètres au lieu de dix.

Le suspect eut plus de latence et d'espace pour fuir et prendre en autre couloir ou escalier, mais devant abandonner son otage pour gagner en rapidité.

48/ Jour 14 : Garde à vue pour Martine

Dans les locaux de la police, on se préparait à interroger Martine de la compta, afin de faire progresser l'enquête.

Inspecteur : Mademoiselle Martine, nous avons besoin de compléter notre conversation et d'obtenir des données utilisables, donc à ce point de vue, la garde à vue devenait incontournable.

Avocat commis d'office : Je déclenche le chronomètre.

Eddy : Eh, le Charlot… tu as ton diplôme depuis longtemps ?

Avocat commis d'office : Je l'ai eu, c'est tout ce qui doit vous intéresser.

Inspecteur : Monsieur l'avocat, nous tous ici présents vous respectons, comme vous respectez et appliquez la stricte loi républicaine.

Martine : Je suis humiliée. Je n'ai jamais volé ou détourné un euro ou un centime de franc pour moi…

Eddy stoppant par un geste de la main la parole sortante de René : Nous en sommes persuadés, mais les chiffres sont les chiffres !

Martine furieuse : Les nombres ! Pas les chiffres.

Inspecteur : Mademoiselle Martine, il y a dans tous ces documents assez de manque… de rigueur pour envoyer quelqu'un en prison et de façon hélas justifiée. Votre avis ainsi que celui de votre avocat ?

Avocat commis d'office : Je pense que ma cliente a été abusée.

On doit pouvoir trouver un compromis acceptable par la justice et la police ?

Eddy : Je vous ai sous-estimé. Votre langage me plaît. Et puis, on ne va pas envoyer un aussi joli minois en prison.

Inspecteur : Monsieur le détective, l'entité responsable et décisionnelle, cela reste moi.

Eddy : Oui, mais moi, je craque toujours pour les belles aux beaux yeux.

Inspecteur : Eddy, on est en garde à vue, pas dans ta communauté !

Martine : Merci, monsieur Eddy. Grâce à vous, il n'existera jamais d'endroit interdit à la galanterie.

Inspecteur : Eh, oh, je suis là, et on est en GARDE à VUE !

Avocat commis d'office : Je plussoie, mais dans cet environnement ubuesque, que vaut ma réplique ?

Inspecteur : Il y a peut-être et sans doute possibilité de trouver une sorte d'arrangement, mademoiselle Martine.

Martine : Je ferai tout ce que vous voudrez, monsieur l'inspecteur.

Eddy : Il ne s'agit pas de faire, mais de dire, belle comptable.

Inspecteur : Eddy, si tu pouvais arrêter d'en rajouter !

Avocat commis d'office : Du sursis contre sa collaboration ?

Inspecteur : C'est cela même.

Avocat commis d'office : Mademoiselle Martine, je vous demande d'apporter votre collaboration totale aux autorités. Votre erreur de jugement n'aura pas de conséquence.

Martine : Alors, voilà, que je vous raconte…

Je vous fais ci-dessous la version courte, sinon on va dépasser les cinq cents pages.

Martine, on ne sait d'elle si elle est vieille fille ou si elle a une vie secrète, peut-être même a-t-elle eu un enfant caché. Elle est totalement acceptée dans ce service de l'hôpital et sa voix, dit-on, aurait le pouvoir de repousser la maladie. Elle dirige son service comptable comme cela : une main chaleureuse dans un gant de douceur.

Et il y a six mois, le bel et nouvel anesthésiste la dragua assez ouvertement. La différence d'âge dans ce sens est assez mal vue et assez mal vécue. Elle rêvait, mais savait se montrer circonspecte. Il était bien beau, le rêve fantasmagorique. Elle se laissa conter fleurette. Elle accepta de falsifier ou de gonfler les preuves comptables. Davantage de faux achats de produits anesthésiants ne semblait pas un gros délit.

L'Amour, même platonique, peut mener à faire des bêtises.

Elle pensait mentir pour aider un centre autonome de désintoxication. Être associée à des tentatives de meurtre ou à de vrais meurtres était déjà une punition mentale suffisante pour cet être qui avait fauté par inexpérience et sans doute aussi un peu par amour.

Inspecteur : A-t-il un nom, cet anesthésiste ?
Martine : Gonquerard.
Inspecteur : Pour les besoins de l'enquête, vous resterez quarante-huit heures dans nos cellules.
Avocat commis d'office : Faites, mademoiselle, s'il vous plaît. Un dernier effort.

49/ Jour 14 : Un petit doute

Inspecteur à Eddy : Maintenant, plus de doute. Allons voir la chef infirmière pour son adresse.
Eddy : Aussi pour savoir si ce n'est pas un badge volé. Emporte la clé USB, s'il te plaît.

Ils retournèrent à l'hôpital pour un débrief avec Caroline.

Inspecteur : Mademoiselle, nous aimerions connaître l'adresse de cet anesthésiste : Monsieur Gonquerard.

Caroline sortit une paire de lunettes, et ils comprirent qu'elle en faisait un complexe avec ce regard noir prononcé.

Caroline : Ce nom ne me dit rien. Vous êtes sûr de la prononciation ?
Elle se connecta sur le logiciel de paie.
Caroline : Non, il n'y a aucun Gonquerard à l'hôpital, anesthésiste ou non.

Inspecteur : Mais ce n'est pas possible !

Eddy : Caroline, pouvez-vous vérifier par le passé si l'hôpital avait cette personne dans ses effectifs ? Il y a peut-être une case à décocher « en activité »

Caroline : Vous voulez m'apprendre mon boulot ?

Bizarrement, la moutarde lui serait montée au nez pour la même remarque en provenance de son beauf. Mais là, la mayonnaise ne prenait pas. Il esquissa même un sourire.

Caroline : Gonquerard, Albert est parti à la retraite il y a cinq ans. Je suis ici depuis moins longtemps.

Eddy : Caroline, cela signifie simplement qu'il nous a bernés, et pas que nous. Inspecteur, la clé USB, s'il te plaît. Caroline, pouvez-vous introduire cet ustensile dans le trou prévu à cet effet.

Inspecteur : Eddy, tu t'enfonces.

Eddy : J'ai toujours rêvé de pouvoir sortir une fois dans ma vie une connerie comme celle-là.

Caroline : Et dire que je ne suis même pas étonnée…

Inspecteur : Et dire que ce n'est pas la première fois…

La clé USB fut introduite selon le processus décrit plus haut. Caroline pouvait ainsi visualiser le bel anesthésiste avec le faux badge.

Caroline : Il se nomme en fait Mathias Thuraud.

Eddy : Caroline, pouvons-nous connaître son adresse en priorité et voir son dossier rapidement pour nous familiariser, s'il vous plaît.

Caroline donna l'adresse. Le reste, elle leur lirait au téléphone, car ils couraient déjà comme des beagles. Leur proie ne leur échapperait pas.

50/ Jour 14 : Police au domicile

Maintenant que la police avait un nom, ils purent lancer des mandats de surveillance et d'appréhension de civils. L'inspecteur envoya deux voitures au domicile de l'anesthésiste.

Les gyrophares lumineux projetaient leurs lumières circulaires dans la rue, mais aussi en se garant, et personne ne pensa à arrêter autre chose que la sirène.

L'inspecteur sonna à la porte du pavillon de banlieue, résidence de l'anesthésiste soupçonné de fuite. Une femme ouvrit, les yeux angoissés.

Femme : Bonsoir. Dites-moi, vous pourriez arrêter vos illuminations de Noël, s'il vous plaît. Ensuite seulement, je répondrai à vos questions.

L'inspecteur transmit l'ordre qui fut exécuté *illico presto*.

Inspecteur : Mes excuses, madame. En fait, nous cherchons votre mari.
Femme : Il n'est pas là, cela aurait été pour quoi ?
Inspecteur : Puis-je entrer pour vous l'expliquer ?
Femme : J'ai deux enfants en bas âge, vous ne leur ferez rien ?
Inspecteur : Une brigadière dans un des véhicules va venir. Puis-je l'appeler ?
Femme : Faites, s'il vous plaît…

Après que l'inspecteur est entré et s'est installé dans le salon, Madame indiqua à la brigadière la chambre de ses enfants. Madame alla ensuite à la cuisine pour apporter du café avec quelques gâteaux, donc un café gourmand.

Brigadière : Madame, je me nomme Sarah. Je n'ai pas d'enfant, mais j'ai été souvent baby-sitter.
Madame : Merci, ils se prénomment Jacques et Lucie.

Et elle redescendit au rez-de-chaussée.
L'inspecteur entama la discussion avec la femme de l'anesthésiste. Peu de temps après, la brigadière Sarah arriva, mais resta du côté

de l'escalier pour mieux capter les bruits éventuels des enfants qui n'avaient pas eu leur câlin du papa ce soir-là. Madame lui offrit une tasse de café et quelques gâteaux.

Inspecteur : Madame, la police soupçonne votre mari de s'être tourné vers des activités rémunératrices hors la loi. Nous le recherchons.
Femme : Quel est votre indice de certitude ?
Inspecteur : Deux cents pour cent, madame. Il n'y a plus aucun doute. Et ce soir, on a bloqué totalement un hôpital pour le forcer à sortir. Il a pris un patient en otage avant de s'enfuir.
Femme : Alors, je vous sers à quoi ?
Inspecteur : Il ne se rend pas facilement, nous aimerions que vous le convainquiez…
Femme : De quoi l'accusez-vous ?
Inspecteur : Trafic de produits stupéfiants.
Femme : Je n'y crois pas une seule seconde !

Inutile alors de lui annoncer que son mari était aussi un meurtrier.

Inspecteur : Brigadière, vous avez la double responsabilité des enfants et de la mère. Tenez-moi informé, s'il vous plaît. Madame, c'est une affaire sérieuse. Une voiture restera dehors et avec votre permission, s'il vous plaît, madame la brigadière dormira ici, s'occupera de vos enfants et vous expliqua à nouveau le point de vue de la police. Je repasserai demain.

L'inspecteur repartit. Avec un peu de chance, l'anesthésiste passerait faire un petit bisou à ses bouts de chou avant de s'enfuir. Avec un peu de chance…

51/ Jour 14 : Communauté à Police

Vers 23 heures, l'inspecteur reçut un appel du réseau.

Kawaii : Inspecteur, mon cœur, j'ai une information importante.
Inspecteur : Ma toute belle, mon cœur a un autre prénom,

continuez.

Kawaii : On reprendra cela plus tard, mon tout beau mâle au sale caractère...

Inspecteur : Merde, Kawaii, ON peut avancer?

Kawaii : Bon... Notre communauté, que vous harcelez en permanence, a repéré votre suspect prêt à partir par les transports en commun.

Inspecteur : Et tu attends quoi pour me donner l'intégralité des informations nécessaires, ma belle?

Kawaii : À la gare du Nord, un billet enregistré pour Londres... Hors de l'Europe... et aussi d'une langue incompréhensible.

Inspecteur : Je vous adore, mais vous n'aurez rien de plus de moi. Euh, Kawaii... comment se fait-il qu'une de vos consœurs vous ait appelée pour vous donner cette information.

Kawaii : Ben, le plan à Suze.

Inspecteur : Le plan DE Suze.

Kawaii : Ah, vous le connaissez?

Inspecteur : Non, mais je sais causer le bon français. Explique-moi le plan, s'il te plaît.

Kawaii : Suze nous a diffusé le portrait-robot photo de l'anesthésiste et nous l'avons retransmis à la communauté.

Inspecteur : Les voies alternatives ont parfois du bon.

Kawaii était stupéfaite et le regardait, horrifiée, au travers le téléphone.

Inspecteur, gêné : Je suis bloqué par la législation. Merci à Suze d'avoir pensé à cette solution alternative à la loi.

Kawaii : Ah... Je pensais.

Inspecteur agacé : Je sais très bien à quoi tu pensais!

52/ Jour 15 : Beauf et sous-lieutenant

Eddy et l'inspecteur avaient besoin de s'organiser pour préparer et lancer la suite.

Dans la salle de l'hôpital, avec en *guest star* Caroline, en suppléante Suze, et les dirigeants et dirigeantes du « Head Quarter Hospital » étaient en contact pour cette opération policière.

Tandis que Suze et Caroline géraient la sérénité dans les couloirs et chambres de l'hôpital, Eddy et René continuaient leur chasse. L'inspecteur était en route pour la gare du Nord. Eddy se prenait le surcroît de gestion de personnel.

L'inspecteur fonçait avec cinq voitures. Eddy était sur le parvis de l'hôpital. Il gérait le complément, c'est-à-dire qu'il gérait les équipes départementales réquisitionnables par le préfet.

53/ Jour 15 : Police et gare

L'inspecteur et sa cohorte de voitures se garèrent devant la gare du Nord et coururent vers les quais TGV au milieu de badauds qui, tout en restant immobiles, regardaient les policiers slalomer entre eux. L'inspecteur harangua un employé de la gare.

Inspecteur : Le TGV pour Londres, quel quai ? Vite.
Employé : Quai L37, après les quais K.

Et ils repartirent tous en rythme.
Ils partaient de K25 et continuèrent. À K39, la lettre L succéda à K. L 1 L2… L13… L30 et enfin L37.
Le quai était vide. Pas vide de passants, vide de train.
L'inspecteur prit sur lui de ne pas exploser en public. Il téléphona à Eddy pour l'en informer.

Eddy : Eddy, l'adjoint de l'inspecteur, je vous écoute.
Inspecteur : Le train nous a filé entre les doigts.
Eddy : Pas bon ça, pas bon du tout.
Inspecteur : Je vais le faire stopper avant la frontière.
Eddy : Mauvaise idée. J'en ai une meilleure, ou du moins, moins pire.
Inspecteur : Une avec laquelle je perds ma place ?
Eddy : On n'a rien sans rien. Fais arrêter le train à la frontière, mais préviens-moi quinze minutes avant. Suze a un plan. On a un

ami dans la place. Je répète « On a un ami dans la place ».

Inspecteur : Ce n'est pas un jeu.

Eddy : Ça a des règles, donc c'est un jeu.

Inspecteur prenant encore sur sa zénitude naturelle : Eddy, t'as intérêt à ne pas te louper. Je t'appellerai quinze minutes avant l'arrêt du train. Ta sœurette ne te protégera pas toujours.

54/ Jour 15 : Eddy prend les devants + *Escortes*

Eddy : Eddy à Suze, communication prioritaire.

Suze : Suze à Eddy, ça a intérêt à l'être, *go rapidos*, Eddy.

Eddy : Donne-moi le numéro de ton contact amie dans le TGV.

Suze en souriant : Passe par Kawaii… et pas de passe, s'il te plaît. Je te laisse, je seconde Caroline.

Eddy à Kawaii : J'ai besoin de contacter l'amie du TGV… et, entre autres, chapeau pour ton idée de génie.

L'historique : Lorsque Kawaii reçut l'appel de son amie de la gare du Nord, elle demanda à sa consœur d'embarquer sur le TGV, on ne savait jamais. Suze est plus qu'une femme, plus qu'une *Escorte*, plus qu'une amie et lorsque Suze demande, alors on se doit de faire plus que ce qu'elle quémande, par amour et par respect. En quelques années, Suze la nouvelle était devenue leur mentor. Suze tentait de les projeter dans le futur, avec plan de reconversion et plan retraite. En plus de son commerce, car finalement elle était comme toutes les autres.

Kawaii : Et j'y gagne quoi ?

Eddy : Ne me tente pas ! Et tu y perdrais l'estime de Suze.

Kawaii : Tu es chiant…

Eddy : Reformule ta proposition sexuelle entre deux personnes consentantes devant Suze. Moi, je suis OK.

Kawaii : Tu es chiant ! Tu es con et tu rates des choses… et je voulais aussi te remercier…

Eddy : Le 06 de la fille, s'il te plaît.

Kawaii s'exécuta, puis Eddy appela sur le 06. Une personne décrocha.

Eddy à Femme : Mademoiselle, je suis Eddy, j'appelle de la part de Kawaii. Quel est votre petit nom ?

Femme : En fait, on est deux. On bosse en duo, tu vas assurer ? Si tu viens de la part de Kawaii, sûre qu'on te fait un prix.

Eddy : Écoutez, je ne téléphone pas pour un rencard, mais pour le mec que vous surveillez dans le TGV.

Femme : OK, dommage, mais tu as une voix sexy...

Eddy : Je suis Eddy et Kawaii me passe le relais pour être votre correspondant dans cette opération. Et, OUI, j'ai énormément besoin de votre renfort et aide. Vous comprenez ?

Femme : Ah, cet Eddy-là. Nous sommes Poca & Hontas.

Eddy : Super. Bon, les filles, il y a un vilain, attention pas un super vilain dans ce TGV. Il est dangereux, car il n'a pas de plan de repli. Il a déjà tué et a abandonné sa famille en France. Il est désespéré.

Poca : On fait quoi alors ?

Eddy : Avez-vous des capacités sportives pour arrêter un meurtrier avec une arme ?

Poca : Quoi ?!

Eddy : Le train sera arrêté un peu avant la frontière, et une escouade de policiers investira le TGV. Il tentera des gestes désespérés, et il risque d'y avoir des victimes. Si vous êtes sportives et pratiquez une discipline, j'aimerais le savoir pour mettre au point un plan. S'il vous plaît.

Hontas : Je prends le relais. Je suis Hontas. Son aînée, dirons-nous.

Eddy : Pas de souci. Tu as le leadership. J'ai besoin de vous deux et je suis honnête avec vous par respect pour Kawaii.

Hontas : OK, tu veux quoi ?

Eddy : Dans l'idéal, l'immobiliser un peu avant l'arrêt du train. Je serai prévenu quinze minutes avant. Vous, ça va ?

Hontas : Il a quoi comme arme ?

Eddy : *A minima* des piqûres, des aiguilles médicales... des sortes de fléchettes empoisonnées.

Hontas : C'est tout ?

Eddy : Je ne suis pas sûr que se faire inoculer un truc bizarre, voire poison violent, soit rassurant pour personne. Il a peut-être d'autres armes blanches ou à poudre.

Hontas : En clair, il faut immobiliser ses mains.

Eddy : Super, une personne qui comprend au quart de tour.

Hontas : Maîtrise de linguistique comparée, mon cher.

Eddy : Merde, quasi une collègue.

Hontas : On gère le gus. Appelle-nous quinze minutes avant. On va te préparer un paquet-cadeau pour les flics.

Eddy : Ne prenez pas trop de risque… J'ai des comptes à rendre à Kawaii.

Hontas : Bises, mon chéri.

55/ Jour 15 : Arrestation des dealers

Il fallait que l'inspecteur passe ses nerfs sur quelque chose ou quelqu'un. Avec sa brigade mobile de choc, il téléphona à son quartier général pour lancer l'opération «tondeuse». On allait couper le poil afin qu'il ne repousse pas. Ils investirent une certaine pizzeria. Il y avait une sortie par-derrière. Cinq personnes descendirent de voiture et y filèrent à pied, tandis que les voitures de loin et sirènes hurlantes se garèrent par devant. Certains clients eurent l'envie de s'enfuir par le fond du magasin. Ils furent bientôt sous contrôle. L'inspecteur avec son oreillette *blue tooth* et son mobile en poche suivait en parallèle son bras droit à l'arrière de la boutique. Pendant que son équipe procédait à un contrôle d'identité systématique, l'inspecteur eut une petite conversation avec le gérant de la pizzeria.

Inspecteur : Ça marche bien, votre commerce ?

Gérant : Vous ne consommez pas et vous faites fuir ma clientèle, alors non.

Inspecteur : Votre nom ?

Gérant : Marek Gaussino, et je suis corse.

Son bras gauche, un policier de repli près des voitures, comprit le message et se connecta sur le serveur central de la police pour connaître le pedigree du pizzaiolo.

Bras gauche à l'inspecteur : Trafic de drogue à Ajaccio, cinq années de prison, libéré au bout de deux pour bonne conduite. Suspicion d'en monter un autre à Bastia sans autorisation de la famille. Il préféra alors aller sur le continent. On dirait qu'il a ça dans le sang, chef. Je continue. Multiples contraventions. Il n'a plus le droit de conduire depuis deux ans. Interdiction de monter une entreprise. Il est sur le coup d'une enquête pour trafic de blanchiment d'argent sale, les Russes passant par la Corse. Cette information est confidentielle, chef. Fin de transmission.

Inspecteur : Monsieur Gaussino. La Corse, ça vous manque ?

Gaussino : Tous les jours, j'ai le mal du pays. Hé, je suis corse.

Inspecteur : On a des tonnes de contraventions pour infractions routières.

Gaussino : Je vais les payer.

Inspecteur : Sauf que vous n'avez plus votre permis. Cela devient du pénal, monsieur Gaussino.

Gaussino : Allons, ce n'est pas sérieux. Faut bien que je mette la main à la pâte pour aider la pizzeria.

Inspecteur : Nous allons procéder à la fouille aussi appelée perquisition de votre magasin. Si je trouve un gramme de drogue, vous serez déféré. Vous serez jugé. Vous serez envoyé en prison. En Corse, par mansuétude. À Bastia plus exactement.

Gaussino : Plutôt Ajaccio, le climat y est meilleur.

Inspecteur : Pas meilleur, plus clément. Ce sera Bastia.

Le Corse avait compris que l'inspecteur avait compris.

Gaussino : Que voulez-vous ?

Inspecteur : Toute la bande et un commanditaire avec les preuves pour le faire tomber.

Gaussino : Et j'irai en retraite à Ajaccio ?

Inspecteur : Vous l'aurez peut-être mérité, OUI.

Gaussino : On discute des modalités autour d'une pizza Corsica ?

56/ Jour 15 : Avant la frontière avec les Anglais

La police des polices de Calais appela l'inspecteur, qui appela Eddy qui appela Poca & Hontas.

Eddy : Quinze minutes, les filles.
Hontas : Je laisse le téléphone ouvert… tu vas participer à fond, mon amour…

Eddy était terriblement angoissé. Il comprenait maintenant le comportement du beauf face à son humour.
Dans le TGV, les deux filles, en tenue de combat, répétèrent le plan. Elles étaient assez légèrement vêtues, mais le temps était doux. Les hommes se retournaient sur leur plastique, et leur légitime souriait ou le prenait mal. Elles avaient l'habitude. Elles avaient pratiqué en prospection sur les avenues de Paris et connaissaient ces deux natures de regards.
À la place du plus que suspect, un homme, lui, en train de tripoter ses mobiles. Professionnel et personnel ou syndrome typique du mec qui a une maîtresse ? Les autres places étaient occupées par un couple avec un enfant d'environ dix ans. Et comble de malchance l'anesthésiste était côté fenêtre.

Plus que douze minutes.

Plan B : Pas cool, mais faut ce qu'il faut. Poca se plaça dans la travée centrale, à côté du siège à assiéger, et tout cela sous le regard chaud de beaucoup d'hommes. L'homme du couple sourit, mais pas sa femme. Son enfant de dix ans ne devait pas voir cette dépravation.

Poca la belle Eurasienne était vraiment attirante et provocante avec ses basses résilles, et sa façon de se baisser pour réajuster une boucle sur une de ses chaussures… sauf qu'elle le faisait langoureusement… avec une mini-jupe qui avait tendance à remonter…
L'anesthésiste était concentré sur ses multiples mobiles… 3, 4, 5…
L'enfant trouvait le spectacle… intéressant. La mère beaucoup moins.

Plus que 8 minutes.
Plus que 6 minutes.

La femme discutait avec son mari, et le ton montait. Il ne voyait pas le mal, mais devant l'instance de sa femme.
Homme : Va au wagon-restaurant, ma chérie.

Il avait dit « ma chérie » d'une voix plus haut perchée. La femme se leva et demanda à son fils obéissant de faire de même. Ils firent, la mère et le fils, deux pas dans le couloir.

Femme : Chéri… Accompagne-nous, je n'aime pas te savoir seul dans certaines situations…
Homme : Oui, je peux comprendre. J'arrive.

Plus que quatre minutes.

La femme tirant son fils, dont le regard était orienté ailleurs… vers des découvertes nouvelles pour lui. L'homme se leva et les suivit.

Plus que trois minutes.

Poca s'assit en diagonale de l'anesthésiste. Ce dernier daigna lever la tête pour la scruter, sans voir sa tenue en bas, c'est-à-dire ses dessous. Il avait d'autres préoccupations qu'une paire de seins débordant d'un pseudo-corset. Il n'était pas tenté.

Plus que deux minutes.
Plus qu'une minute.
Plus de minute. Le train sans prévenir ralentit et beaucoup de voyageurs en furent surpris, leur cocktail finissant sur la moquette.

Hontas bien calée dans le couloir entre deux rangées de sièges se projeta physiquement sur le carré (emplacement) de l'anesthésiste. Dès son installation, elle lui envoya une bonne droite en plein nez. Qu'il pisse le sang était sans importance. La cible était cérébrale.

Le réflexe en cas de choc est de mener ses mains à la source de la souffrance. L'anesthésiste fit donc comme indiqué dans le manuel du réflexe naturel. Il appliqua ses deux mains sur son nez.

Poca se précipita sur la main gauche, Hontas sur la droite. La main tira le bras, et le suspect fut ainsi étiré. Chacune des deux filles sortit de son autre main un cordon de fil et s'en servit pour entourer suffisamment sa main avec l'autre et avec un pied de la table du carré.

Une fois ces préliminaires achevés, un policier se présenta.

Policier : Mesdames, puis-je prendre le relais.

Poca : Vous voulez nous faire quoi ?

Policier surpris : Rien de précis, mais j'ai ordre d'arrêter cet homme.

Hontas : Faites, monsieur. Vous devez savoir qu'on a été envoyées de Paris pour vous aider.

Policier : Mademoiselle, Il s'agit effectivement d'une grosse opération. Je respecterai votre anonymat et votre belle couverture. Je serais tombé dans le beau panneau. Vous êtes très professionnelle, mademoiselle, ainsi que votre collègue. Quelle brigade ?

Hontas : Brigade parisienne, heureuses d'avoir pu berner des collègues.

Policier : Le plaisir est pour moi, ma chère…

Hontas : Vous pouvez nous avoir des billets pour retourner à Paris ?

Policier : Vous ne restez pas pour la déposition ?

Hontas : Vu avec l'inspecteur, l'enquête étant francilienne, nous la ferons donc à Paris.

Policier : Quel dommage…

Hontas : Conscience professionnelle ne rime pas avec plaisir.

Policier : Notre dur quotidien.

Hontas et Poca s'éloignèrent. Hontas était gênée. Le policier avait une alliance au doigt…

57/ Jour 16 : Au bureau du procureur

Le lendemain, lavés, rasés et habillés de beaux habits, tous les protagonistes étaient réunis au poste de police de l'inspecteur pour une synthèse.

Procureur Dugabiot : Inspecteur, j'ai bien lu votre rapport… un peu compliqué.
Inspecteur : Monsieur le procureur, je me propose de vous le résumer.
Procureur : Faites.
Inspecteur : Commençons par le début :
- Une création de trafic de drogue.
- Un anesthésiste, qui nous a donné bien du fil à retordre, soit dit en passant.
- Un quartier qui était demandeur.
- Le reste, l'enquête policière, et certaines aides extérieures, rien de bien exceptionnel.

Merci au département d'avoir mis à ma disposition son GIGN local. Et merci à ma hiérarchie pour sa confiance.
Procureur : Laissons partir tout ce beau monde et restons seuls. Juste quelques questions de principe naturellement…

L'inspecteur indiqua la sortie aux autres, puis finit par s'asseoir sur un fauteuil, puisqu'il y en avait.

Procureur : Singulière enquête, et promptement menée.
Inspecteur : C'est un concours de circonstances, monsieur le procureur.
Procureur : Qui a géré l'hôpital pendant l'assaut ? Qui a donné l'information du TGV Londres ? Qui sont Poca & Hontas ?
Inspecteur : Monsieur le procureur… Faut que je réponde à tout ?
Procureur : Oui, mais seulement verbalement.

L'inspecteur s'exécuta tout en se mettant assez souvent en avant. Mais on ne récolte pas les lauriers de la gloire en ramassant le crottin de cheval. Ou à peu près.

Procureur : Vous avez de drôles d'amies, monsieur l'inspecteur **en chef**.

Inspecteur : Merci, monsieur le procureur.

58/ Jour 16 : Final à l'appartement

Samedi midi, à l'appartement, il fallait bien se réunir pour clore le sujet, toute l'équipe au complet.

Ce jour, Suze sur son trente et un, les habituelles Kawaii, Mata Hari et Green Lantern. On avait une nouvelle connue : Caroline, qui commençait à apprécier ces femmes d'un autre mode de vie. Et puis, les sœurs jumelles Poca et Hontas… Eurasiennes qu'Eddy reluquait… quatre nibards attirants…

Suze managea ce repas du samedi midi, en général période creuse pour les filles question activités rémunératrices. Ils discutèrent, et Hontas dut raconter maintes fois les exploits d'elle et de sa sœur. Elle passa sous silence l'alliance au doigt du policier. Cette situation lui avait fait mal à son petit cœur. Suze regardait amoureusement Eddy, et ce con n'avait d'yeux que pour cette paire de nouvelles femelles. Une goutte de larme. Voilà l'homme basique qui vivait au milieu de son cœur.

À 14 heures, la sonnette fit son bruit habituel quand on appuie dessus. Suze se leva pour ouvrir. Le vrai proprio de l'appartement était Eddy, mais Suze était bien plus que sa légitime. Elle ouvrit sans jeter un coup d'œil au judas.
Man !
La maman d'Eddy était là, légèrement tenue par une infirmière en uniforme officiel. Suze l'invita à prendre sa place. Elle n'avait pas été informée de cette visite. Man participerait au dessert. C'était une charlotte à la framboise. Avec chantilly à volonté ! Man connaissait quasi tout le monde.

Man en désignant les sœurs jumelles : C'est qui, celles-là ?
Suzie : Des cousines, Man. Elles complètent agréablement la

réunion de famille.

Man : Mais pourquoi je ne vois que des femmes ?

Suze : C'est compliqué… Man, très compliqué.

Man : J'aime bien les réunions de famille. Vous ai-je raconté mon mariage en 1962 ?

Eddy : Maman, veux-tu un café et ensuite tu retournes à ton Hôtel Hôpital… je passerai.

Man : Oui, mon fils, pas de café, je repars, appelle cette charmante amie qui m'a cheminée ici.

Man partit accompagnée de l'émotion de chacun. Mais elle fit signe à Suze pour quitter l'appartement.

Man : Je vous aime. Mais je ne suis pas dupe. Êtes-vous toutes comme cela ?

Suze : Oui Man…

Man surprise : Oh putain…

Suze : *Escorte*, Man.

Man : Je vous aime toujours, Suzette.

Suze : Pourquoi ?

Man : Parce que vous aimez Eddy, et cela me suffit.

Suze lui faisant une bise sur la joue : Merci, Man. Oui, ça me suffit amplement aussi à moi.

59/ Jour 18 : Martine de la compta

Inspecteur : Eddy, merci pour ton aide… et cela me coûte.

Eddy : Quelle est la question derrière un simple compliment coûteux ?

Inspecteur : Martine de la compta.

Eddy : Belle femme, tu ne comptes tout de même pas…

Inspecteur : NON, du tout. Mais c'est de son sort qu'on discute.

Eddy : Tu veux savoir le fond de ma pensée sur elle pour indiquer au proc ta préconisation ?

Inspecteur : Voilà, exactement, alors, vas-y, je prendrai en compte… moi aussi, elle m'a émue.

Eddy : J'ai fait des études de psychologie. Je suis censé deviner les gens. Cette fille est une victime du charme de l'anesthésiste. D'après mes sources, elle est déboussolée. Elle vient de Toulouse et il n'y a pas actuellement de boulot là-bas pour elle. Elle en recherche en ayant accepté un pis-aller à Paris. Facile à manipuler. Il a abusé d'elle. Je réclame du sursis pour elle, monsieur l'inspecteur. J'ai ma Suze, j'ai Man. Je n'ai aucune envie d'envoyer des innocentes au bûcher.

60/ Jour 18 : Martine de la compta

Inspecteur : Mademoiselle Martine, nous souhaiterions vous entretenir.

Sur le coup, les yeux de Martine pétillèrent, avant de réaliser la signification de la phrase.

Martine : Oui, monsieur l'inspecteur de la Police.
Inspecteur : Mademoiselle Martine, vous serez citée dans l'affaire.
Martine angoissée : Et donc ?
Inspecteur : Le sursis est demandé. Vous avez été abusée.

Martine pensait que justement elle n'avait pas été assez abusée…

Martine : Merci, messieurs, puis-je ?
Inspecteur : Bien sûr.
Martine : Je n'ai jamais eu de menottes aux poignets… pourrai-je connaître cette… sensation.
Eddy souriant : Je ne suis que détective, je n'ai pas le droit de posséder cet article aux multiples possibilités, mais je pense que l'inspecteur les utilise au travail et en dehors…
Inspecteur : Hum… Ça pourrait se faire…

Il lança un regard à son beauf comme seule Sœurette savait les lancer.

Martine : S'il vous plaît, mes copines seraient tellement fières de moi.

Inspecteur, ajoutant le geste à la parole : Mademoiselle Martine, par les pouvoirs qui me sont conférés, mettez vos mains dans le dos, je dois vous attacher et vous mettre hors d'état de nuire.

Martine… jouissive : Oh oui, mon inspecteur.

C'en était trop pour Eddy…

61/ Jour 24 : Chez Man

Le repas dominical mensuel eut lieu.
C'était un peu juste par rapport à la sortie de Man. Mais les prières gastronomiques de beaucoup furent, il semblerait, efficaces.

À ce repas, Man, Eddy et Suze, René et Sœurette. Et pas un ne manquait à l'appel. Caroline était aussi invitée. Elle arriva. On était donc six.

Man : Commençons par un petit kir champagne pour fêter ma libération.

Caroline : Attention… je peux changer le verdict.

Man : Pourquoi croyez-vous avoir été invitée ? Pour vous faire acheter naturellement.

Caroline : Je crois que je commence à comprendre votre vénal esprit de famille…

Le repas fut délicieux… comme chaque fois que Man cuisinait. Caroline, fille non casée (vieille fille, donc sans mec) découvrait un repas avec chamailleries et autant d'amour qu'on pouvait en rêver… et Suze était une belle personne. Cela aurait dû être la seule et unique définition d'amour propre.
Elles eurent des larmes qu'elles cachèrent.

Le mot de la fin sera donc :

Anonyme : Tu ne trouves pas que Suze a un petit ventre, n'est-ce pas, Eddy ?

Eddy : Ne parle pas de malheur, c'est elle qui fait vivre le couple. Je vais devenir quoi ?

Man : Tu n'as qu'à te faire embaucher dans la police.

René : Problème, il y a un test à l'embauche.

Eddy : Et je ne veux peut-être pas postuler, si vous souhaitez avoir ou non mon avis... René... Ta promo ?

René : Ah oui, failli oublier... Je suis maintenant inspecteur **en chef**.

Sœurette en catimini : Je le savais ! *YES.*

Man : Félicitations. Je vais peut-être donner mon autorisation pour votre mariage, même si vous avez oublié de me le demander.

Sœurette et René étaient dans de sales draps.

La suite au prochain épisode.